THE HIGHFIRE CROWN

BLUTMAGIE

BUCH EINS

JT LAWRENCE

FIRE FINCH

FIRE FINCH

ÜBER DIE AUTORIN
JT LAWRENCE

JT Lawrence ist eine USA Today Bestsellerautorin
mit mehr als 30 Büchern und ist ein Kindle Unlimited All-Star.
Mutter einer Menagerie aus Chaos, leidenschaftliche Leserin,
Gin-Fan und urbane Farmerin.

* * *

*Bleib die ganze Nacht wach
mit USA Today Bestsellerautorin
JT Lawrence.*
www.jt-lawrence.com

* * *

facebook.com/JanitaTLawrence

x.com/stay_up_allnite

instagram.com/authorjtlawrence

amazon.com/author/jtlawrence

bookbub.com/authors/jt-lawrence

pinterest.com/stay_up_all_night

patreon.com/jtlawrence

youtube.com/@jtlawrence79

BESONDERER DANK

*Unendliche Dankbarkeit an meine Leser
deren Treue, Unterstützung und großzügige Rezensionen mir den
Mut geben, mich immer wieder
der leeren Seite zu stellen.*

Ohne euch könnte ich das nicht tun.

- Janita (JT Lawrence)

DIE HOCHFEUER KRONE

BLUTMAGIE, BUCH 1

KAPITEL 1

PURPURROTER KUPFERNEBEL

Ich war am Rennen, als ich den Geruch wahrnahm - den purpurroten Kupfernebel - und ich wusste, dass ich zu spät war.

Mein geliehenes Korselett aus Walknochen bohrte sich in meine Rippen, während ich die Treppe hinaufhetzte. Madame Woolf mit ihren scharlachroten Lippen, die Besitzerin von »The Jupiter Drawing Room«, hatte das Innere des Gebäudes mit solchem Stil und solcher Liebe zum Detail gestaltet, dass jeder Besucher sofort in ein Bordell aus der viktorianischen Ära versetzt wurde, mit üppigen Stoffbahnen und glitzernden Steinen... und Arbeitsmädchen in unmöglichen Outfits, eine Garderobenentscheidung, die ich jetzt zutiefst bereute.

Undercover in dem luxuriösesten neugotischen Bordell in Johannesburg im Jahr 2018 zu sein war das eine, aber ein voller Seidenrock und ein Exoskelett aus Meereselfenbein, das mich ernsthaft bei der Ausübung meines Jobs behinderte, war etwas ganz anderes. Ich hielt auf halber Höhe der gusseisernen Wendeltreppe an und riss mir das lächerliche Kostüm herunter. Mein Werkzeuggürtel, der noch immer eng an meinen

Hüften saß, war jetzt leichter zu erreichen, und ich fühlte mich sofort beweglicher. Ich eilte nach oben, atemlos und ohne Zeit. Ich weigerte mich aufzugeben; vielleicht gab es noch ein Leben, das ich verschonen konnte. Noch wichtiger: Vielleicht gab es noch ein bestimmtes Leben, das ich auslöschen konnte.

Ich kam oben an und sah nach links und rechts, um einen Blick auf mein Ziel zu erhaschen. Der mit cremefarbenem Brokat tapezierte Korridor war leer, aber ich wusste, dass sie da war. Ich konnte sie riechen; konnte ihr aufkeimendes Böses hinter der Wand spüren. In meinem geistigen Auge sah ich schwarzen Nebel unter den nummerierten Türen hervorquellen.

Ich griff nach der Armbrust auf meinem Rücken und löste die Sicherung. Ich schlich den Gang entlang und hoffte, spüren zu können, in welchem Zimmer sie sich befand, aber die Aktivitäten der Leute im Inneren warfen einen Schleier aus Emotionen auf, den ich nicht durchdringen konnte. Ich änderte meine Meinung bezüglich der Armbrust, hängte sie an die Klammer an meiner Hüfte und löste von demselben Gürtel meinen silbernen Zauberstab, den ich auf die erste Tür richtete.

Tür Nummer eins: Lass uns ein bisschen Spaß haben.

Normalerweise, wenn ich einbreche – besonders wenn die Mechanismen, die mich aussperren, altmodische Bronzetürknäufe sind – benutze ich einen sanften Feuerzauber, um das Metall gerade genug zu schmelzen, um Einlass zu erzwingen. Es ist eine einfache, leise Methode, um Zugang zu erlangen; eine elegante Art des Einbruchs. Aber in diesem Moment hatte ich keine Zeit für Eleganz.

Ich verengte meine Augen und konzentrierte meine Aufmerksamkeit auf den Bronzegriff, und ich dachte an die Opfer, die ich bisher in meinem Beruf gesehen hatte. Das rücksichtslose Abschlachten von guten, unschuldigen Menschen; liebenden Vätern und Brüdern und Ehefrauen und Freunden, und kleinen Kindern, die durch achtlose Gewalt zu Waisen wurden. Ich hatte den seelenzehrenden Verlust selbst erlebt, hatte den endlosen Kummer gespürt – und spüre ihn noch immer –, der mich wie ein hungriger Geier umkreist. Bei dem Gedanken an verlorene Väter umklammerte ich den Pentakel-Ring, der an einer Kette um meinen Hals hing, und ich fühlte mich gestärkt. Ich sammelte den aufwallenden Sturm in meiner Brust und schleuderte meine Emotion auf die Tür: Augen unverwandt, Arm ausgestreckt, kühler Stab in meiner heißen Handfläche umklammert.

Mein Name ist Jacquelyn Denna Knight, und ich verwandle meinen Schmerz in Magie.

»*Fiat Fulgur!*«, schrie ich, und ein Blitz aus weißem Licht wallte in mir auf, umging mein Herz und schoss aus meiner Hand, raste durch den Zauberstab und sprengte ein Loch in die Tür, wobei eine wallende Wolke aus goldenem, funkelndem Rauch in die Luft stieg.

Auf Wiedersehen, altmodischer Bronzetürknauf.

Einige Zauberer bevorzugen hölzerne Stäbe, aber ich bevorzuge den antiken Zauberstab, den ich meiner Mutter gestohlen habe. Er wirkt wie ein Leiter: Er verengt meinen Fokus zu einem weißglühenden Punkt und konzentriert die Kraft, die ich aus der Leere ziehe. Die Tür flog unter meinem Stiefelabsatz auf, und Schockrufe brachen von drinnen hervor.

Durch den Dunst aus qualmendem Holz und Geschrei sah ich, dass das Paar im ersten Raum nicht diejenigen waren, nach denen ich suchte. Ich sprengte die nächste Tür auf, und die nächste, und zählte die kostbaren Sekunden, die ich verlor, während jemand starb. Er hätte genauso gut direkt neben mir sein können, die Lippen an meinem Ohr, seinen letzten keuchenden Atemzug nehmend. Ich erschauderte, dann stählte ich mich; festigte meinen Griff um den Zauberstab. Lautes Kreischen und wütende Proteste rollten den Gang hinunter, aber ich beachtete sie nicht. Ihre unterbrochene Leidenschaft war mir völlig egal. Ich konnte wieder den kupferroten Geruch wahrnehmen, und diesmal begrüßte ich ihn, atmete ihn tief ein. Es war wie ein rotes Duftband, das mich zu Zimmer Nummer sechs führte.

Zimmer Nummer sechs, zeig mir deine Tricks.

Ich rannte zum Türrahmen, stellte mich davor und hob meinen Zauberstab. Der Geruch war jetzt beißend, und ich wusste mit Sicherheit, dass ich zu spät war.

»*Fiat Fulgur!*« Mit ausgestrecktem Arm durchzuckte mich wieder der helle elektrische Strom und schoss aus meinem Zauberstab. Da ich wusste, dass ich nah dran war, verstärkte meine Angst den Zauber und ließ nicht nur den Griff, sondern die ganze Tür explodieren, und die Splitter und brennenden Holzstückchen wehten zurück in den Raum; ein Orkan aus Funken. In meiner Brust fühlte ich, dass mein Herz in einem ähnlichen Zustand war.

Da, auf dem luxuriös übergroßen Bett, lag ein Mann mittleren Alters, nackt bis auf eine rosa Seidenboxershorts. Das Kissen unter seinem hin und her rollenden Kopf färbte sich langsam von Weiß zu Rot. Ich tauschte schnell meinen Zauberstab gegen meine Armbrust aus und betrat den mit Samt und Vanille gestreiften Raum. Zwei verschiedene Geräusche trafen mich gleichzeitig: ein nasses Gurgeln von dem Mann, ein Hinweis darauf, dass er noch am Leben war, und ein sauberes

Klicken und Gleiten auf der anderen Seite des antiken Umkleideschirms, der den Raum teilte. Kühle Stadtluft schlich sich zu mir herüber, und ich konnte den Verkehr draußen hören; das Geräusch war das Öffnen eines Fensters gewesen. Die Entscheidung zwischen der Rettung des blutenden Mannes auf dem Bett und der Tötung der Täterin, bevor sie entkam, war unmöglich, also verließ ich mich stattdessen auf meinen Instinkt, der meine Gliedmaßen zum Fenster hinter dem Schirm trieb. Mein Körper fühlte sich an, als stünde er durch die Zauber, die er auf dem Weg hierher gewirkt hatte, in Flammen – mein Handgelenk sang vor Schmerz – und die Vorahnung dessen, was ich auf der anderen Seite der Trennwand finden würde. Ich hob meine Armbrust und näherte mich.

Ich hätte genauso gut in Treibsand laufen können, so lange brauchte ich, um den Raum zu durchqueren. Mein Instinkt drängte mich vorwärts, und mein Selbsterhaltungstrieb hielt mich zurück. Ich wollte nicht sterben, und ich wollte *besonders* nicht in diesem Raum sterben, in diesem Gebäude, durch die Hände dieser hasserfüllten Kreatur. Ich machte einen weiteren Schritt nach vorn, mit schweißnassen Händen, die meinen Griff auf die Waffe schwächten. Da war ein leises Geräusch, ein Rascheln von Stoff und eine leichte Bewegung des Schattens hinter der Abtrennung. Mein Herz war in höchster Alarmbereitschaft und hämmerte gegen meinen Brustkorb. Ich schluckte schwer und machte noch einen Schritt.

Es fühlt sich oft so an. Ganz mutig und draufgängerisch während der Jagd, gestärkt durch das sichere Wissen, dass ich die Beste in der Stadt in dem bin, was ich tue. Eine Erinnerung an das Gefühl, meine Hände über die Hunderte von Kerben zu streichen, die ich in meinen Bettpfosten zu Hause gemacht habe: nicht von Liebhabern, sondern von erfolgreichen Tötungen. Aber wenn du dann direkt im Raum bist und ein Mann mit geöffneter und auslaufender Kehle stirbt, und du der Angreiferin so nahe bist, dass du ihr abgestandenes Parfüm und ihren sauren Atem riechen kannst... dann gerät der Mut ins Wanken und der Atem stockt. Und man gewöhnt sich nicht daran, egal wie oft man es tut.

Die Angst saugt die Luft aus dem Raum.

Dann, genau wenn die Panik ansteigt und du denkst, es ist zu viel, wenn die Urinstinkte deines Körpers *Kampf oder Flucht* schreien und du, bei Gott, am liebsten die Beine in die Hand nehmen und abhauen würdest, überkommt dich und deine Angst ein anderes Gefühl. Eine heiße Welle, die dich aufrecht hält, dich atmen lässt, und mit diesem Atemzug verdunstet deine Unsicherheit, und du erkennst, dass niemand das so gut kann wie du – dass du dafür geboren wurdest – und es erleuchtet deinen Körper und lässt deinen Kiefer erstarren.

Mit neuem Mut die Armbrust umklammernd, marschierte ich zu dem Schirm und trat ihn um.

Der Vampir im Satinrock wartete auf mich.

KAPITEL 2

MITTERNACHTSSTRUDEL DER ZWILLINGE

Sie hatte tiefschwarze Augen, Mitternachtsstrudel, die drohten, mich einzusaugen. Ich gab ihr keine Chance. Ich drückte den Abzug der Armbrust und wartete auf das befriedigende Rauschen, wenn der Pfeil die Flugbahn verlässt, und darauf, dass die Brust der Füchsin implodieren würde, aber nichts geschah. Sie stand da, gerahmt vom verzierten Fensterrahmen, die Lichter der Stadt funkelten wie Sterne im Hintergrund. In ihrem Gesicht lag Belustigung und ein Zucken ihrer blutigen Lippen, als hätte sie irgendwie gewusst, dass meine Armbrust versagen würde; als könnte sie nicht nur Männer mittleren Alters in rosa Seidenboxershorts hypnotisieren, sondern auch leblose Gegenstände. Ich drückte noch einmal fester, aber nichts passierte, außer dass der Vampir die Gelegenheit nutzte, auf mich zuzukommen. In einem Schleier aus schwarzem Satin war sie an meiner ungeschützten Kehle, verlangsamte nur, als sie dort die Tätowierung sah. Ich nutzte den Sekundenbruchteil ihrer Verwirrung, um einen Schritt zurückzutreten und nach meinem Zauberstab zu greifen. Die Armbrust polterte zu Boden, ließ mein Adre-

7

nalin in die Höhe schnellen und ließ alles außerhalb dieses Moments in der Ecke des samtigen Raumes verschwinden.

Als der Vampir den silbernen Zauberstab sah, hob sie ihr bleiches Handgelenk an die Stirn und zischte, ihre rosagefärbten Fangzähne und ihr Blutatem verstärkten den Ekel, den ich für sie und ihre Sippe empfand. Als Hass und Wut wie blauer Rauch in mir aufstiegen, knirschte ich mit den Zähnen und richtete den Zauberstab auf sie, bereit, sie mit jedem Molekül Terror, Schmerz und Abscheu zu zerfetzen, die ich in meinem Körper vibrieren fühlte. Ich würde sie pulverisieren. Ich würde sie in den Klumpen heißer, funkelnder Asche verwandeln, zu dem sie werden sollte.

Und dann zögerte ich. Etwas in mir rutschte ab.

Vielleicht war ich aus dem Konzept gebracht worden, weil meine Armbrust Momente zuvor klemmen geblieben war, oder durch das neue Blutgurgeln, das ich von der anderen Seite des Raumes hörte. Oder vielleicht lag es daran, dass ich in einem altmodischen Bordell in nichts als meiner Unterwäsche vor einem blutrünstigen Monster stand, das mich offenbar zum Nachtisch verspeisen wollte. Was auch immer es war, es war ein seltsames, schreckliches Gefühl, als ob mein spirituelles Gravitationszentrum absackte und meine Kraft mit ihm. Als ob ich ohne Vorwarnung von der Leere – der Quelle meiner Magie – abgeschnitten worden wäre. Als ob meine Seele genau dort auf dem lackierten Holzboden zusammenfiel, wie ein weggeworfenes Badetuch, feucht und warm. In meinem Arm war keine Magie mehr, und mein Zauberstab warf nur ein paar Funken ab, als wären wir auf einer Kleinkindergeburtstagsfeier statt bei dem, was eigentlich ein erbarmungsloses Vampirabschlachten sein sollte. Als ich von dem sprühenden Zauberstab aufsah, rechnete ich mit dem Schlimmsten. Ich erwartete, von der bösartigen Kreatur in einen blutigen Trinkbrunnen verwandelt zu werden, mein Mund stand vor lauter Entsetzen offen, mein ultimativer Albtraum in High Definition. Aber sie war weg.

Der Vampir hatte sich aus dem Fenster gestürzt, und alles, was ich von ihr hörte oder sah, war das leise Flattern ihres Umhangs in der Nacht. Ich stand da, die Arme schlaff an den Seiten, blickte hinaus in die geschäftige Neonstadt unter mir, während der elfenbeinfarbene Vorhang um mich herum wogte.

Madame Woolf würde nicht glücklich sein.

Was zum Teufel war gerade passiert? Ich fühlte mich, als wäre ich mit hoher Geschwindigkeit durch eine Traumsequenz gezogen worden. Ich trat einen Schritt zurück, stolperte und setzte mich mit einem Plumps auf den Boden, neben meine weggeworfene Armbrust, und blickte wieder hinauf zum weit geöffneten Fenster. Ich würde dem Vampir damit nicht davonkommen lassen. Ihre Handlungen waren pure Boshaftigkeit: Bei so vielen verschiedenen Marken und Geschmacksrichtungen von synthetischem Blut auf dem Markt gab es keinen Grund, Menschen dafür zu verletzen, geschweige denn zu töten. Sie war eine kaltblütige Mörderin, eine von vielen in der Stadt – zu vielen – und sie wurden immer unvorsichtiger. Ich schwor mir dort und dann, sie zu finden und zu erledigen, und jeden aus ihrem Clan, der mir im Weg stehen würde.

Mein Kopf drehte sich wie ein Planet in der Umlaufbahn. Ich zog die Beine an und legte meine Stirn auf die Knie. Ich musste verarbeiten, was gerade passiert war. Ich musste nach Hause, duschen und schlafen, aber da war ein schrilles Piepen an meinem Gürtel, das ich nicht ignorieren konnte. Ich versuchte, die Benommenheit nach dem Schrecken wegzublinzeln, aber das war nicht nötig. Als ich die Nachricht auf meinem Handy sah, klärten sich meine Gedanken sofort: Mein Verstand war wie ein Abriss-Video, das rückwärts abgespielt wurde. Es war ein Notruf von Morgans Handy: eine Zehn von zehn, was nur bedeuten konnte, dass ihr Leben oder das von jemandem, den sie liebte, in Gefahr war. *Eins* wäre ein schlechter Haartag, und *zehn* eine Katastrophe... und Morgan ist nicht der Typ, der überreagiert. Alles ab acht aufwärts gilt als Panikknopfdruck und wird automatisch an die offiziellen Notdienste weitergeleitet. Wir reden von bewaffneter Polizei, Krankenwagen und einem forensischen Team mit Leichensäcken. Morgan hatte in dem Jahrzehnt, in dem ich sie kannte, noch nie einen Zehn-von-zehn-Alarm ausgelöst, und sie hatte ihren gerechten Anteil an Krisen durchlebt. Der beigefügte Standortpin zeigte, dass sie zu Hause war, siebeneinhalb Kilometer entfernt. Wenn ich wirklich Gas gäbe, könnte ich in zehn Minuten dort sein.

Ich sprang mit meiner Armbrust auf, schnallte sie auf meinen Rücken, und ohne einen Blick zurückzuwerfen, sprang ich auf die Fensterbank und trat aus dem Fenster.

KAPITEL 3

UNBELIEBTE GARTENDEKORATION

Morgans Panikknopf-Alarm vibrierte unaufhörlich auf meinem Handy und in meiner Brust. Frisches Adrenalin ließ mich fühlen, als könnte ich fliegen. Ich trat aus dem Fenster und überließ den armen Kerl in rosa Boxershorts seinem letzten röchelnden Atemzug. Ich verließ das warme, flammengelbe Licht des Bordells und fiel in die kühle, dunkle Nacht, wobei die frische Luft meine nackte Haut in Brailleschrift verwandelte.

Ich landete auf einem Balkon, sprang dann hinüber und ergriff die Kante des Flachdachs des Wohnblocks gegenüber von The Jupiter Drawing Room. Die müssen ja interessante Aussichten haben. Von dort aus war es nur noch ein Parkour über die Dächer und hinunter zur Sauer Street, wo ich mein Motorrad geparkt hatte. Passanten starrten, als ich die Topbox aufschloss und meinen treuen Trenchcoat und meinen schicken Helm herausholte. Ich zog den Mantel über meinen nackten Körper und schnallte ihn fest zu. Das Gefühl der Geborgenheit hatte mehr mit Schutz als mit Anstand zu tun:

Der Mantel ist aus Graphen gefertigt, einer Verbindung, die flexibler als Kevlar und stärker als Stahl ist. Zusätzlich hat er einen Schutzzauber, den ich frisch halte, indem ich jedes Mal einen neuen Zauberspruch wirke, wenn ich zu einem Einsatz aufbreche. Er kann noch ein paar andere Tricks, weil die Person, die ihn hergestellt hat, ein echtes Zwergengenie ist.

Ich knallte die Box zu, sprang auf das Motorrad und wurde sofort von dem Gefühl der kraftvollen Maschine unter mir beruhigt.

»*Contendis*«, sagte ich in den Helm, und der Motor erwachte brüllend zum Leben – ein glänzender schwarzer Aluminium-löwe im urbanen Dschungel. Ich drückte den Lenkergriff nach vorne, und wir schossen aus dem Stadtzentrum hinaus, während der vorbeirasende Asphalt unter mir von den grellen Straßenlaternen orangefarben angestrahlt wurde.

Es dauerte neun Minuten, um zu Morgans Haus zu rasen, aber es fühlte sich wie neun Stunden an. Mein Kopf war voll mit Fragen, und keine davon hatte mir gefallende potenzielle Antworten. Ich hätte fast ein ausscherendes Taxi gerammt, weil ich abgelenkt war, und das brachte mich zur Besinnung. Wenn ich mich nicht beruhigte, würde ich niemandem nützen können. Es wäre nicht einfach, Magie mit zerschmetterten Gliedmaßen zu wirken.

Ich duckte den Kopf und brauste aus der Stadt in die ruhige Vorstadt, die durch den bewölkten Nachthimmel dunkler war als sonst. Ich stellte mein Visier auf Nachtsicht um, und die Häuser erschienen in Grün. Mit »Häusern« meine ich drei

Meter hohe Außenmauern, geschmückt mit glitzerndem Stacheldraht und elektrischen Girlanden. Keine weißen Gartenzäune hier in Jozi, wo Verbrechen so alltäglich ist wie Müsli in einer Schachtel.

Als ich am Eingang des Sicherheitskomplexes ankam, in dem Morgan wohnte, gefiel mir nicht, was ich sah: drei schlecht geparkte Polizeiautos. Selbst ohne eine Katastrophe ist die Sicherheit an diesen Orten streng. Man muss seinen vollständigen Ausweis vorzeigen, um einzutreten, und sie nehmen deinen digitalen Fingerabdruck. Mir wurde schon mal der Zugang verweigert, weil ich vergessen hatte, meinen Führerschein mitzubringen. Bald werden sie nach Iris-Scans und einer Urinprobe fragen. Ich raste durch das Tor, und die Uniformierten sprangen auf und riefen mir zu, ich solle anhalten, aber ich hatte keine Zeit. Mein Blut pulsierte in meinem Kopf, mein Magen war ein Stein.

Dann wurde es noch schlimmer.

Vor Morgans Haus blinkten die Notlichter weiterer Polizeiwagen und eines Krankenwagens mit weit geöffneten Hintertüren. Beamte mit kleinen, geraden Linien als Münder eilten umher, ihre Dienstmarken glänzten, während sie mit sich selbst sprachen und zum flachen schwarzen Himmel hinaufblickten, als ob er eine Antwort für sie bereithielte. Gelbes Polizeiabsperrband umgab Morgans Grundstück wie ein schlecht verpacktes Geschenk.

Nein, dachte ich. *Nein, nein, nein.*

Nicht Morgan, flehte ich denselben Himmel an, zu dem die anderen hinaufblinzelten. *Bitte, nicht Morgan.*

Ich habe nicht viele Freunde. Ein zynischer, paranoider Hexer mit einer Vorliebe für direkte Ansprache und schnelle, schmutzige Magie zu sein, ist – überraschenderweise – kein großartiges Rezept, um Freunde zu gewinnen und Menschen zu beeinflussen. Außerdem weiß ich, dass ich nicht-magische Menschen erschrecke. Ich schätze, es ist nicht leicht, mit jemandem Kaffee zu trinken, der, wie ich, von dem heimgesucht wird, was er gesehen und getan hat. Einem beschädigten Menschen gegenüberzusitzen, der seinen Finger sprichwörtlich am Abzug einer geladenen Waffe hat, macht keine leichte Konversation.

Ich wurde langsamer und parkte mein Motorrad auf dem gepflegten Betonbürgersteig. Sobald ich meinen Helm abnahm, hörte ich Kinder weinen, und ich sah hinüber und entdeckte Morgans Kinder, die an der Brust von jemandem schluchzten, bei dem es sich vermutlich um eine Sozialarbeiterin handelte. Es waren noch ein paar andere Kinder da, alle weinten untröstlich, während die besorgt aussehende Beamtin versuchte, sie zu trösten.

Nein!

Angst zog an mir mit kalten Fingern. Ich begann, zu den Kindern zu laufen, die ganze Szene flimmerte hell in Blau und Rot durch die Notfahrzeugleuchten und meine zerfransten Nerven, und ich war kurz davor, auf die Knie zu gehen, um sie zu umarmen, als ich Morgan meinen Namen rufen hörte.

»Jax!«, rief sie. »Jax!«

Ich war so erleichtert, dass es sich anfühlte, als schmölzen meine Knie. Ich musste einen Moment innehalten, um mich zu fangen, damit ich nicht umfiel. Ich drehte mich um und suchte nach der Richtung, aus der ihre Stimme kam, und dann sah ich sie mir aus dem offenen Krankenwagen zuwinken. Ihr Gesicht war so blass wie der Mond, und die Rettungsdecke um ihre Schultern glitzerte in der Brise. Ich war so erleichtert, sie lebend zu sehen, dass mir Tränen in die Augen stiegen. Ich lief so schnell ich konnte mit meinen geschmolzenen Knien zu ihr und stürzte mich in eine Umarmung.

»Mein Gott«, sagte Morgan. »Du hast keine Ahnung, wie glücklich ich bin, dich zu sehen.«

Sie trug einen Schlafanzug mit Grasflecken und Erde, saß auf der Kante des Krankenwagens, und ihr Dackel Pincher zitterte auf ihrem Schoß.

»Was zur Hölle ist passiert?«, fragte ich. »Ich dachte–«

»Meine Nachbarin«, sagte Morgan.

»Deine Nachbarin?«

»Liz. Liz Durison. Du hast sie schon mal getroffen. Sie ist so groß wie du. Hat deine Haarfarbe.«

»Was?«

Nichts ergab für mich einen Sinn; die Angst hatte mein Gehirn kurzgeschlossen. Morgan hätte genauso gut in Zungen sprechen können.

Sie holte tief Luft und legte ihre Hand auf Pinchers Kopf. »Ich war dabei, das Haus abzuschließen, bereit ins Bett zu gehen, und ließ Pinch raus, wie normal, aber er kam nicht zurück. Als Nächstes dreht er völlig durch, bellt wie verrückt.« Morgans Augen waren elektrisiert. »Und ich bekam dieses wirklich schlechte Gefühl. Also schnappte ich mir meine Waffe und kam hier raus«, sie zeigte auf den Vorgarten, »und dann winselte Pincher, ein scharfes, hohes Winseln, wie... als ob jemand ihn getreten hätte? Aber er gab nicht auf, er bellte und knurrte ihn weiter an.«

»Wen?«

Sie schüttelte den Kopf, blondes Haar, durch die blinkenden Polizeilichter blau gefärbt. »Ich weiß es nicht.«

Pincher schaute mich an, Ohren zitternd, braune Augen wachsam. Verdammt, ich wünschte, Tiere könnten sprechen.

»Ich ging in den Vorgarten, und Pincher war nicht da. Ich steckte meinen Kopf über die Hecke, um auf Liz' Grundstück zu schauen, und dann sah ich sie, wie sie auf dem Rasen lag.«

»Tot?«

»Ihre Leiche ist unterwegs zum Stadtleichenschauhaus.«

»*Filius canis*«, flüsterte ich durch zusammengebissene Zähne, und als sie mich nach einer Übersetzung anschaute, sagte ich »Hurensohn«.

Morgan hasst es, wenn ich auf Lateinisch fluche, aber diesmal ließ sie es durchgehen.

»Sie war meine Nachbarin«, sagte Morgan, als ob das laute Aussprechen ihr helfen würde zu verstehen, was passiert war. »Wir haben uns sogar gegenseitig Zucker geliehen, um Gottes willen.«

Ich nickte.

»Unsere Kinder haben zusammen gespielt.«

Ich verstand, dass sie schockiert war von dem, was sie erlebt hatte, und ich war sicher, dass es sie zutiefst erschüttert hatte, jemanden, den sie jeden Tag sah, getötet und auf dem Rasen zurückgelassen zu sehen wie eine unbeliebte Gartendekoration. Ermordet in einem Komplex, den sie Zuhause nannte und für sicher hielt, oder zumindest sicher genug. Aber was mich störte, war, dass sie weit Schlimmeres als das gesehen hatte und nie ihren Zehn-von-Zehn-Panikknopf gedrückt hatte. Was war anders an dem, was hier passiert war?

»Wart ihr sehr eng?«, fragte ich und hoffte, dass ich ihr nicht zu viele Fragen stellte. Manchmal war es eine schwierige Grenze zu navigieren, die zwischen Freund und Zauberer-Privatdetektiv.

»Nein«, hustete Morgan in ihre weiß angelaufene Faust. »Hölle, nein. Sie war ein totales Miststück.«

Ich runzelte die Stirn und versuchte, es zu verstehen. *Warum der Panikknopf?*

Morgan verstand meine unausgesprochene Frage. »Der Grund, warum ich so erschrocken bin... als ich diese Leiche auf dem Rasen sah«, sagte sie. »Ist, weil ich dachte, es wärst *du*.«

Pincher hatte endlich aufgehört zu zittern, und er schloss die Augen und legte seine Schnauze auf ihren Oberschenkel.

Liz Durison, tot auf dem Rasen liegend. Gleiche Größe, gleiche Haarfarbe.

»Ich dachte, du wärst es«, sagte sie noch einmal. »Ermordet. Nackt ausgezogen.« Dann überkam sie ein bestimmter Blick. »Und da war noch etwas anderes.«

»Was?«

Morgan stand auf und übergab den schlafenden Hund einem jungen Polizisten, der in der Nähe stand, der nickte und in Richtung des Hauses ging. Sie riss die silberne Decke ab und warf sie in den hinteren Teil des Krankenwagens, dann nahm sie ihre Kapitänsuniform-Jacke und ihre Beretta. Morgan leitet die Scorpions, eine Spezialeinheit, die vom Rat rekrutiert wurde, um paranormale Verbrechen zu untersuchen.

»Es ist nichts, was ich beschreiben kann«, sagte sie, während sie ihre Waffe zurück in ihr Holster steckte und die Jacke über ihren gestreiften Schlafanzug zuzog. »Ich muss es dir zeigen.«

KAPITEL 4

SCHWARZER NEBEL

Ich wollte eigentlich mit dem Fahrrad zur Leichenhalle fahren, aber irgendetwas bewog mich dazu, stattdessen mit Morgan zu fahren. Sie schien immer noch erschüttert zu sein. Ich weiß nicht warum, aber ich fühle mich irgendwie für sie verantwortlich. Sie mag zwar Kapitänin der Scorpions sein und bei weitem die intelligenteste und intuitivste Polizistin, die ich kenne – außerdem ist sie eine ausgezeichnete Schützin –, aber wenn ich bei ihr bin, fühle ich mich einfach wie die große Schwester. Vielleicht, weil ich größer und körperlich stärker bin (und meistens einen dreischichtigen Graphenmantel trage), während sie feminin und zierlich ist und so gut wie immer Lippenstift trägt. Sie ist der Muggel zu meiner Magierin. Sie ist das Licht, ich bin der Schatten. (Aber lass dich von ihrem Aussehen nicht täuschen. Der letzte Ork, der sie unterschätzt hat, bekam einen roten Stiletto-Absatz durch sein Auge gerammt. Ich bin ziemlich sicher, dass er sie nie wieder mit demselben Auge ansehen wird.)

Aber es war nicht nur Prahlerei und Selbstlosigkeit von meiner Seite. Ich musste zugeben, dass die bombensichere Karosserie, die kugelsicheren Fenster und die pannensicheren Reifen von Morgans Polizei-SUV nach der Nacht, die ich erlebt hatte, eine gewisse Anziehungskraft auf mich ausübten. Die Ledersitze waren auch ziemlich bequem.

Es war keine gemütliche Fahrt. Morgan schaltete ihr blaues Blinklicht ein und pflügte durch den letzten Stadtverkehr, wobei sie nur knapp einen Bettler verfehlte, der Schmutzwasser auf ihre makellose Windschutzscheibe spritzen wollte.

»Aus dem Weg!«, schrie sie und trat das Gaspedal durch. Sie leidet selbst unter den besten Umständen unter Straßenwut, daher war die Fahrt mit ihr, während ihr Körper das restliche Adrenalin ihres Traumas verarbeitete, alles andere als langweilig. Wir quietschten in die unterirdische Parkgarage hinein. Sie zeigte dem Parkwächter ihre Marke, und die Schranke war kaum hochgefahren, als wir schon hindurchrasten, um eine dunkle Ecke bogen und in einer leeren Parklücke zum Stehen kamen. Ich machte mir eine gedankliche Notiz, dass ich beim nächsten Mal, große Schwester hin oder her, mein Fahrrad nehmen würde.

Das Innere der Leichenhalle war genauso deprimierend wie ihr Existenzgrund. Weiße Wände, die von eindringender Feuchtigkeit und menschlichem Verkehr befleckt waren. Staubige Glühbirnen, die flackerten. Kalte, abgestandene Luft. Ich zitterte und zog meinen Trenchcoat enger, wobei mir einfiel, dass ich darunter nur Unterwäsche trug, was mich wiederum an meine gescheiterte Mission erinnerte – den sauren Atem und die befleckten Fangzähne und den Mann, der auf dem Bett verblutete – und ich zitterte erneut. Ich rieb an dem Tattoo an meinem Hals: eine realistische Darstellung eines Vampirbisses.

»Alles klar bei dir?«, fragte Morgan und runzelte ihre perfekten Augenbrauen.

Ich nickte. »Kalt«, sagte ich. Ich war mir nicht sicher, ob sie von dem Mord im Jupiter Drawing Room früher in dieser Nacht erfahren musste. Sie musste nicht wissen, dass ich gezögert hatte, bevor ich meinen *coup de grace* ausführen wollte, und jetzt ein entschieden bösartiger Vampir in der Stadt unterwegs war, der meinen Geruch intim kannte und mich in einem überfüllten Raum finden könnte.

Ich hatte auch weniger tödliche Probleme, aber sie waren trotzdem Probleme. Madame Woolf müsste wahrscheinlich ihre Türen schließen, denn es stellte sich – wenig überraschend – heraus, dass Bordellkunden leichte Beute für rücksichtslose Vampire sind, und wenn sich die Nachricht über den heutigen Abend herumspricht, wird ihre Kundenschlange sicherlich austrocknen.

Die meisten Vampire schaffen es, ihren Blutdurst unter Kontrolle zu halten. Die meisten von ihnen sind intelligent genug, um zu erkennen, dass sie die Hölle zu bezahlen haben, wenn sie nicht spuren, wenn sie nicht die vom Rat festgelegten Regeln befolgen. Der Rat macht keine Witze; er hat Agenten und Attentäter in allen Ecken der Stadt versteckt, und er scheut sich nicht, sie einzusetzen. Die Regeln halten das Reich in Schach.

Viele magische Arten leben am Rande dieser Grenzen, begehen kleine Verbrechen und handeln mit Schmuggelware – wie die berüchtigte Ork-Mafia –, aber sie wissen, dass sie die Grenze nicht überschreiten dürfen. Widersetz dich dem Rat und du kannst genauso gut einen schönen langen Spaziergang von einer kurzen Klippe machen.

Aber natürlich gibt es, wie in jeder Gesellschaft, immer die Rebellen, die Schurken. Die Bestien, die sich von ihren Begierden beherrschen lassen, auch wenn die Konsequenz ein schneller Tod ist, der von der Person verteilt wird, von der man dachte, sie wäre die Haushälterin. Diese Vampir-Delinquenten akzeptieren die Beschränkungen nicht, die ihrer Art auferlegt werden, kaufen nicht die Idee, synthetisches Blut zu trinken, um ihren Hunger zu stillen. Sie wissen sicherlich nicht, wie man sich in luxuriösen neugotischen Bordellen benimmt. Leider hat, soweit ich wusste, niemand eine Broschüre über *Bordell-Etikette für Vampire* veröffentlicht.

Ich seufzte. Kein Honig mehr, kein Geld mehr, was schlechte Nachrichten für mich waren. Woolf würde nicht glücklich sein, und mein Vermieter auch nicht, ein besonders übelriechender Ork namens Uragh, der schlaue weibliche Zauberinnen selbst in den besten Zeiten nicht billigte, aber besonders nicht, wenn sie zwei Monate mit ihrer Miete im Rückstand waren.

Morgan führte mich durch den grimmigen Leichenhallenkorridor und stieß ein Paar Schwingtüren in der Farbe alter Armeepanzer auf. Der Raum dahinter war geräumig und voller Leichen. Die toten Körper waren in ihren gekühlten Schubladen verstaut, aber ich konnte jeden einzelnen von ihnen spüren. Ich fühlte ihre Angst, ihre Verwirrung, ihre Unwilligkeit, die Leben loszulassen, an denen sie so hingen. Da war eine verzweifelte Mutter, die gestorben war, ohne sich von ihren drei kleinen Kindern zu verabschieden, und ein Teenager, der nie beabsichtigt hatte, den Abzug des Revolvers seines Vaters zu betätigen. Ein alter Mann, der –

Nein.

Ich hielt mich zurück. Ich schnitt mich von der langsam kriechenden Energie der Toten ab, ich musste das. Ich musste an einem gewissen Maß an Vernunft festhalten, an Klarheit des Verstandes für das, was ich gleich sehen würde. Meine Augen ruhten auf dem Tisch in der Mitte des Raumes. Ein abgenutztes weißes Laken bedeckte einen Körper, der meiner hätte sein können.

»Bereit?«, fragte Morgan. Ohne auf meine Antwort zu warten, zog sie das Laken weg.

Liz Durison. Ich erkannte sie. Schnelle Erinnerungsblitze an die Frau von nebenan. Sie war diejenige, die ihre Kinder angeschrien hatte, weil sie ihre Kleidung beim Spielen an einem wunderschönen Sommertag schmutzig gemacht hatten, diejenige, die ihren kläffenden Pudel nie losließ, diejenige, die mir bei Morgans letztem Nachbarschaftsgrillfest einen bösen Blick zugeworfen hatte, weil ich einen dreifachen Gin in meinen Schuss Tonic gegossen hatte. Sie hatte geschmollt und winzige Schlückchen von ihrem warmen Glas süßem Rosé genommen. Eine von uns wurde schrecklich betrunken. Spoiler: Ich war es nicht. Als ich in dieser Nacht ging, sah ich sie mit offenem Mund in ihrem Gartenstuhl schnarchen, während ihre Kinder herumtollten und Saft und Knabbereien auf den Sofas im Inneren verschütteten.

Ich betrachtete ihren Körper auf dem Tisch. Ihre milchige Haut, ihre erschlafften Lippen. Kleine dunkelblaue Adern schlängelten sich über ihre Augenlider und die empfindlichen Teile ihrer Arme.

Ja, sie war eine Zicke gewesen, aber das hatte sie nicht verdient.

»Was ist das?«, fragte Morgan. »Weißt du das?«

Sie betrachtete das Symbol, das in Liz Durisons Brust eingebrannt war. Ein umgedrehtes Anarchie-Zeichen.

»Ich habe es noch nie gesehen«, sagte ich.

Morgan unterbrach den Blickkontakt nicht. »Ich brauche dich für diesen Fall.«

Ich sah sie an. »Woher weißt du, dass das übernatürlich ist?«

Ich meine, ich konnte erkennen, dass dies kein gewöhnlicher Mord war, aber es gab keinen praktischen Beweis. Ich wusste nicht, welche Kreatur ihr das angetan hatte, und ich wüsste nicht, wo ich anfangen sollte. Keine Bissspuren, keine Kratzspuren –

»Ich konnte es fühlen«, sagte sie. Meine Güte, die Frau kann lange Zeit ohne zu blinzeln auskommen. Bringen sie einem das in der Polizeiakademie bei?

»Was?«, fragte ich. »Was konntest du fühlen?«

Morgan biss sich auf die Lippe, als ob die Erinnerung ihr Unbehagen bereitete. »Als ich in den Garten ging, war es, als gäbe es eine Art... Bedrohung?... um mich herum. Die Sterne verschwanden, mir blieb die Luft weg.«

Jetzt hatte sie meine Aufmerksamkeit.

»Es ist schwer zu erklären. Alles, was ich ansah, schien böse. Als ob es mit einer giftigen Energie verseucht worden wäre. Ich dachte natürlich, es wäre in meinem Kopf. Aber da war dieser kalte schwarze Nebel, der anfing hereinzuströmen.«

Uh-oh. »Schwarzer Nebel?«

»Ich meine, er war nicht *echt*. Er war nicht wirklich da. Es war nur ein Gefühl. Ein schreckliches Gefühl, das direkt in meinen Körper, in meine Knochen eindrang. Ließ mich fühlen –«

»Tot«, sagte ich, und endlich blinzelte sie.

»Ja«, sagte sie. »Kalt. Hoffnungslos. Als ob ich nie wieder atmen würde.«

Ja, das fasst das Totsein ziemlich genau zusammen.

Wir schauten auf die Rosé-schlürfende Frau mit dem umgekehrten Anarchie-Symbol – oder was auch immer es war –, das in ihre Haut eingebrannt war. Ich beugte mich vor, um mir das genauer anzusehen. Es war ein »V«, das aus einem perfekten Kreis ausbrach. Plötzlich wurde mir die Spezies des Mörders klar. Schwarzer Nebel, sagte Morgan, und ein »V«?

»Wirst du den Fall übernehmen?«, fragte Morgan.

Ich konnte meinen Blick nicht von dem Symbol abwenden. Mein Zauberstab vibrierte an meiner Hüfte.

»Ich wollte dich nicht fragen«, sagte sie. »Nicht wirklich. Es ist zu gefährlich. Aber –«

Sie beendete ihren Satz nicht. Sie musste es nicht.

Aber welche Wahl haben wir?

Ich war zwei Monate mit der Miete im Rückstand, und mein Kühlschrank zu Hause war leerer als ein Truthahnkäfig an Weihnachten. Natürlich würde ich den Fall übernehmen. Wenn ich ganz ehrlich sein sollte, würde ich den Fall auch übernehmen, wenn es keine Bezahlung gäbe. Denn ich war ziemlich sicher, dass ein Vampir dafür verantwortlich war; ich konnte es auf meiner Haut spüren. Ich konnte es riechen. Und ich war bereit, jeden einzelnen von ihnen zu töten.

KAPITEL 5

DER WERWOLF WAR NICHT GLÜCKLICH

Es war kurz nach Mitternacht, als ich nach Hause kam, und ich war völlig erschöpft. Ich hängte meinen Trenchcoat an den Haken an der Eingangstür und stellte meinen Helm auf den Tisch im Flur. Ich schlurfte in mein Wohnzimmer, das mit Büchern, Reliquien und gelegentlichen geisterhaften Erscheinungen vollgestopft war. Es fühlte sich so gut an, wieder da zu sein. Es mag zwar eine Geisterwohnung sein, aber es war meine Geisterwohnung und es war mein Zuhause. In den alten Zeiten lebten Zauberer an abgelegenen Orten, im Einklang mit der Natur. Das ist für eine Stadtzauberin nicht so einfach, aber ich bin zufrieden mit meiner Wohnung, die sich ganz oben in einem Wolkenkratzer in Jo'burg befindet, weit weg vom menschlichen Trubel der Stadt und nahe an den Sternen. Der verzauberte Aufzug, genannt Swift, befördert nur Berührte Spezies über den fünfzigsten Stock hinaus. Die Unberührten Menschen wissen nicht einmal, dass die obersten Etagen existieren.

Ich brauchte einen Drink, eine Dusche und mein Bett, in genau dieser Reihenfolge, und zwar so schnell wie möglich. Während ich vor dem Bücherregal stand und daran dachte, wie erschöpft ich war, meine Füße so schwer wie Betonklötze, fiel ein Buch aus dem Regal und knallte auf den Boden.

Der Geist – oder was auch immer es ist, wir wurden nie offiziell vorgestellt – hat gewisse Eigenheiten, eine davon ist, mich zu Hause willkommen zu heißen, indem er unter anderem mein Lesematerial neu anordnet. Ich hob das Buch auf, einen alten, roten Leineneinband mit brüchigen, ausgeblichenen Seiten und gesprenkelten Kanten, und schob es zurück an seinen Platz.

»Hallo, auch dir«, sagte ich.

Ich machte mich auf den Weg in die Küche. Der Kühlschrank war so leer, wie ich es erwartet hatte, und der Spirituosenschrank sah ebenfalls beunruhigend leer aus. Ich hatte die Dinge wirklich schleifen lassen. Kein Essen mehr zu haben ist das eine, aber keinen von Ferras hausgemachtem Zimt-Whisky mehr zu haben, ist unverzeihlich.

Ich goss den Rest der Flasche in einen angeschlagenen Tumbler und nahm ihn mit in mein Zimmer. Das Bett war beunruhigend ordentlich gemacht.

»Ich habe dir gesagt, du sollst mein Bett nicht machen«, sagte ich zu den leeren Wänden, aber ich konnte spüren, dass der Geist nicht zuhörte. Eine seiner vielen Begabungen ist selektives Hören. Er mag es zu wissen, wenn ich sicher nach Hause komme, aber danach verzieht er sich, wohin, das weiß niemand. Ich nahm einen großen Schluck von meinem Getränk, und es brannte in meinem Mund und entzündete meine Kehle. Ich nahm noch einen, und diesmal tat es weniger weh. Der dritte Schluck begann mit einem langsamen, willkommenen Brennen in meinem Inneren, wie eine Dynamit-Zündschnur, und ließ die Enttäuschung und Frustration des Tages ein wenig verblassen.

Es machte die Kanten meines Versagens unscharf, erweichte den Stein, der seit dem Anblick des gurgelnden Mannes in rosa Boxershorts, der die Bordell-Bettwäsche rot färbte, in meinem Magen lag. Vielleicht war es gut, dass kein Whisky mehr da war, dachte ich, als ich das leere Glas auf meine Kommode stellte. Wenn ich eine ganze Flasche gehabt hätte, hätte ich sie vielleicht ausgetrunken, und dieser stinkende Ork, der sich selbst als Vermieter bezeichnet, wäre hereingekommen und hätte meine Leiche gefunden, die die leere, gewürzduftende Flasche an die Brust gepresst hält wie ein glückloser Pirat.

Der Alkohol, der mein von Furcht überzogenes Inneres weich machte, drückte auch meine Augenlider herunter. Ich war versucht, mich einfach vollständig angezogen hinzulegen und dem köstlichen Schlaf nachzugeben, in den er mich zog, aber meine Haut fühlte sich körnig an und ich konnte meinen eigenen Stressschweiß riechen, der in einem Heiligenschein um mich herum leuchtete. Ich stank so sehr, dass ich es mit Uragh hätte aufnehmen können. Glaub mir, das will was heißen, und es ist nicht die Art von Aussage, die ich machen wollte. Ich konnte unmöglich in dieses perfekt gemachte Bett steigen, wenn ich so aussah und mich so fühlte, also schaltete ich die Dusche ein und zog meine Unterwäsche aus, während ich darauf wartete, dass der Solarheizkörper ansprang. Als ich meine nackte Haut sah, erinnerte ich mich an Liz Durisons Körper und stellte mir vor, wie sie aussah, als Morgan sie fand, wie sie auf diesem Rasen lag, der von der sternenlosen Nacht schwarz gefärbt war.

Ich verdrängte das Bild aus meinem Kopf und stieg in die Dusche. Es war nicht der Zeitpunkt, um die Gewalt des Tages noch einmal zu durchleben. Das warme Wasser tat meinen schmerzenden Muskeln gut, und es schien auch meine Gedanken zu beruhigen. Ich schrubbte mich ab und versuchte, das Böse abzuwaschen, das ich gesehen hatte; die Grausamkeit. Natürlich bräuchte ich etwas Stärkeres als Mandelmilch-Duschgel, um diese Aufgabe zu erfüllen.

Kaum hatte ich mich eingeseift, hörte ich mein Handy klingeln, und ich seufzte und verdrehte meine blutunterlaufenen Augen zur Dampfwolke, die an der Decke schwebte.

Ich drehte die Dusche ab und kletterte aus der Glaskabine, immer noch voller Schaum und tropfnass, und suchte nach dem Ding, das ich schließlich in der Küche fand, wo die Fliesen kalt unter meinen nackten Füßen waren. Ich stürzte mich darauf und nahm es beim letzten Klingeln ab.

»Hallo?«, sagte ich. Ich erkannte die Nummer nicht, aber das bedeutete nicht, dass es nicht Morgan war, die versuchte, mich zu erreichen. »Hallo?«

»Ich suche eine Jacquelyn Denna Knight«, sagte eine erhabene Stimme. »Zauberin?«

»Die haben Sie gefunden«, sagte ich, hin- und hergerissen zwischen dem Wunsch zu erfahren, wer der Besitzer dieser selbstgefälligen Stimme war, und ihm zu sagen, wo er sich seinen Anruf zur Geisterstunde hinstecken kann.

»Frau Knight«, sagte er, »ich brauche Ihre Hilfe.«

Hör mal, Kumpel, dachte ich, *ich brauche ein Handtuch und eine gute Nachtruhe. Also kannst du–*

»Mein Name ist Estelar Pavaris.«

»Oh.« Ich war noch nie eine, die mit Namen um sich wirft, aber wenn Estelar Pavaris, VIP-Elfen-Esquire, Eigentümer des Elfen-Verlags und der zugehörigen Magazine (und des größten Herrenhauses der Stadt), dich mitten in der Nacht anruft, dann hörst du verdammt gut zu.

Ich räusperte mich. »Was kann ich für Sie tun, Herr Pavaris?«

»Ich habe eine Situation«, sagte er. »Ich habe gehört, Sie seien die Beste, um die besondere... Herausforderung zu lösen, die ich habe.«

Jetzt, da wir miteinander sprachen, durchschaute ich seinen distanzierten Ton und hörte ein leichtes Zittern in seiner Stimme. Er machte sich wegen etwas Sorgen. Wirklich große Sorgen. Ich tappte langsam zurück in mein Schlafzimmer, um meinen Bademantel zu holen, den ich um meinen noch tropfenden Körper wickelte.

»Welches Problem wäre das?« Ich fühlte mich schlecht für den Kerl, und ich wollte nicht unsensibel sein, aber ich hatte ein Date mit meinem Kopfkissen. Ich brauchte Pavaris, so reich und gutaussehend und wichtig wie er war, doch damit er endlich auf den Punkt kam.

»Ich würde es vorziehen, das persönlich zu besprechen, wenn es Ihnen nicht schrecklich viel ausmacht?«

»Natürlich«, sagte ich. Ich hatte nichts gegen ein Treffen mit Pavaris. Nach allem, was ich gehört hatte, endeten Geschäfts-treffen mit Estelar unausweichlich damit, dass Goldmünzen auf dein Gesicht regneten. Außerdem war ich neugierig.

»Zehn Uhr?«, wagte der Elf. »Im Herrenhaus?«

Ich erblickte einen einsamen, leicht verschrumpelten Apfel auf meinem Esstisch. Mein Magen knurrte und lieferte eine ziemlich überzeugende Werwolf-Imitation ab. Ich nahm den Apfel auf und wollte gerade hineinbeißen, als mir klar wurde, dass ich am nächsten Morgen beim Aufwachen noch hungriger sein würde, also steckte ich ihn stattdessen in meine Bademanteltasche. Der Werwolf war nicht glücklich.

»Ich werde da sein«, sagte ich zu Pavaris.

Ich beendete den Anruf und begann nach meinem Pyjama zu suchen. Er war nicht dort, wo ich ihn gelassen hatte, schmutzig und zerknittert auf dem Boden. Ich fluchte und öffnete meine Schranktür, und da war er: wunderschön gefaltet und auf dem Regal wartend.

»Ich habe dir gesagt, du sollst meinen Pyjama nicht falten!«, schrie ich in den Raum, aber da war niemand.

Endlich, endlich kroch ich ins Bett und spürte den kühlen Baumwoll-Kissenbezug an meiner Wange. Meine kratzenden Augen fielen zu... und die Türklingel läutete.

»Das kann doch nicht wahr sein«, sagte ich, warf die Bettdecke zurück, sprang aus dem Bett und stürmte zur Tür. Es musste Uragh sein. Wer sonst würde zu dieser unzivilisierten Stunde an einer Tür klingeln? Orks kümmern sich nicht um Höflichkeit. Orks kümmern sich nicht um-

Aber als ich die Tür aufriss, war es kein großer, stinkender Ork, sondern ein kleiner, schmächtiger Junge mit leuchtenden Jadegoldstücken als Augen und schmutzigen Klamotten, die nach den Stadtslums rochen. Ein Straßenkind. Ich kannte den Geruch nur zu gut. Ein charmantes Straßenkind, aber dennoch ein Straßenkind.

Ich seufzte und sackte gegen den Türrahmen. »Bron. Es ist ein Uhr morgens, verdammt nochmal.«

»Ich habe dein Licht gesehen«, sagte er.

»Ich hatte einen langen Tag«, sagte ich. »Verschwinde.«

»Ich bin nur gekommen, um dich eine Sache zu fragen.«

»Ich habe kein Essen für dich«, sagte ich, während der Apfel ein Loch in meine Tasche brannte.

»Ich bin nicht wegen Essen gekommen«, sagte er und sah leicht beleidigt aus.

»Ich weiß, wofür du gekommen bist.«

»Wirst du wenigstens darüber nachdenken?«

»Du bist doch nur ein Kind«, sagte ich. »Wie alt bist du überhaupt? Zehn?«

»Sechzehn!«, sagte er. »Ich bin praktisch ein Erwachsener.«

Ich lachte laut auf und begann, die Tür zu schließen.

»Vierzehn«, flüsterte er. Immer noch gelogen. Er war keinen Tag älter als zwölf.

Ich öffnete sie wieder und seufzte erneut. Es war der längste Tag in der Geschichte meines Lebens und wahrscheinlich in der Geschichte der Welt, seit Anbeginn der Zeit.

»Die Antwort ist nein, Bron. Die Antwort war gestern nein, und sie wird morgen nein sein. Also kannst du uns beiden Zeit sparen, indem du nie wieder fragst.«

Der Junge sah enttäuscht aus, aber da war ein Glitzern in seinen Augen, das mir sagte, dass er am nächsten Tag wiederkommen würde. Wenn nichts anderes, war er hartnäckig. Er verbeugte sich und wandte sich zum Gehen, bereit, in der Dunkelheit zu verschwinden, aus der er gekommen war. Ein Nachtelf.

»Bron«, sagte ich, und er wirbelte herum. Ich warf ihm den Apfel zu, und er fing ihn. »Bis morgen.«

KAPITEL 6

DIE HOCHFEUER-KRONE

Ich stand mit offenem Mund vor der Pavaris-Villa. Ich hatte zwar Fotos des Anwesens gesehen, aber die Bilder auf dem Bildschirm wurden ihm nicht gerecht. Es war so groß wie ein Schloss, fachmännisch gebaut, wunderschön gestaltet, massiv und doch ätherisch, aus rosarotem und elfenbeinfarbenem Marmor gefertigt und mit Gold eingefasst. Es war die magische Version des Taj Mahal und strahlte mit seinen inhärenten Verzauberungen in der hellen afrikanischen Sonne. Hübsche Finken mit feurigen Federn säumten die Oberseite des Tores und hüpften zwitschernd zur Begrüßung, als sich die riesige Doppeltür nach innen öffnete und den üppigsten, lebendigsten und gepflegtesten Garten enthüllte, den ich je gesehen hatte.

Ich fragte mich, wie viel von der Landschaft echt und wie viel eine Illusion war. Soweit ich wusste, gab es in Joburg keine Finken. Dieser smaragdgrüne Rasenteppich würde ein Team von Gärtnern und ein olympiagroßes Bewässerungsbecken eine Woche lang brauchen, um so auszusehen. Ein Beschwörungszauber wäre viel erschwinglicher, ganz zu schweigen vom Wassersparen. Interessieren sich Elfen überhaupt für ökologische Fußabdrücke? Wahrscheinlich nicht. Vielleicht unterschätze ich sie, aber ich habe noch nie eine Elfe getroffen, die sich um viel mehr kümmerte als um sich selbst und – bestenfalls – ihre Familie. Wie Ferra gerne sagt: *Es gibt einen Grund, warum in »selbstsüchtig« das Wort »Elf« steckt.* Manchmal vergisst sie das »selbst« komplett: Wenn eines ihrer zwölf Kinder mehr als seinen Anteil fordert, schlägt sie mit ihren Kupfertöpfen herum und schreit: *Hör auf, so elfisch zu sein!*

Ich ging den breiten, glitzernden Steinweg entlang, der von dunkelgrünen Bodendecker gesäumt war. In den Beeten blühten gerüschte Iris, lilafarbener gefleckter Fingerhut und kleine weiße Gänseblümchen, und das Ende des Weges wurde von einem Paar mit Früchten beladener Kumquat-Hochstämme angekündigt. Ich konnte den Duft der honigartigen Zitrusblüten in der Luft riechen.

Zwei Männer mit Gewehren über den Schultern tauchten plötzlich wie aus dem Nichts auf, und sie sahen nicht erfreut aus, mich zu sehen, als ich vor Überraschung zusammenzuckte. Die beiden waren die ganze Zeit da gewesen und verschmolzen dank einer Art Tarnungsvoodoo in ihren Uniformen perfekt mit den rosafarbenen Marmorsäulen auf beiden Seiten der Eingangstür. Ich erholte mich schnell und hob ohne zu lächeln mein Kinn zu ihnen.

Dann hörte ich wütendes Bellen, und ein Paar glänzender Dobermänner mit Diamanthalsbändern raste um die Ecke. Ich griff schnell nach meinem Zauberstab, bereit, einen Schutzschild zu errichten, aber auch der Gärtner brach seine Unsichtbarkeitstarnung, und ich sah, dass die Hunde an der Leine waren. Sie zogen an uns vorbei, wobei die Hunde die ganze Zeit versuchten, an mich heranzukommen, begierig, einen Bissen zu nehmen. Nachdem sie vorbei waren, holte ich tief Luft und klemmte meinen Zauberstab wieder zurück.

»Ms. Knight«, sagte der größere Wächter und erwiderte mein Nicht-Lächeln. »Mr. Pavaris erwartet Sie.«

Er ließ mich in das kühle, weitläufige Innere eintreten, das luxuriös mit orientalischen Teppichen, Bronzeskulpturen und riesigen, goldgerahmten Porträts anderer Sehr Wichtiger Elfen dekoriert war. Der Wächter führte mich die geschwungene Treppe hinauf und in die Bibliothek, die mir den Atem raubte. Ich versuchte, professionell zu bleiben, aber die schiere Menge an Büchern und die antike Leiter auf Rädern begeisterten mich. Der bewaffnete Mann betrachtete mich mit gründlicher Verachtung. Ich ignorierte ihn und begann, eine Reihe Bücher zu studieren, und eine Visitenkarte im Regal fiel mir auf.

LOCKTON VERSICHERUNG.

Ich wollte sie gerade aufnehmen, als ich hörte, wie mein Name hinter mir angekündigt wurde.

»Ms. Knight.«

Ich erkannte die Überheblichkeit in seiner Stimme und die Verzweiflung, und ich drehte mich um, um ihn zu begrüßen.

Pavaris war groß und gutaussehend, wenn auch etwas älter als ich mir vorgestellt hatte, und in teure, elfenbeinfarbene Gewänder mit silbernen Fäden gekleidet. Er lächelte und nahm meine Hände in seine, als wäre ich eine lang verlorene, innig geliebte Verwandte.

»Willkommen«, schnurrte er und deutete auf die Chaiselongue vor einem gewölbten Fenster. »Ich bin Estelar.«

Er sprach seinen Namen aus, als wäre er der Hauptdarsteller auf einer Londoner Bühne. *Esta-laaaaaar.*

»Nenn mich Jax«, sagte ich und hoffte, mit meinem Tonfall zu vermitteln, dass ich nicht hier war, um seine Hauptdarstellerin zu sein. Ich wollte zur Sache kommen und dann wieder verschwinden. Ich hatte, wie man so schön sagt, noch andere Eisen im Feuer.

Er ließ sich auf das Chesterfield-Sofa mir gegenüber sinken und klatschte leise in die Hände, rechts neben seinem leicht spitzen Ohr. Zwei Diener erschienen wie aus dem Nichts. Einer schnappte sich mit Schwung eine roségoldene Brokatdecke und legte sie über den Kaffeetisch zwischen uns, und der andere begann, Teller mit Nachmittagsköstlichkeiten abzustellen. Weiche weiße Gurkensandwiches ohne Kruste, winzige Karottenmuffins, auf denen kleine Zuckermöhren steckten, Kardamom-Zuckerplätzchen, bunte Macarons und glänzende Petit Fours.

Ein weiterer Diener erschien und goss uns drei verschiedene Getränke ein: süßen Pfefferminztee in flussgrünen Glasbechern, äthiopischen Kaffee in Espressotassen und Gläser mit eiskaltem Sprudelwasser mit frischen Limettenscheiben. Wenn offensichtliche Zurschaustellung von Reichtum Zauberer beeindrucken würde, wäre ich beeindruckt gewesen. So war ich einfach nur neugierig zu erfahren, wofür Pavaris mich einstellen wollte und warum er das Bedürfnis hatte, diese Show abzuziehen. Ich war eine hungernde Zauberin aus dem schlechten Teil der Stadt, und das wusste er. Wozu die Schnörkel? Wozu die üppige Tischdecke? Wozu das französische Gebäck? Ich rührte das Essen nicht an, obwohl der Werwolf in meinem Magen sein Bestes tat, um sich herauszukratzen und auf den Tisch zu springen.

Estelar bemerkte meine Zurückhaltung.

»Sie fragen sich, warum ich Sie hergebeten habe«, sagte er.

»Das tue ich.«

»Sie sind beschäftigt. Sie haben andere Fälle. Sie wollen hier raus.«

Ich schaute ihn an. Seine Augen waren pazifikblau und betörend.

»Sie sind die talentierteste Zauberin des Landes.«

»Nicht ganz«, sagte ich.

Er sah beleidigt aus, in meinem Namen. »Sicher die Beste in der Stadt.«

»Das weiß ich nicht«, log ich.

»Ihre Bescheidenheit beiseite, Sie wurden mir aufs Höchste empfohlen.«

Ich spießte ein Sandwich mit meiner zierlichen Goldgabel auf. Wenn der Mann sowieso schwatzen wollte, konnte ich genauso gut einen Snack zu mir nehmen.

»Ich verstehe«, schnurrte er, »dass Sie eine äußerst beschäftigte Frau sind. Aber ich muss Sie einstellen, und ich möchte, dass dieser Fall Ihr alleiniger Fokus ist.«

»Das kann ich nicht tun«, sagte ich und wischte mir den Mund mit einer Serviette ab, die bis zur Unkenntlichkeit gestärkt worden war. »Ich habe letzte Nacht einen wichtigen Auftrag angenommen, und es ist nicht die Art von Auftrag, die warten kann.«

Ein Bild von Liz Durisons gebrandmarkter Brust blitzte in mir auf. Ihr Geruch auch, was mich dazu brachte, mit dem Kauen aufzuhören und den Rest meines Sandwiches abzulegen. Ich klopfte die Krümel von meinen Fingern.

»Ich zahle Ihnen das Doppelte.« Pavaris tupfte auch seine Lippen ab, als wolle er die Niedrigkeit des Redens über Geld am Teetisch wegwischen.

Ich bemerkte einen haarfeinen Riss in meiner Kaffeetasse. »Was brauchen Sie?«

Pavaris stellte sein Teeglas ab, und sein Mund zuckte. Er stand auf und strich den schimmernden cremefarbenen Stoff seiner Roben glatt. »Bitte«, sagte er, »kommen Sie mit mir.«

Die Elfe führte mich in einen kleinen Raum im Zentrum der Villa. Am Eingang stand ein großer vergoldeter Vogelkäfig, der mit einem fuchsiafarbenen Seidenschal bedeckt war, und in der Mitte des Raumes stand ein Podest mit einem Satinkissen obendrauf.

Pavaris kaute auf seiner Unterlippe und rieb sich die Stirn. Es waren Linien auf seiner Haut, die ich vorher nicht bemerkt hatte, und die Vorhänge im Raum sahen sonnengebleicht und staubig aus.

»Ich weiß nicht, wie sie hereingekommen sind«, sagte er. »Ich weiß nicht, wie sie es nehmen konnten. Ich bin der Einzige, der die Sicherheitsverzauberung in diesem Raum deaktivieren kann.«

Ich riss meinen Blick vom leeren Satinkissen auf dem Podest los und schaute ihm wieder in die Augen. Jetzt mehr flehend als betörend. Ich runzelte die Stirn.

Er rieb sich wieder die Stirn, offensichtlich beunruhigt. »Ich bin der Einzige, verstehen Sie?«

Ich verstand schon, und deshalb war ich verwirrt. Wenn man sich ein gewöhnliches Sicherheitssystem vorstellt, mit bewegungsempfindlichen Strahlen und kreischenden Alarmen und einem Tastenfeld, um es ein- und auszuschalten, und man die Empfindlichkeit und Intelligenz der Strahlen hundertfach multipliziert und dem Passwort eine magische Dimension hinzufügt, so dass es sich jede Sekunde ändert und niemand es jemals umgehen kann, außer dem Beschwörer des Zaubers, dann hat man eine Vorstellung von einer Sicherheitsverzauberung einer Elfe.

»Was haben sie gestohlen?«

Pavaris brauchte einen Moment, um sich mit tiefem – und zutiefst unattraktivem – Nasenatmen zu sammeln, dann sagte er mit einer Hand auf seiner Brust: »Meine Krone.«

»Ihre Krone?«

»Es ist nicht irgendeine Krone«, sagte er. »Es ist die Hochfeuer-Krone.«

Ich durchsuchte den sich drehenden Karteikartenkasten in meinem Kopf nach dem Begriff. Es klang vertraut.

»Die Hochfeuer-Krone«, sagte Estelar, »wurde von Generation zu Generation in meiner Familie weitergegeben. Ein magisches Objekt von unermesslichem Wert. Blasses Gold, belebt von weißem Feuer. Diamanten, geschmiedet in den baltischen Vulkanen, Perlen aus den Tiefen von Atlantis.«

Pavaris hatte seine Berufung verpasst, dachte ich. Er sollte wirklich auf irgendeiner Bühne stehen. Ich hatte das Gefühl, dass er gleich weinen würde, und ich hatte weder die Zeit noch die Lust, zuzusehen, wie er hässlich heult.

»Wo waren Ihre Wachen?«, fragte ich in der Hoffnung, ihn aus seinem Selbstgespräch herauszureißen.

»Im Koma«, sagte er. »Opfer irgendeines starken Schlafzaubers. Ich hätte gedacht, sie wären tot, wenn sie nicht so donnernd geschnarcht hätten. Das hat mich aufgeweckt. Es klang, als würde jemand das Haus absägen. Sie waren am Leben, den Leeren sei Dank, aber nicht jeder hatte so viel Glück.«

Seine schweren Augenlider ruhten auf dem Käfig neben uns. Ich zog den leuchtenden Seidenschal ab, und er zuckte zusammen. Auf dem Boden des Käfigs lag ein großer, steifer Vogel, die Augen geschlossen, die Beine wie spröde Winterstöcke in der Luft.

»Ihr Sicherheitsvogel«, sagte ich.

»Pharos. Wunderbarer Vogel. Möge er in Frieden ruhen.«

»Pavaris«, sagte ich. »Er ist nicht tot.«

Die Elfe blickte vom Wischen seiner Augen auf. »Wie bitte?«

»Er ist nicht tot«, wiederholte ich, öffnete die Käfigtür, schob meine Hand hinein und hob den Phönix vom zerschredderten Zeitungsboden auf. Ich konnte nicht umhin zu bemerken, dass der Zeitungskopf zu einer der Pavaris-Publikationen gehörte, die letztes Jahr eingegangen war. Es schien grausam, den Vergleich zu ziehen, aber es schien passend, dass sie mit Phönix-Kot bedeckt war.

Pharos war ein großer Kerl, schwer in meinen Händen, und man konnte Pavaris verzeihen, dass er ihn mit seinen stumpfen

Federn und seiner hängenden marineblauen Zunge für tot hielt.

Ich bettete Pharos in meine linke Hand, bedeckte seine Brust mit meiner rechten und schaute ihn konzentriert an. Ich fand das Herz des Vogels und legte meine Fingerspitzen auf die indigoblauen Federn, die es bedeckten. Ich versuchte, mich auf die Emotion im Raum zu konzentrieren: Pavaris' Verwüstung, seine Trauer, sein Gefühl des Verlusts.

»*Contendis*«, sagte ich, und wir hielten den Atem an. Der Phönix blieb, für alle Absichten und Zwecke, tot.

Estelar runzelte die Stirn. Was für eine grausame Zauberin ich sei, stellte ich mir vor, dass er dachte, hierher zu kommen und ihm falsche Hoffnungen zu machen? Ich drückte den Vogel etwas fester und beschloss, es noch einmal zu versuchen. Diesmal benutzte ich meine eigenen Gefühle statt die der Elfe: mein Ego, das von gestern noch schmerzte, meinen Hunger, meine Angst. Der einzige Vorteil einer schrecklichen Kindheit ist, dass ich den Schmerz nutzen kann, wann immer ich ihn brauche. Er ist immer da, im Hintergrund, ein geisterhaftes Schmerzen meines Herzens. Ich dachte an meine Eltern und spürte, wie die Traurigkeit in meiner Brust anschwoll, und ich wirbelte sie auf, schickte sie meinen Arm entlang und lenkte sie durch meine Finger in die Brust des Phönix.

»*Contendis*«, sagte ich noch einmal.

Zuerst geschah nichts, aber dann zuckten die Augen des Vogels, und ich ließ den Atem aus, den ich unbewusst angehalten hatte. Pharos schüttelte einen Flügel aus und strampelte wie verrückt mit seinen Füßen in der Luft. Ich drehte ihn um, und er ergriff meinen Daumen, schüttelte dann seinen anderen Flügel aus und zitterte. Seine stumpfen Federn erwachten mit Farbe zum Leben, und er knabberte an seiner Brust, vielleicht wunderte er sich, warum sie sich seltsam anfühlte.

Pavaris streckte einen schlanken Finger aus. Pharos hüpfte auf seine Hand, nickte und zwitscherte. Nun war es an der Elfe, mit offenem Mund dazustehen, und er sah mich an, als wäre ich ein leibhaftiger Engel. Noch nie hat mich eine Elfe – oder irgendein Mann – so angesehen. Ein Gefühl, an das ich mich gewöhnen könnte. Aber noch erfreulicher war die Tatsache, dass es ihm die Sprache verschlagen hatte.

»Es war ein Herz-Pausen-Zauber«, sagte ich. Estelar wusste, was das bedeutete. Es ist ein leicht umzukehrender Zauber, wenn man ihn rechtzeitig erkennt, aber ein paar Stunden später hätte der Vogel kein Comeback mehr gehabt.

»Danke?«, sagte Pavaris. Ich bin mir nicht sicher, warum es eine Frage war, aber es spielte keine Rolle. Er stimmte zu, mir die Hälfte meines Honorars im Voraus zu zahlen, und ich verließ das opulente Anwesen mit dem Gedanken, dass ich genau wusste, wer die Hochfeuer-Krone gestohlen hatte.

KAPITEL 7
MIT EINER BLUTROTEN BRILLE

Ich verließ die Pavaris-Villa mit einem ziemlich guten Gefühl. Nicht nur hatte ich seinen Phönix gerettet und erraten, wer der Dieb der HighFire-Krone war, sondern ich würde bald genug Geld auf dem Konto haben, um zwei volle Monate Miete zu bezahlen, plus ein bisschen Wechselgeld für einen Beutel Lebensmittel. Das Leben war gut. Das Leben war sehr gut, dachte ich, während ich die glatten Gehwege in der noblen Elfenvorstadt entlangspazierte, vorbei an Elfen, die ihre glänzenden Hunde mit teuren, juwelenbesetzten Halsbändern und schimmerndem blonden Fell ausführten, und jungen Müttern, die in ihre Designer-Kinderwagen gurrten, die wahrscheinlich mehr kosteten als meine gesamte Wohnung. Elfen sind eigentlich gar nicht so übel, oder? Obwohl ich diese besondere Erkenntnis sicher nicht mit Ferra teilen würde.

Es war leicht, sich im Elfenland friedlich zu fühlen. Die Elfen hatten eine Art Shangri-La für sich geschaffen, indem sie alle teuren Grundstücke im Norden von Johannesburg aufkauften, störrische Bewohner bestachen oder auf andere heimtückische Weise vertrieben und es zu ihrem eigenen machten. Die Elfenvororte waren riesige, umzäunte Gemeinschaften, die rund um die Uhr von ihrem eingesetzten Personal in schwarz-offiziell aussehenden Uniformen bewacht wurden. Wer auch immer die Krone gestohlen hatte, besaß entweder extreme Talente magischer Art oder war super gerissen und hatte einen ernsthaften Fall von Cleverness.

Wen will ich verarschen? dachte ich. Um durch einen elfischen Sicherheitszauber zu brechen, bräuchte man alle drei.

Unmittelbar außerhalb des wohlhabenden Viertels wurden die Straßen löchrig und schmutzig, und Unkraut drückte sich durch die Risse im Bürgersteig. Das war eher die Nachbarschaft, an die ich gewöhnt war, und meine Schultern entspannten sich. Hier fühlte ich mich nicht wie ein Alien in meinem schwarzen Outfit und mit meinem polierten Haar. Ein Raster aus Hütten mit Wellblechdächern schimmerte in der späten Morgensonne, und Müll, der sich in Maschendrahtzäunen verfangen hatte, schwankte und knallte im Wind. Kinder in ausgeblichenen Hemden rannten, jubelten und spielten, während Mütter handgewaschene Wäsche aufhängten. Man musste kein Genie sein, um zu erraten, dass eines Tages bald die Menschen, die in den Treibhäusern lebten, aus ihren Hütten hervorblühen und einen Teil des Landes nebenan fordern würden. Ich hatte mich mit der schieren Extravaganz der Pavaris-Villa unwohl gefühlt, aber als ich da stand und den Kindern zusah, wie sie im Schatten all dieses importierten Marmors und blitzenden Goldes spielten, fühlte ich mich regelrecht übel. Ich hatte jedoch nicht viel Zeit, mich meiner selbstgerechten Übelkeit hinzugeben, denn eine Limousine in der Farbe von Kohle glitt direkt neben mir zum Stehen, und drei Schläger sprangen aus der Kabine und versuchten, mich hineinzuzerren.

~

IN EINEM HEIßEN Augenblick wurde ich in die Zeit zurückversetzt, als ich neun war und in den grauen Straßen im Zentrum von Jo'burg lebte. Ich hatte gerade meine aufkeimende Magie benutzt, um einen Zwanzig-Rand-Schein aus der cremefarbenen Leinentasche eines Passanten zu ziehen, und träumte von der Tüte heißer Pommes, die ich damit kaufen würde. Ich war zu hungrig, um mich schuldig zu fühlen. Als ich mich der kleinen Straßenkinderbande anschloss, war ich ein traumatisiertes kleines Mädchen, in jeder Hinsicht verloren. Sie nahmen mich auf und brachten mir ihre spezielle Art von Magie bei: schnelle und schmutzige Zauber, die man in fast jede Situation einschmuggeln konnte, ohne erwischt zu werden. Das Geld in meiner Hand war der Beweis, dass ich auf mich selbst aufpassen konnte. Es ließ mich mich clever und stark und unabhängig fühlen, und weniger kaputt. Es bedeutete mir alles.

An der Ecke gab es einen Verkäufer, der uns seine gerade abgelaufenen Lebensmittel gab, wenn wir nicht rumhingen und seine zahlenden Kunden belästigten. Wir nannten ihn Mr. Hot Dog, weil es ein lustiges Gemälde auf seiner Ladenfront gab, das einen Vienna-Mann zeigte, der ein langes Brötchen trug, mit einer Kringellinie aus Tomatensauce, die seinen Körper herunterlief. Mr. Hot Dog hatte eine ruhige Woche und hatte an diesem Tag keine Reste für uns, sodass einige von uns eine Weile nichts gegessen hatten. Diese Tage auf der Straße waren es, als ich meinen inneren Werwolf kennenlernte.

Ich umklammerte das kostbare Geld in meiner kleinen, schwarznägeligen und schmutzigen Hand und richtete meinen Blick auf Mr.

Hot Dogs fettiges Bedienungsfenster, das einer meiner Lieblingsorte auf der Welt war, besonders damals, im kalten Winter, weil die heiße Küchenluft herauswallte und mich in den kurzen, gestohlenen Momenten des Vorbeigehens warm hielt. Aber kein Herumhängen, um den Geruch des alten Sonnenblumenöls aus der Fritteuse einzuatmen, oder das Aroma von geschwollenen Frankfurtern in ihrer Wärmeschublade. Kein Herumtrödeln, um blaue Finger aufzutauen, oder wir würden unsere Reste nicht bekommen. Aber diesmal hatte ich Geld, und ich würde in der kurzen Schlange stehen und den Dampf auf meinem Gesicht und meinen eisigen Händen spüren können, während ich mit den anderen zahlenden Kunden wartete. Ich wusste, dass Mr. Hot Dog meine Tüte mit so vielen zusätzlichen Pommes füllen würde, wie sie vertragen konnte, ohne dass sie an den Seiten aufplatzte, sodass ich sie mit meinen Feral-Kumpeln teilen könnte, ohne große Qual zu empfinden. Ich dachte an die Gewürze und den Essig, und mir lief das Wasser im Mund zusammen.

Ich musste etwa zehn Schritte vom Verkäufer entfernt gewesen sein, als der Schläger mich packte. Er trug eine Art Unsichtbarkeitszauber, also als er mich am Genick hochhob, fühlte ich mich, als würde ich fliegen. Ich trat und schrie, und er schlug seine Hand so fest über meinen Mund, dass meine Zähne meine Lippe schnitten, und ich konnte das Blut schmecken.

(So viel Blut in meinen Erinnerungen; manchmal habe ich das Gefühl, als ob mein ganzes Leben von Blut getönt worden wäre — wie durch eine blutrote Brille.)

Ich wand mich weiter und trat um mich, und schrie in seine heiße, salzige Handfläche, die so groß wie mein Gesicht war. Er knurrte mich an, still zu sein, aber ich hatte andere Pläne.

»Monstras!« rief ich. Es war ein Enthüllungszauber, den die Ferals mir beigebracht hatten. Der Unsichtbarkeitszauber raschelte und

fiel vom Mann ab wie eine rutschige Decke. Ich blickte in sein breites, entschlossenes Gesicht und schrie direkt hinein, wobei Blut auf seine Wange spritzte.

»Hilfe!« schrie ich. »Hilfe!« aber meine Worte waren gedämpft, und selbst wenn sie es nicht gewesen wären, wusste ich aus Erfahrung bereits, dass Menschen nicht anhalten, um Kindern in Lumpen zu helfen, selbst wenn sie in Schwierigkeiten sind. Wenn ich ein hübsches Kleid getragen hätte und mein Haar gewaschen und geflochten, meine Haut geschrubbt gewesen wäre, hätten Fremde den Mann vielleicht aufgehalten, verlangt, dass er mich loslässt, aber ich war kein geliebtes Kind. Nicht mehr.

Der Zwanzig-Rand-Schein flatterte zu Boden.

Ein bronzefarbener SUV hielt an, und die Beifahrertür wurde aufgerissen. Der Entführer schleuderte mich hinein, als wäre ich ein Rugbyball, rutschte dann hinein und schlug die Tür zu.

»Fahr!« wies er den Fahrer hinter der Scheibe mit getöntem Glas an und schaute sich auf dem Bürgersteig um, den wir gerade verlassen hatten, um nach potenziellen Zeugen zu suchen oder jemandem, der uns hätte aufhalten wollen. Da er keine unmittelbaren Bedrohungen sah, zog er etwas heraus, das wie ein weißer Stift aussah, und stach mir damit in den Arm. Ich quietschte, als die Nadel in mich hineinbiss, und dann verblasste der Schmerz schnell. Ich dachte, es müsse eine Injektion sein, ein Beruhigungsmittel, aber dann sah ich, wie er sich das Anzeigefenster auf dem Gerät ansah. Er schien zufrieden zu sein und sprach in sein Telefon.

»Hab sie«, sagte er und schaute wieder auf die Anzeige des Stifts. »Ja, ich bin sicher. Ihr Magus ist eine Zehn.«

Dann lehnte er sich zurück, grunzte und begann, mein Blut mit einem blauen Taschentuch von seinem Gesicht zu wischen. Das Auto *fuhr mit quietschenden Reifen los und reihte sich in den schnell flie-ßenden Verkehr aus dem Stadtzentrum ein. Ich sah die Ferals oder Mr. Hot Dog nie wieder.*

~

DER FLASHBACK HATTE mich vorübergehend geblendet, aber ich kehrte schnell in die Realität zurück, zurück zu der ominösen kohlefarbenen Limousine und den drei Wilden, die ihr Bestes taten, um mich hineinzuzerren.

Keine Chance, dachte ich. *Nicht noch einmal.*

»Lasst mich los!« schrie ich und biss in eine der Hände, die mich nach unten zwangen. Es war ein Fehler. Orks schmecken schrecklich. Ich versuchte, den anderen zu treten, versuchte, nach meinem Zauberstab zu greifen – meine Armbrust war immer noch verklemmt –, aber sie bedachten mich mit ihrer rohen Kraft und ihrem üblen Atem, bis ich fast ohnmächtig ins Innere des Autos fiel. Offenbar bieten magische kugelsichere Mäntel nicht viel Schutz gegen drei Tölpel, die darauf beste-hen, dich zu entführen. Geschichten über Zauberer-Menschen-handel hallten in meinem Kopf wider, und ich spürte einen neuen Kraftschub. Ich weigerte mich, ein Opfer zu sein. Ich schrie und befreite meine Hand, griff nach meinem Zauberstab an meinem Dienstgürtel und hielt ihn dem Ork entgegen, der so cool wie eine Gurke auf dem Autositz mir gegenüber saß. Und damit meine ich grünlich, mit unschönen Beulen auf der Haut. Eine Gewürzgurke mit Lippenstift.

»Effectus advers-«

Der Ork lehnte sich vor und schlug mir den Zauberstab aus der Hand, bevor ich Zeit hatte, die Beschwörung zu beenden. Ich fiel auf alle Viere und suchte auf dem Boden der Limousine.

Glücklicherweise schien meinem Zauberstab die Idee, der Ork-Mafia überlassen zu werden, nicht zu gefallen, also flog er in meine Hand, sobald er meine greifende Handfläche spürte.

»*Effectus*-« Ich wirbelte auf meinen Knien zu ihr herum, aber es nützte nichts. Diesmal spitzte sie ihre Lippen, als wäre ich ein widerspenstiges Kind, und verpasste mir einen Killer-Haken an den Kiefer.

Ich fiel zurück, ließ den Zauberstab wieder fallen, sah Sterne und hielt mir das Gesicht, wo sie mich getroffen hatte.

»Du glaubst, du bist die Einzige, die schnell und dreckig sein kann?« fragte sie. »Du liegst falsch.«

Sie nickte den Leibwächtern zu, die Türen zu schließen, und sie taten es. Ich krabbelte vom Boden zurück auf den Sitz. Die Kabine war kühl und ruhig.

»Was willst du von mir?« fragte ich und massierte meine Wange, die vor Schmerz funkelte.

Ich nahm den Schlag nicht zu persönlich. Orks kommunizieren lieber mit ihren Fäusten; das ist eine kulturelle Sache. Sie legen nicht viel Wert auf Worte, sie müssen es nicht. Warum eine Debatte mit jemandem führen, wenn du ihm einfach ins Gesicht schlagen kannst? Ich starrte die Frau an und ballte meine Finger zu einer weißknöchrigen Faust. Wenn so dieses Gespräch verlaufen sollte, war ich bereit.

»Ich brauche deine Hilfe«, sagte sie, und ich lachte laut, trotz des schmerzenden Kiefers.

»Das ist eine ungewöhnliche Art, um Hilfe zu bitten«, sagte ich. Es tat weh.

Sie lehnte sich nach vorn und nach unten, wobei sie ein unvorteilhaftes Ausmaß an Ork-Dekolleté entblößte, und hob meinen Zauberstab auf. Sie hielt ihn in ihren feuchten Händen auf ihrem Schoß. Ich konnte das Ding praktisch weinen hören.

»Die meisten Leute sind höflich, weißt du?« sagte ich. »Sie sagen bitte, anstatt dein Gesicht zu brechen.«

Ihr Gesicht blieb steinern. »Bitte«, sagte sie, und dann, wie als Nachgedanken, »mein Mann ist in Gefahr.«

Ich las die Inschrift auf dem tellergroßen Medaillon, das an einer goldenen Kette um ihren Hals hing. SHAGAR, stand dort, was meine schlimmsten Befürchtungen bestätigte. Diese Gurkengesichtige war nicht nur Mafia, sie war Mrs. Godfather.

»*Faex,*« fluchte ich, gerade unter meinem Atem. »Du bist Shagar Khargol.«

Sie schien erfreut. Endlich würde ich ihr den Respekt zollen, den sie verdiente. Stattdessen stürzte ich zur Tür. Sie war verschlossen. Selbst wenn ich es irgendwie geschafft hätte, sie magisch zu öffnen, hätte ich es draußen mit den Brutalen zu tun gehabt.

»Schau«, sagte ich. »Ich fühle mich wirklich geschmeichelt. Dass du mich fragen würdest. Aber ich arbeite tatsächlich gerade an zwei anderen Fällen und-«

Der Ork spannte sich an. Sie wurde gereizt, und wenn ich nicht vorsichtig wäre, würde ich nach diesem Briefing-Slash-Entführung Zähne spucken.

»Der Grund, warum ich nicht *bitte* gesagt habe«, sagte der Ork, »ist, weil ich dich nicht *bitte*, an diesem Fall zu arbeiten.«

Die Ork-Mafia bittet nicht um Gefallen. Entweder du tust, was sie sagen, oder du schläfst bei den Fischen. Ich wusste, wenn ich die Frau von Don Vito Khargol, dem berüchtigten Ork-Paten, ablehnte, würde ich in einer Welt voller Schmerzen sein. Mein schmerzender Kiefer wäre nichts als eine angenehme Erinnerung.

Ich schluckte meine freche Antwort hinunter und sagte stattdessen: »Erzähl mir von deinem Mann.«

KAPITEL 8

DER PATE

Sugar Shagar (oder Frau Patin, wie manche Orks sie nennen) war bekannt für ihre unerschütterliche Hingabe zu ihrem Ehemann, ihre Frikadellen-Linguine und ihre Eierstöcke aus massivem Stahl. Ich hatte die Frau nie getroffen, bevor sie mir einen rechten Haken ins Gesicht verpasste, aber während ich ihr gegenübersaß, in der besonders komfortablen klimatisierten Limousine ihres Mannes, fühlte ich, wie meine Nerven mich von innen auffraßen wie ein Schwarm nervöser Piranhas.

Ich habe eine Regel, die mir in der Vergangenheit gute Dienste geleistet hat, und zwar niemals einen Auftrag von Feen, Kobolden oder Orks anzunehmen. Feen bewegen sich auf der warmen Seite des Bösen und sind völlig unberechenbar. Kobolde sind die hinterhältigsten aller magischen Spezies, und Orks... nun, man sagt, man sollte sich niemals auf die gute Seite eines Orks begeben (auf die schlechte Seite zu geraten ist keine große Sache, denn dann ist man einfach tot). Die Ork-Mafia hingegen ist weitaus gefährlicher.

Ich schaute in Shagar Khargols wässrige Augen. Sie waren eine Warnung: Sie hatten die Farbe des Schlamms am Grund des Sees, in den sie meinen leblosen Körper werfen würden. Und das auch nur, wenn meine Leiche das Glück hätte, in ein großes Gewässer zu gelangen, anstatt einfach in einer brennenden innerstädtischen Mülltonne entsorgt zu werden. Ich blickte in diese eiskalten sumpfigen Augen und begann zu schwitzen.

»Warum glauben Sie, dass er in Gefahr ist?« Meine Kehle war so trocken, dass die Frage zittrig herauskam.

»Ich habe Augen und Ohren im ganzen SubRealm«, sagte Shagar. »Ich weiß Dinge, die Sie sich nie erträumen würden.«

Ich fragte mich dann, wenn sie in einer so guten Position war, Ork-Informationen zu erhalten, warum sie mich hinzuzog.

»Er hört nicht auf mich«, sagte sie. »Er denkt, er sei unbesiegbar.«

(Nach allem, was ich gehört hatte, hatte er recht.)

»Er denkt, er wird für immer Der Pate sein.«

Soweit ich wusste, war Don Vito »Or'Capone« Khargol hoch angesehen und der gefürchtetste Ork auf dem Subkontinent. Es würde enorme Eier – oder Dummheit – erfordern, zu versuchen, ihn von seinem Thron zu stoßen. Ich hatte sicher nichts von irgendeiner Art politischer Verschwörung gehört; ich ging völlig blind in diese Sache.

Ich musste nachhaken. »Was haben Sie gehört?«

Shagar schaute aus dem getönten Fenster und klopfte gedankenverloren auf meinen Zauberstab in ihrem Schoß. Ich wollte sie bitten, damit aufzuhören, hatte aber Angst vor einem weiteren Schlag auf meinen glühenden Schädel.

Ich wischte meine klammen Hände an meiner Hose ab. »Warum sollte irgendjemand Den Paten töten wollen?«

Don Vito hält die gesamte Ork-Gemeinschaft zusammen. Er ist hart, aber fair, und er verteilt Gerechtigkeit, wenn er es für nötig hält. Nennen Sie es Känguru-Gericht oder Karma. Wenn Sie es in der Ork-Welt verdienen, wird es Sie erwischen. Es wird wahrscheinlich fünf Minuten zu früh kommen und Sie dort treffen, wo es wehtut. Das ist die Art der Orks. Ohne einen Paten würde der Status quo jedoch zerreißen. Es würde Blut auf den Straßen geben, und nicht auf die gute Art. Ich musste herausfinden, warum Don Vito in Gefahr war, und nicht nur, weil Sugar Shagar mich darum *bat* – mir *befahl* – es zu tun. Normalerweise reagiere ich nicht freundlich darauf, wenn riesige lippenstifttragende Gurken mir Anweisungen geben, aber wenn ich nicht herausfände, was die Gerüchteküche im SubRealm erschütterte, könnten wir alle gleich anfangen, unsere Lieblingsmülltonnen zum Verbrennen auszusuchen.

Die Limousine setzte mich vor meinem Gebäude ab, was gleichzeitig ein Gefallen und eine Warnung war. Shagar hatte es geschafft, mir in der halben Stunde, in der ich ihr Gefangener in der Luxuslimousine war, absolut nichts zu erzählen, aber die Botschaft war klar: *Finden Sie heraus, wer Den Paten tot sehen will, Sonst und… wir wissen, wo Sie wohnen.*

Ich schleppte mich zum Eingang meines Gebäudes, begrüßte den örtlichen Drogendealer an der Ecke, und mein Trenchcoat fühlte sich schwer auf meinen Schultern an. Heute Morgen sah alles noch so gut aus, aber jetzt fühlte ich mich wie eine Biene, die in ihrem eigenen Honig feststeckt. Das Schlimmste war, dass ich, kurz bevor ich die Tür aufzog, aus den Augenwinkeln einen Mann sah, der auf halber Strecke des Blocks stand, die Hände in den Taschen seiner Jacke, sein Blick fest auf meinen Rücken gerichtet. Ich drehte meinen Kopf so schnell zu ihm, dass ich mir fast eine Nackenverletzung zuzog, aber da war er schon verschwunden. Ich griff nach dem Zauberstab, den Shagar mir zurückgegeben hatte, und fühlte mich beruhigt durch das glatte Silber an meiner Haut, dann ging ich hinein und knallte die Tür hinter mir zu.

Ich war müde und fühlte mich danach, den Swift zu meiner Wohnung zu nehmen, aber ich hatte an diesem Tag kein Training gemacht, also wusste ich, dass meine Muskeln ein bisschen Training brauchten, wenn ich parkour-fit bleiben wollte. Ich joggte die Stufen hinauf, alle elfzigmillionen davon, und als ich das oberste Stockwerk erreichte, fühlten sich meine Beine an, als würden sie nie wieder funktionieren. Ich wackelte wie Wackelpudding zu meiner Haustür und steckte meinen Schlüssel ins Schloss, aber etwas stimmte nicht. Etwas roch seltsam. Der Schlüssel ging nicht ganz hinein und ließ sich nicht drehen. Mit zitternden Händen schaute ich über meine Schulter, dann drückte ich mit Gewalt, und der Schlüssel brach im Schloss ab.

»*Es stercus!*« fluchte ich.

Musste das ausgerechnet heute passieren? Wirklich? Heute?

Und dann wurde mir klar, was dieser Geruch von faulen Eiern in Essig war. Uragh war hier gewesen, und er hatte das verdammte Schloss gewechselt und ein paar zusätzliche eigene hinzugefügt, vermutlich aus Ork-Stahl, der praktisch unzerbrechlich ist. Da sah ich die Notiz meines Vermieters auf dem Boden, eine gekrakelte Nachricht auf der Rückseite einer Fischpaste-Verpackung. »ZWO MONATEN«, stand da (glaube ich). »RAUS.«

KAPITEL 9

MAGISCHE GIFTE UND WIE MAN EINEN SERIENKILLER FÄNGT

Natürlich hat mich eine verschlossene Tür noch nie aufhalten können, also legte ich meine Hand über den Schließmechanismus und schickte etwas Feuer in seine Richtung.

»*Ignem Exquiris*«, murmelte ich, und die Hitze aus meiner Handfläche erweichte das Metall gerade genug, dass die Tür mit einem verärgerten Klicken nachgab, als ich mein Körpergewicht dagegen stemmte. Der Stahl glühte noch, als ich hineinging und die Tür mit einem Tritt wieder schloss, während der Geruch von verkohltem Holz in der Luft hing. Der Vorteil war, dass ich gerade in meine eigene Wohnung eingebrochen war. Der Nachteil war, dass ich meine Haustür nicht mehr abschließen konnte.

Der Teppich war gestaubsaugt worden, und meine schmutzigen Klamotten vom Vortag hatten es irgendwie aus eigener Kraft in meinen Wäschekorb geschafft. Wie immer fiel das rote Hardcover aus dem Bücherregal und knallte auf den Boden.

»Hallo, Geist«, sagte ich, hob es auf, klopfte den Staub ab und schob es vorsichtig zurück an seinen Platz, wo es perfekt zwischen *Magische Gifte* und *Wie man einen Serienkiller fängt* passte.

Ich setzte mich an meinen wackligen Kiefernholztisch und klopfte mit der Spitze meines Stiefels gegen sein dünnes Bein. Auf der Tischplatte lag meine verklemmte Armbrust. Ich musste nachdenken. Ich musste etwas essen, meine Armbrust reparieren und nachdenken. Morgan würde sicher bald ein Update zum Fall Liz Durison verlangen, und Pavaris hatte bereits eine lange, detaillierte Nachricht auf meinem Handy hinterlassen, dass er seine Krone schon gestern zurückgebraucht hätte. Nachdem er glaubte, aufgelegt zu haben, ließ er sein Handy fallen und begann zu weinen. Dann war da noch Sugar Shagar, die alles andere als süß war, aber ihr Fall war wahrscheinlich der dringendste von allen dreien. Nein, sie würde mich nicht bezahlen, aber ich wäre lieber obdachlos als tot.

Es war nicht so, dass ich die Dringlichkeit in Estelars Fall nicht erkannte: Es war offensichtlich, dass die HighFire-Krone viel mächtiger war, als er zugeben wollte. Ich vermutete, dass die Krone der eigentliche Grund für das Vermögen der Pavaris war. Sie war der magische Gegenstand, der das gesamte Gebäude, das gesamte Imperium zusammenhielt, und, auch wenn es schwer zu glauben war, ich vermutete, dass sie auch Estelars Gesicht zusammenhielt. Ich hatte beobachtet, wie er direkt vor meinen Augen alterte. Zuerst dachte ich, ich würde es mir einbilden, aber als ich ging, waren Falten auf seiner Haut, die definitiv nicht da waren, als er zum ersten Mal meine Hände in seine nahm. Seine Haare verwandelten sich von blond zu aschblond. Die Veränderung war subtil, aber ich habe ein Auge fürs Detail, und ich achte besonders genau hin, wenn ein Kunde anbietet, das Doppelte meines üblichen Honorars zu zahlen. Wenn das passiert, werde ich immer sehr misstrauisch.

Das Anwesen war makellos, als ich ankam, aber dann begannen die Dinge zu zerfallen. Ich bemerkte, wie abgenutzt der orientalische Teppich in der Eingangshalle auf meinem Weg hinaus war, während er noch eine Stunde zuvor brandneu ausgesehen hatte. Der riesige Kristalllüster im Eingangsbereich funkelte weniger. Dann gab es den Riss in meiner Kaffeetasse und die ausgeblichenen Vorhänge. Als ich auf dem Weg nach draußen wieder an dem Beet mit Iris-Blumen vorbeiging, waren sie verwelkt, und die Blütenblätter waren grau geworden.

Ich konnte das Gefühl nicht abschütteln, dass ich etwas übersah. Vielleicht lag es an den illusorischen Gründen und seiner theatralischen Persönlichkeit, oder vielleicht traute ich im tiefsten Inneren Elfen einfach nicht, aber irgendetwas stimmte nicht, und ich würde der Sache auf den Grund gehen.

Ich löste meinen Zauberstab und richtete ihn auf meine Armbrust. Ich dachte daran, wie sie mich in einem entscheidenden Moment im Jupiter Drawing Room im Stich gelassen hatte, und ich spürte die Schamröte auf meinen Wangen, als ich mich an mein Versagen erinnerte, den Vampir mit seinem satinenen Rock und den blutbefleckten Lippen zu töten. Ich atmete die nach Holzrauch duftende Luft ein und verwandelte sie in meiner Brust in Abscheu. Ich hasste es, mich zu schämen, ich hasste Versagen, und ich hasste Vampire leidenschaftlich und ohne jede Einschränkung. Die Wut wirbelte in meiner Brust wie ein schwarzer Tornado, und ich zog sie hoch und schleuderte sie auf meine nutzlose Waffe.

»*Curas Vulnum*«, sagte ich, und ein Strom von Energie floss aus der Spitze des Zauberstabs und schmiedete einen glühenden

Streifen auf den Lauf der Armbrust. Ich dachte, es sah aus, als würde es gute Arbeit leisten (obwohl ich, um fair zu sein, sehr wenig über die Mechanik von Armbrüsten weiß. Ich mag einfach, wie man einen Abzug betätigen kann und ein Pfeil geradewegs in das kalte und ausgetrocknete Herz eines Vampirs schießt). Als der Strom nachließ und die Waffe aufhörte zu glühen, hob ich sie auf, blies die imaginären Späne weg und überprüfte die Nocken und die Kabel. Sie schienen in gutem Zustand zu sein. Durch das Zielfernrohr blickend, visierte ich das Bücherregal an, eine Leselampe, einen abgenutzten alten Ohrensessel, den ich im örtlichen Secondhand-Laden für zweihundert Euro gefunden hatte. Er hatte ein Zierkissen darauf, ein abgenutztes mit einem Siebdruck der Mona Lisa, die ich noch nie mochte. Ich legte an und schoss.

Das Zischen des Pfeils aus der Flugrinne und durch den Raum war Musik in meinen Ohren. Das Geschoss traf sein Ziel wunderschön und spießte Mona mit einem Speer durch ihr linkes Auge an den Stuhl.

»Ja«, zischte ich und ballte triumphierend die Faust.

Normalerweise war ich nicht gut darin, Dinge zu reparieren, mit oder ohne Magie, also war der Sieg besonders süß. Aber dann hörte ich einen Schrei von jemandem, der Schmerzen hatte, und er kam vom Sessel. Ich musste zweimal hinsehen. Ich schaute auf die Mona Lisa, ließ die Armbrust auf den Tisch fallen und rannte hinüber. Nein, es war nicht die Mona Lisa, die schrie (natürlich nicht). Es war jemand anderes. Jemand Unsichtbares.

Oh mein Gott, hatte ich gerade meinen Geist erschossen?

»Geist?«, sagte ich. Ich musste ihm wirklich einen Namen

geben. Falls ich ihn nicht gerade umgebracht hatte, natürlich. »Geist?«

Da war ein weiteres Stöhnen, und ich sah mich wie eine Verrückte um. Wo war er? Kann man wirklich einen Geist erschießen? Dann verwandelte sich das Stöhnen in ein Kichern und verklang.

Ich presste die Lippen zusammen. »Sehr witzig.«

Typisch für mich, von einem Geist mit einem blöden Sinn für Humor heimgesucht zu werden. Ich riss den Pfeil aus dem Kissen – nichts verschwenden – aber dann gab es ein weiteres Zischen und ein neuer Pfeil traf die Wand direkt über mir mit einem scharfen Knacken und rieselndem Putz. Ein kühler Wind drückte mich zu Boden, während die Armbrust wild im Raum herumschoss und mein Herz gegen den Boden hämmerte. Erst als die Pfeile ausgingen, glitt die kalte, gewichtige Decke von mir ab und erlaubte mir, aufzustehen und den Schaden zu begutachten. Elf Pfeile steckten in meinen Möbeln und Wänden.

Ich schätze, ich bin doch nicht so gut im Reparieren von Dingen. Ich wollte dem Geist danken, dass er mein Leben gerettet hatte, aber ich spürte, dass er bereits verschwunden war, und der Raum fühlte sich kahl und einsam an.

KAPITEL 10

GLAMOUR-ZEIT

Es war Zeit für meinen Glamourzauber.

Ich brauchte Ork-Informationen, und der einzige Weg, wie das klappen würde, war, wenn ich bei den Ogern in deren eigenem Spielplatz einschleuste: im stinkenden unterirdischen SubRealm. Magische Kreaturen bleiben lieber unter sich. Es ist eine uralte Vorliebe, mit denen zusammen zu sein, die aussehen (und riechen) wie du selbst. Es ist nicht so, dass ich im SubRealm nicht willkommen wäre, aber ich bin mir ziemlich sicher, dass die Orks schneller dichtmachen würden als Austern auf einem Meeresfrüchtebuffet. Nein, ich musste als einer von ihnen reingehen. Es würde nicht angenehm sein, aber, wie Direktorin Copperfield immer sagte, nichts im Leben, das sich lohnt, ist einfach. Hoffentlich würden keine verräterischen Armbrüste in der Menge auftauchen.

Für jemanden wie Morgan würde Glamour Highheels, knallroten Lippenstift und goldene Pailletten bedeuten. Für mich bedeutete es das Gegenteil: Ich musste mich richtig runterdress, um dort unten in der Kanalisation reinzupassen. Ich habe keine Spiegel in meiner Wohnung (zu viele böse Energien können sie als Fenster oder Türen benutzen), also stellte ich mich stattdessen vor meinen silbernen Toaster und übte mein Ork-Gesicht.

Der Glamour-Trank war eine schimmernde lila Flüssigkeit in einer kleinen Glasflasche, versiegelt mit marineblauen Wachs. Ich hatte ihn für einen besonderen Anlass aufgehoben, und ich vermutete, dass undercover zu gehen, um mein Leben zu retten, als solcher zählte. Er war mittlerweile alt, und ich hoffte, dass er noch wirkte. Ferra hatte ihn mir vor ein paar Jahren als Geschenk gegeben, und er war seitdem unberührt in meinem Medizinschrank geblieben. Eines der Probleme mit diesen maßgeschneiderten Tränken ist, dass sie, anders als Hühnersuppe vom Supermarkt, nicht mit Verfallsdaten kommen. Würde sein Alter ihn wirksamer oder weniger wirksam machen? Oder, beunruhigender, würde es seine Wirkung unberechenbar machen? Nicht wirklich darüber nachzudenken wert, da es nichts gab, was ich tun konnte, außer es zu riskieren.

Ich kramte in einer Küchenschublade nach einem Schälmesser und schnitt die Oberseite des Wachses ab, dann entkorkte ich ihn mit meinen Zähnen. Es machte ein Plopp-Geräusch. Bevor ich meinen Mut verlor, nahm ich einen kleinen Schluck. Er war widerlich süß, dann abscheulich bitter, und dann knallte er auf meiner ganzen Zunge wie Knisterzucker. Ich schloss meine Augen und versuchte, an den hübschesten Ork zu denken, den ich kannte. Nicht überraschend blieb mein Kopf leer. Dann versuchte ich, an Sugar Shagars Gesicht zu denken. Ihre klamme Blauschimmelkäse-Haut und ihre Todesmarsch-Augen.

Ich spürte, wie mein Gesicht seine Form veränderte. Meine Stirn wölbte sich, mein Kinn brach aus. Meine Lippen schwollen an wie Tierballons. Der schlabbrige Hoodie, den ich trug, dehnte sich mit meinem Körper, aber nicht genug, um meinen neuen Busen und meine Bizeps aufzunehmen, was ihn in ein Crop-Top verwandelte.

Ich öffnete meine aufgedunsenen Augen. Der Glamour-Trank hatte gewirkt, vielleicht ein bisschen zu gut für meinen Geschmack. Ich starrte auf mein verzerrtes Spiegelbild im Toaster, bewegte mein Kinn von einer Seite zur anderen mit einer Art Grimasse, die keine Schauspielerei war. Die neuen Falten an meinem Hals hatten mein Vampirbiss-Tattoo verschluckt, und ich hatte diesen charakteristischen Ork-Camembert-Glanz auf meinen Wangen. Das Schlimmste war, dass ich meine eigenen Gesichtszüge in der Ork-Glamour-Maske sehen konnte, meine großen glasgrünen Augen, die Form meiner Lippen. Ich lächelte, zeigte meine Zähne, nur aus Neugier, und bereute es sofort. Mein Mund war wie ein Feld moosbedeckter Grabsteine. Ich hauchte in meine Handfläche, und mein Atem war... nun, sagen wir einfach, dass ich sicher war, dass ich perfekt hineinpassen würde.

Es gibt geheime Eingänge zum SubRealm überall in Jo'burg City. Es funktioniert irgendwie wie die Londoner U-Bahn, außer dass die Leute freundlicher sind. Du musst wissen, wo die Türen sind, und den Zauber, um reinzukommen, aber abgesehen davon ist es ein Kinderspiel. Portalmagie ist nicht meine Stärke, aber das spielt keine Rolle, wenn man das SubRealm-Passwort kennt. Die Wirkung des Tranks hatte größtenteils nachgelassen, und ich war zufrieden mit dem Versuch. Ich sah immer noch nicht zu 100 Prozent menschlich aus, also zog ich meine Kappe und Sonnenbrille auf und verließ mein Apartmentgebäude, gerade als die Sonne die Wolkenkratzer rosa und orange färbte, und machte mich auf den Weg zum nächstgelegenen Eingang, den ich kannte, wobei ich den Drogenhändler aus der Nachbarschaft grüßte. Wenn ihr auffiel, dass ich zugenommen hatte und meine Finger die Größe von Würstchen hatten, ließ sie es sich nicht anmerken.

Ich hatte einen gemächlichen Spaziergang geplant, aber dann sah ich diesen Mann wieder, den, der gerne mit seinen Händen in den Taschen dastand wie ein Superheld ohne Aufgabe, das Licht des späten Nachmittags, das über ihn strömte wie ein Scheinwerfer. Und diesmal bewegte er sich vorwärts, folgte mir.

Mein Abendspaziergang verwandelte sich in einen Sprint, als ich in die schmale Gasse zu meiner Rechten tauchte, dann in die nächste Straße schlüpfte, hinter einem Baustellenbanner. Ein Arbeiter schrie mich an, dass ich dort nicht sein dürfe, und ich zeigte ihm meinen ziemlich großen Mittelfinger und rannte weiter, wobei ich mein früheres Date mit der Treppe zutiefst bereute; meine Waden und Lungen brannten immer noch von diesem kleinen Training. Ich erreichte den runden Kanaldeckel in der Simmonds Street und hob den Deckel an, wobei ich meine Schulter überlastete und daran erinnert wurde, dass ich wieder mit meinem Krafttraining anfangen musste, oder ich würde meinen Vorsprung verlieren. Ich kletterte die schleimigen Sprossen hinunter und schob den Deckel über mir mit einem befriedigenden Klang wieder an seinen Platz und hoffte, dass der Stalker nicht gesehen hatte, wie ich vom SubRealm verschluckt wurde.

Sobald ich am Boden des Lochs ankam, holte ich Atem, trank den Rest des Tranks und überprüfte die Wirkung, indem ich mit meinen fetten Fingern über meine Maske fuhr. Sie war groß und hässlich und perfekt. Dann murmelte ich das Ork-Passwort – *Knorghad* – und die Tür öffnete sich für mich. Ork-Magie ist glücklicherweise nicht sehr raffiniert, daher ist es für einen schlauen Zauberer wie mich leicht, einzubrechen. Ich versuchte, nicht an den Dämpfen zu ersticken, die mich attackierten, als ich durch das alte Abwasserrohr ging. Das SubRealm verläuft wie ein Ameisennest unter der ganzen Stadt: massiv und kompliziert. Es ist ein Netzwerk von Tausenden verschiedener Röhren und Ebenen und alten Minenschachttunneln. Ich hielt eine Smart-Tram an und sprang hinein und fuhr den ganzen Weg bis zum Gold Reef Viertel, wo die Tunnel mit Gold durchädert sind. Die Kobolde (und die Zwerge) hassten die Orks dafür, dass sie in dem mineralreichen Boden dort hausten. *Wer es findet, darf es behalten,* hatten die Orks geschnaubt, und das war fair von ihnen.

Vor mir war Geschrei, und die Tram wurde langsamer, als ob sie Angst hätte. Wusste das Gefährt etwas, das ich nicht wusste? Ich drängte es, weiterzufahren, aber es hielt ganz an, also stieg ich aus und hatte schließlich doch meinen gemütlichen Abendspaziergang. Das Schreien wurde lauter, und ich konnte jetzt nicht nur alte Kanalisation riechen, sondern auch den charakteristischen Gestank von Ork-Körpergeruch. Dem Nichts sei Dank, dass ich Grimassen schneiden durfte. Es würde mir helfen, mich einzufügen.

Das Reef ist eine massive Höhle; eine Halle, die aus der Erde für gemeinschaftliche Spiele und Zusammenkünfte ausgehöhlt wurde. Stell dir ein deutsches Bierfest unter der Erde vor, dann weißt du, wie es ist. Männer, die betrunkene Lieder singen, während sie ihre Krüge hart genug zusammenschlagen, um sie zu zerbrechen. Üppige Kellnerinnen, die Holzbretter voller Frittiertem und Brezeln schleppen. Verblichene Flaggen, die von der Erddecke und den Wänden hängen.

Ich erwartete die festliche Atmosphäre, aber das aufgeregte Geschrei war neu für mich. Etwas anderes war im Gange. Ich bestellte ein Troll-Lagerbier und nahm den tropfenden Krug mit in Richtung des Tumults am hinteren Ende der Halle. Es war knifflig, mit dem Glamour zu trinken, und es gelang mir, den ersten Schluck die Vorderseite meines Crop-Tops hinunterlaufen zu lassen.

Elegant.

Ich kam näher und sah Männer, die herumschrien und hüpften und Geld auf den Tisch der Buchmacher warfen. Ich bahnte mir meinen Weg durch die Menge, um zu sehen, worum es ging, und bereute es sofort. In der Mitte der Menge, in einem großen Stahlkäfig, waren ein Paar magische Kreaturen, und die Handler versuchten, sie zu reizen.

„Kämpft!", schrie ein alter Ork direkt neben mir – hundert Jahre alt im Schatten, mit den bröckelnden Zähnen, um es zu beweisen – und ließ mich hochspringen und mehr von meinem Bier verschütten. Es waren auch Kinder in der Menge, und ein kleiner Junge wurde auf die Schultern seines Vaters gehoben und zum Jubeln gebracht.

„Kämpft! Kämpft!", schrien die anderen.

Eine der Kreaturen, eine riesige schimmernde regenbogenfarbene Kobra mit Haube, wirbelte aus ihrer Spirale und zeigte ihrem Gegner ihre Giftzähne. Das andere Tier, ein dreiäugiger Luchs, wich an die Rückseite des Käfigs zurück und fauchte ängstlich.

Oh nein, dachte ich. *Oh nein nein nein.*

Ich spürte, wie meine Maske erbleichte, und ich wich zurück, raus aus der wahnsinnigen Menge. Ich hatte genug auf dem Teller, ohne mich als Freiwilliger beim übernatürlichen Tierschutzverein melden zu müssen. Ich betete still, dass die Tiere mehr Intelligenz zeigen würden als ihr Publikum und sich einfach weigern würden zu kämpfen, aber irgendwie wusste ich, dass die Orks das nicht zulassen würden. Erschüttert und versuchend herauszufinden, was zu tun sei, setzte ich mich an einen der Bierhalletische und schluckte mein Lagerbier herunter.

Denk nach, dachte ich bei mir. *Denk nach.* (Obwohl es nach meiner Erfahrung nie sehr hilfreich ist, sich selbst zum Nachdenken aufzufordern.)

Der junge Ork-Skinhead, der mir gegenüber saß, musterte mich anerkennend und schnippste mit den Fingern in die Luft für eine weitere Runde.

„Ergh", grunzte er zur Begrüßung.

„Ergh", erwiderte ich mit meiner besten Ork-Stimme. Ich trommelte mit meinen Wurstfingern auf den Tisch, tippte mit dem Fuß. Was zum Teufel sollte ich jetzt tun? Ich sollte doch hier sein, um Informationen über den Paten zu sammeln, aber ich konnte das Bild der erschrockenen Tiere nicht aus meinem Kopf bekommen. Die Kellnerin kam mit einem Tablett voller Getränke, und mein neuer Freund knallte einen frischen Krug vor mich hin.

„Orgh", sagte ich, um ihm zu danken, und wir stießen unsere Gläser zusammen und tranken. Ich hörte die Käfigkampf-Menge im Hintergrund, und es ließ mich innerlich heiß und nervös fühlen.

„Zargulg", sagte er und schlug sich als Vorstellung auf die Brust wie ein Fass. Mein Gehirn raste. Ich hatte mir keinen Ork-Namen für mich als Teil meiner Tarnung ausgedacht. Stattdessen lächelte ich ihn nur mit meinen moosigen Grabsteinen an, und er schien zufrieden. Er trug eine schmutzige blaue Weste mit einem künstlerischen Aufdruck von Elvish Presley auf der Vorderseite. Wichtiger noch, er hatte ein Tattoo auf seiner Schulter, das ich erkannte: Es war das Hammerskin-Insignium. Ich hätte es von seinem glänzenden Schädel her erraten sollen: Zargulg war Mitglied der rivalisierenden Bande zur Khargol-Familie.

„Sag mir", sagte ich und versuchte mein Bestes an einsilbiger Konversation. „Welche Neuigkeiten über Or'Capone?"

Er verengte seine Augen. „Keine Neuigkeiten."

„In Schwierigkeiten", sagte ich, und der Ork blinzelte mich an. Der Luchs fauchte und knurrte im Käfig hinter uns, was die Haare in meinem Nacken aufstellte.

„Macht Ärger", sagte Zargulg.

Ich lehnte mich vor. „Was?"

„Schwarze Magie", sagte er.

Schwarze Magie? Ich war verwirrt. Orks blieben normalerweise weit weg von Schwarzer Magie.

Er sah mich stirnrunzelnd an und sagte: „Schwarzmagie-Markt."

Die ungeduldigen Spieler begannen zu grollen und gemeinsam zu skandieren: „Kämpft! Kämpft! Kämpft!"

Ah. Das machte mehr Sinn.

Wenn Don Vito sich in den Schwarzmagier-Markt einmischte, dann könnte sein Leben durchaus in Gefahr sein. Ein mörderischer Mafiaboss und berüchtigter Krimineller zu sein war eine Sache, aber mit Substanzen zu hantieren, die vom Rat verboten wurden, war eine ganz andere Nummer. Eine sehr gefährliche Nummer. Wir reden hier von einer Tortilla, die dir ins Gesicht explodieren kann. Ein Todes-Taco. Warum dachte ich an mexikanisches Essen? Weil ich am Verhungern war, und mein neuer Freund gerade einen Teller voller dampfend heißer Samosas vor sich stehen hatte. Er bot mir eine an – *„Orgh?"* – aber ich lehnte ab. Man kann einer Ork-Samosa niemals trauen.

Etwas geschah im Käfig. Ich wandte mich von Zargulg ab, um zu schauen, aber ich konnte durch die aufgeregte Menge nichts sehen. Ich hörte einen Jubel aufsteigen, und mein Herz sank. Ich konnte nicht länger ignorieren, was mit diesen eingesperrten Tieren geschah. Ich musste etwas tun, und ich war ziemlich sicher, dass es mich in einen Haufen Ärger bringen würde. Ich leerte mein Bier, schlug auf den Tisch und rülpste laut, um meine Wertschätzung und Dankbarkeit zu zeigen. Zargulg schien erfreut. Als ich aufstand, ergriff er meine baseballhandschuhgroße Hand und drückte sie. Er wollte, dass ich blieb. Tatsächlich konnte ich am Glanz in seinen Augen sehen, dass er viel mehr als einen Trinkpartner wollte, und ich unterdrückte den Schauder, der mein Rückgrat stimmte.

„Ich bin gleich zurück", versicherte ich ihm, und er lächelte. Es war kein hübscher Anblick.

Ich verließ die Tische der biersaufenden Orks mit ihren öligen Barsnacks und betrunkenem Gesang und machte mich auf den Weg zurück zur tierischen Käfigkampf-Menge. Ich stolperte ein wenig, fing mich aber rechtzeitig. Mit Füßen von der Größe von

Zementblöcken zu laufen, war nicht so einfach, wie es aussah, besonders nach zwei orksgroßen, trollstarken Lagerbieren auf leeren Magen. Ich näherte mich dem brüllenden Publikum und drängte mich zurück in die lärmende Versammlung. Ihre Körper waren verschwitzt und rochen nach Sauerkraut und Salami, und ich wurde geschoben und auf mich getreten, als ich mich vorwärtszwängte, vorbei an den jubelnden zahnlosen Ork-Omas und den fettigen Männern und schreienden Kindern. Schließlich erreichte ich die vorderste Reihe der Menge und konnte die Tierkäfige wieder sehen. Der Luchs blutete und knurrte vor Angst, und die Haube der Kobra war zerfetzt. Ich konnte Urin und Blut riechen. Hinter ihnen stand eine Reihe weiterer Käfige mit Tieren, Futter für die Unterhaltung des Abends. Einer der Tierbetreuer steckte einen angespitzten Stock durch den Käfig und stach ihn in den Rücken des Luchses, um ihn zum Angriff auf die Schlange zu bringen. Die Wildkatze knurrte ihn an, ihre drei Augen weit aufgerissen vor Panik. Ich musste keine Emotionen herbeirufen, sie waren bereits alle da in meiner Brust. Ich konzentrierte meinen Blick auf die Tür des Hauptkampfkäfigs, die mit einem einfachen Riegel verschlossen war. Ich konnte meinen Zauberstab nicht dort vor den Orks herausholen, also stahl sich stattdessen meine Hand zu dem Pentakel-Ring um meinen Hals und drückte ihn. Ich starrte auf den Riegel und dachte so laut ich konnte: *Zerstöre. Zerstöre. Rumpis!*

Ich hatte erwartet, dass der Riegel zerbröckeln oder einfach abfallen würde, aber die Wut, die ich empfand, war offensichtlich heftiger, als ich gedacht hatte, und sie blies die ganze Seite des Käfigs weg, schickte heißen Draht und Funken in die schockierte Menge. Orks kreischten, schützten ihre Kinder, und die Kobra und der Luchs mussten nicht zweimal aufgefordert werden zu verschwinden. Beide schossen aus dem Käfig und in die auseinanderstiebende Menge, bevor die

Wärter etwas dagegen tun konnten. Die Verwirrung ausnutzend, schaute ich zu den anderen Käfigen, die hinter dem Kampfring aufgereiht waren. Es waren sieben von ihnen, alle Gefängnisse für verschiedene Kreaturen, die auf einen schmerzhaften Tod warteten, und ich sprengte sie auch auf. Ein rosa, glitzernder Alligator stolzierte heraus, gefolgt von einem kreischenden Arctikomodo-Drachen – von der Sorte, die Eis statt Feuer atmen –, einem Albino-Frettchen und einer silbernen Fledermaus. Es erinnerte mich an dieses Lied... irgendwas über ein Geschenk in einem Birnenbaum? Ich konnte die Melodie in meinem Kopf hören, aber ich konnte die Texte nicht richtig erfassen. Ich zwang mich, mich zu konzentrieren. Ich musste da raus. Ich fühlte mich angetrunken, und meine Gedanken schienen seltsam und unberechenbar.

Eine Pastinake in einem Birnenbaum?

Die Tiere huschten und schlängelten und flatterten alle weg von den zerbrochenen Käfigen und in die Reef-Halle hinein, erschreckten die Orks, während sie vorbeizogen. Aber wohin würden sie gehen? Wo würden sie sich verstecken? Wie würden sie entkommen?

„*Faex*", fluchte ich. Ich hatte sie nicht befreit, ich hatte ihnen nur ein größeres Gefängnis gegeben. Da spürte ich eine Hand von der Größe eines Weihnachtsschinkens, die meinen Hintern packte und mich zu ihm zog. Zargulg. Er zwinkerte mir zu und zog mich nah an sich heran, und ich wäre fast ohnmächtig geworden. Ork-Atem! Es ist schwer zu beschreiben. Stell dir Einwegwindeln und Knoblauch vor und füge einen Hauch von madigen Fischen hinzu. Das wäre eine Verbesserung gegenüber dem, wie sie rochen. Tatsächlich würde es mich nicht überraschen, wenn sie eine ähnliche Kombination als Mundwasser benutzen würden. Eau de Zwiebel Salmonellen Peux-Peux.

Oh mein Gott, was war los mit mir? War ich betrunken?

Die Halle begann, sich um mich zu drehen. Troll-Lagerbier war stark, aber normalerweise kann ich meinen Alkohol so gut vertragen wie jeder der Orks, die mich umgaben. Zargulg grunzte vor Vergnügen, und dann wusste ich, was passiert war. Der Bastard hatte mir etwas in mein Getränk gemischt. Irgendeine geschmacklose Betäubungszauber-Potion, irgendeinen Schlaftrank, und ich war zu abgelenkt vom Geräusch der Tiere gewesen, um es überhaupt zu bemerken.

„Whoah", sagte ich, als ich stolperte und fast fiel. Menschen stürmten an uns vorbei. Der Ork fing mich, als würde ich in Ohnmacht fallen und er wäre mein Märchenprinz. Meine Wut begann wieder zu wachsen. Ich dachte, ich hätte sie alle beim Aufbrechen der Käfige verbraucht, aber die Tatsache, dass dieser schleimige Bastard mich unter Drogen gesetzt hatte, machte mich höllisch wütend. Aber der Trank war stark, und meine Arme fielen zu meinen Seiten, mein Gesicht fühlte sich schlaff an. Egal wie wütend ich war, ich würde keine Magie wirken können, wenn ich bewegungsunfähig war. Ich begann, zu Boden zu rutschen, und der Ork schaute nach links und rechts und hob mich hoch, bereit, mich wegzubringen. Ich begann zu treten und zu schreien, aber das war alles in meinem Kopf: meine Glieder schmolzen nur hilflos an ihm.

Filius Canis, dachte ich, aber meine Lippen waren zu taub, um zu reden. *Es Mundus Excrementi.*

Ich spürte, wie mein Bewusstsein schwand, als ob die Gedanken in meinem Kopf immer kleiner und kleiner würden und im Begriff wären, vollständig zu verschwinden.

Nein, dachte ich. Ich werde das nicht zulassen, aber Zargulg hatte genug Betäubungsmittel-Trank benutzt, um ein kleines Pferd zu töten, und meine Gedanken verwandelten sich in statisches Rauschen und verblassten dann mit einem stillen Pieps.

CONTENDIS

Als ich wieder zu mir kam, hatte mich Zargulg, der Ork, unten in der Riffhalle im SubRealm in eine dunkle Ecke abseits der Hauptkammer gebracht. Es war nah genug, um den Tumult zu hören, aber weit genug entfernt, damit er genug Privatsphäre hatte, um mich zu belästigen. Die Ecke, in die er mich drängte, war dunkel und roch nach feuchter Erde. Seine Schinkenpranke grabschte an meinem Crop-Top und versuchte dann, meine Hose herunterzuziehen, aber ich zwang meine Augen auf und knurrte ihn an. Das war seine erste Warnung.

Er lachte, dachte, ich würde scherzen, und zog weiter an meiner Hose, aber mein Werkzeuggürtel hatte andere Ideen.

Fiat Fulgur, dachte ich so laut ich konnte – denn meine Lippen funktionierten immer noch nicht – und meine Gürtelschnalle vibrierte vor Strom. Der Ork zuckte zusammen und grunzte – *Argh?* – und seine geschockte Hand flog zu seinem Gesicht hoch. Er starrte seine Hand und dann mich verwirrt an und fragte sich, wie und warum ich einen Keuschheitsgürtel mit Stromschlag trug.

»Lass mich in Ruhe«, bellte ich in meinem besten Orkton, Lippen noch immer taub. Das war seine zweite Warnung.

Ich begann, von ihm wegzugehen, aus dem Gleichgewicht und schwindelig wie ein hypnotisiertes Huhn, als er meine Haare packte und mich zurück in seine dunkle Ecke zog. Seine Hände griffen wieder nach mir, diesmal rauer und fordernder. Er drückte sein Gesicht gegen meines und versuchte, mich zu küssen. Das Gefühl seiner Hände auf mir und sein Mund so nah an meinem ließ eine Welle von Übelkeit in meiner Kehle aufsteigen. Ich stöhnte auf und knickte nach vorne, spritzte heißes Erbrochenes über seine Schuhe. Ich kotzte so heftig, dass ich dachte, ich würde meine Milz auf dem Boden sehen. Mein ganzer Körper war ein einziger, widerlicher Krampf. Ihn hielt das nicht auf, und er kam wieder auf mich zu.

Ich gab ihm keine dritte Chance.

Während ich so heftig gekotzt hatte, hatte ich nach meinem Zauberstab getastet und ihn losgeklippt. Jetzt hielt ich ihn in einer unsicheren Hand. Die goldenen Adern in den Wänden und die bunten Banner wirbelten um mich herum, aber jetzt, wo das Orkgift aus meinem System draußen war, begann mein Kopf klarer zu werden.

»*Fiat Fulgur!*« schrie ich. Ich war schwach, und der Blitz, der aus meinem Zauberstab schoss, war nicht so stark, wie ich es mir gewünscht hätte, aber er tat seinen Job. Er traf Zargulg direkt in die Brust, setzte seine Weste in Brand und schleuderte ihn rückwärts auf einen Cateringtisch voller schmutziger Teller. Der Tisch brach unter ihm zusammen, und er fiel unter einem Scheppern von zerbrochenem Porzellan und Glas zu Boden. Der Geruch von versengtem Kunstfaserstoff und Ork-Brusthaar stieg in einer braunen Wolke auf.

Zargulg sah mich mit einer Art wahnsinniger Wut an. Ich sah es dann in seinem Gesicht, dass er verstand, dass ich ein Zauberer war. Als ich meine Hand zum Mund führte, um ihn abzuwischen, bemerkte ich, dass mein Glamour verrutscht war. Meine Finger sahen eindeutig menschlich aus, nicht mehr wie Bratwürste, und mein Gesicht fühlte sich frei an. Das Betäubungsmittel, das er mir verabreicht hatte, musste die Wirkung des Glamourtranks zerstört haben, und mein Orkgesicht hatte beschlossen, vorzeitig in den Urlaub zu gehen.

Ich blieb nicht länger. Ich war aus dieser düsteren Ecke draußen, bevor man Ork-Kotze sagen konnte (was ich übrigens immer noch in meinem Mund schmecken konnte, vielen Dank auch). Ich raste durch die Riffhalle, lief über Tische, stieß Essen und Krüge mit Bier um, warf alte Männer, Kellnerinnen und gelegentlich ein Kind um. Die Orks starrten mich an, während ich zum Ausgang rannte. Sie waren in die Riffhalle gekommen, um einen Abend voller Unterhaltung zu erleben, aber jetzt waren magische Tiere auf freiem Fuß, einige von ihnen gefährlich, und ein flüchtender Zauberer warf ihre Getränke um. Einige der aggressiveren Orks standen auf, starrten mich an und schoben ihre Ärmel hoch, ballten ihre Fäuste. Der Groschen fiel: Jemand hatte schnelle und schmutzige Magie benutzt, um die Tiere zu befreien und Chaos zu verursachen, und ich war eindeutig der Unruhestifter. Irgendetwas sagte mir, dass sie nicht zögern würden, mich auszuknocken und meinen Körper in einen Käfig mit einem ihrer gequälten Geschöpfe zu werfen. Sie begannen auf mich zuzugehen, stießen Tische um, ohne den Blickkontakt zu unterbrechen. Nach den Problemen, die ich verursacht hatte, würden sie mir nicht erlauben, ohne angemessene Bestrafung zu entkommen. Mein Gehirn war wie Watte, meine Gliedmaßen waren noch immer unbeholfen, aber ich wusste, wenn ich nicht von dort herauskäme –

Als Nächstes spürte ich einen Schlag am Hinterkopf. Ich sah Sterne, und während ich in Zeitlupe nach vorne fiel, bemerkte ich aus dem Augenwinkel, wie der beschuldigte Bierkrug auf dem Boden zerschellte. Ich dachte, sie wären unzerbrechlich. Ich lag falsch. Mein Zauberstab schoss aus meiner Hand, und ich flog über den festgetretenen Erdboden, bekam eine kostenlose Mundvoll Schuhsohlendreck, während mir gleichzeitig die gesamte Haut von den Handflächen abgeschürft wurde. Es war, als hätte jemand sie mit Paraffin übergossen und ein Streichholz angezündet. Ich ignorierte den Schmerz – soweit es möglich ist, brennende Hände zu ignorieren – und stand auf, um weiterzulaufen, aber da war wieder diese fleischige Handfläche auf meiner Haut, packte meinen Knöchel und zog mich zu Boden. Ich konnte Zargulgs versengtes Haar riechen. Hinter ihm rückten ein Dutzend weitere Orks vor.

»Nein!« schrie ich, mehr zu mir selbst als zu jemand anderem. Ich trat ihm ins Gesicht und spürte, wie seine Nase unter meiner Ferse mit einem befriedigenden Knacken brach. Er schrie vor Wut auf, aber er ließ nicht los. Ich versuchte, nach vorne zu krabbeln, um meinen Zauberstab zu greifen, aber es war zwecklos. Mein Körper war gebrochen, und er war fünfmal so groß wie ich. Er drehte mich auf den Rücken, so leicht, als wäre ich eine Stoffpuppe, und lächelte auf mich herab. Mein Schwindel war zurück, dank des verdammten Ork-Glaskrugs, der mir fast den Kopf abgerissen hatte, und ich erkannte, dass ich nicht mehr die Kraft zum Kämpfen hatte. Nicht mehr. Mein Körper erschlaffte auf dem harten, steinigen Boden.

In diesem Moment kam das entflohene Albino-Frettchen angeflitzt und flog mit erstaunlicher Zielgenauigkeit und Geschicklichkeit unter Zargulgs Hemd – oder was davon übrig war – und biss ihn in seine gegrillte Brustwarze. Zargulg schrie vor Schmerz und Schreck und versuchte, das Tier abzuziehen, aber es hatte seine kleinen Kiefer fest geschlossen.

»Aaaargh!« schrie er, offensichtlich außer sich, zerrte an dem Tier und schrie jedes Mal vor Schmerz, wenn er daran zog. Ich nutzte die Lücke, krabbelte zu meinem Zauberstab und hob ihn mit einer Bewegung auf, die einen NFL-Quarterback stolz gemacht hätte. Der Ausgang war fünfzig Meter entfernt, aber anstatt darauf zuzueilen, drehte ich mich auf dem Absatz und richtete den Zauberstab auf Zargulg, der immer noch versuchte, das Tier von seiner Brust zu bekommen. Ich wusste, dass ich keine zerstörerische Energie mehr übrig hatte, also musste ich kreativ werden. Ich peitschte mit meinem Zauberstab in der Luft wie mit einer Fliegenfischerrute und zielte auf das Frettchen.

»*Contendis*«, sagte ich, und ein Wölkchen Rauch flog aus der Spitze des Zauberstabs, beschrieb einen Bogen in der Luft, senkte sich dann und umschlang das Frettchen, zog es vom Ork weg... und nahm seine Brustwarze mit. Zargulg brüllte auf und stepptanzte vor Schmerz, während sein fettiges Blut seine verbrannte Brust hinunterlief. Das magische Frettchen kämpfte nicht gegen meinen Zauber an. Es flog auf mich zu, ich fing es auf und schmuggelte es in meine innere Brusttasche.

Ich sprintete los und trat die Ausgangstür auf, dann schlug ich sie hinter mir zu. Erschöpft fiel ich in die Smart-Tram, die sehr erleichtert schien, mich zu sehen, und mich schnell in Richtung frische Luft brachte. Ich klippte meinen Zauberstab an meinen Werkzeuggürtel und stieß einen zitternden Seufzer der Erleichterung aus.

»Goblin City«, sagte ich zur Tram. Sie verlangsamte sich, als wolle sie fragen, ob ich sicher sei. Ich nickte, und Schmerzfunken entzündeten sich am Ansatz meines Schädels. Das Frettchen quiekte, blieb aber in der warmen, dunklen Tasche vergraben. Ich klopfte auf meine Jacke und beschloss, es Gizmo zu nennen.

Meine Handflächen waren aufgeschürft und mit Blut gesprenkelt, meine Muskeln schmerzten. Vorsichtig rieb ich meine geprellte Kopfhaut.

»Goblin City«, sagte ich erneut und entspannte mich in der Tram. »Da ist jemand, den ich sehen muss.«

KAPITEL 12

OZEAN AUS GOB

Goblin City liegt im Osten von Johannesburg, in einem ehemaligen beliebten Vergnügungspark, der aufgegeben wurde, als eine Achterbahn unerklärlich aus ihren Schienen sprang, in den Himmel schoss und dann wieder nach unten raste, wobei über ein Dutzend Unberührte ums Leben kamen. GO CITY war der perfekte Ort für die Goblins, um sich niederzulassen. GobCom, das Goblin-Komitee, kaufte den heruntergekommenen Themenpark für fast nichts (die Menschen wollten ihn nicht, sie sagten, er sei verflucht), malte ein zusätzliches BLIN auf das Werbeschild – sodass es GOBLIN CITY lautete – und nannte es Heimat. Die Goblinrasse ging von einer Verteilung über die ganze Provinz zu einem eigenen Spielplatz am Stadtrand über. Die kinderfreundlichen Restaurants, die kleinkindergroßen Toiletten und die Kinderfahrgeschäfte waren alle ideal für eine Spezies ihrer Größe. Die jahrmarktähnlichen Snacks passten perfekt zu ihrem Süßhunger, und auch die tragische Geschichte des Achterbahnunfalls und die daraus entstandenen Schauergeschichten kamen ihnen gelegen, da sie bedeuteten, dass die

Menschen ihr Territorium mieden. Goblins hassten es, wenn Menschen zu Besuch kamen, aber das war mir scheißegal. Ich musste einen alten Feind sehen.

Ich entdeckte Nilve SaltySnap in der Popcorn-Scheune, wo sie bunte Eimer mit Popcorn für die vorbeigehenden Fußgänger ausfüllte. Goblins sind besessen von Popcorn, je salziger, desto besser, was ich immer seltsam fand, denn wenn ich an ihre grüne, schleimige Haut denke, erinnert mich das an Schnecken, und jeder weiß, was passiert, wenn man Salz auf eine Schnecke streut. Sie hatten auch diese wirklich spitzen Zähne, wie schmutzige Nadeln, und ich konnte die Mechanik nie verstehen, mit der sie luftgepopptes Mais kauten. Aber jedem das Seine, oder? Ich würde ihnen auf jeden Fall nicht in die Quere kommen. Außerdem war ich gerade einem Glatzkopf-Ork und dem Rest seiner Gang entkommen: Ich war wund und müde und hatte dringendere Angelegenheiten zu erledigen.

»Hey!«, zwitscherte ein zufälliger Goblin hinter mir. Er sprang hoch, um mir auf die Schulter zu tippen. »Hey!«, sagte er noch einmal. »Du stehst mir im Weg.«

Anstatt den unhöflichen Goblin wegzuschlagen, trat ich beiseite. Trotz meiner Verletzungen fühlte ich mich ziemlich großmütig, nachdem ich den Abend überlebt und ein Frettchen als Haustier ergattert hatte. Ich tätschelte meine Tasche. Ich versuche, mein schlagendes Herz nicht als selbstverständlich anzusehen, aber manchmal passieren Dinge, die mein Glück hervorheben.

»Ich nehme eins«, sagte ich zu Nilve SaltySnap, als ich die Spitze der Schlange erreichte.

Ihr Gesicht fiel zusammen. »Oh nein!«, sagte sie. »Nicht *du*.«

Ich lachte. »Ich versuche, das nicht persönlich zu nehmen.«

»Ich wünschte, du würdest es tun«, sagte sie und spuckte auf den Boden neben ihr.

Gott, wie diese Goblins spucken.

Wie sie sabbern, würde eine hungrige Bulldogge vor Neid erblassen lassen. Ich bin immer wieder überrascht, dass in GC überhaupt noch trockenes Land übrig ist. Bald werden sie in dieses riesige falsche Schiff in der Fahrgeschäfte-Sektion klettern und auf ihrem Ozean aus Gob irgendwo anders hinsegeln müssen.

»Ich bringe dich nicht wieder zum Hotel«, sagte sie.

Dort schliefen sie alle: in Betten und improvisierten Hängematten und auf dem Boden und in den Badewannen. Ein Hotel, das früher zweihundert Touristen beherbergte, beherbergt jetzt über tausend Goblins.

Ich schauderte. »Das Hotel ist der letzte Ort, an den ich gehen will«, sagte ich. »Kann ich dich auf einen Kaffee einladen?«

Nilve verengte die Augen zu Schlitzen. »Warum bist du so nett?«

»Ich bin nicht nett«, sagte ich. »Ich brauche etwas.«

Der Goblin zuckte zusammen. »Nein! Ich werde nicht! Ich werde dieses Ding nicht wieder tun!«

»Beruhig dich, Salty«, sagte ich. »Alles, was ich brauche, sind ein paar Informationen.«

Ihre Augen wanderten von links nach rechts und vergewisserten sich, dass niemand mithörte. »Was gibst du mir dafür?«

»Ich weiß nicht«, sagte ich. »Wir können darüber reden.«

»Na gut.« Sie warf ihre Kelle hin.

»Nicht so schnell«, sagte ich. »Was ist mit meinem Popcorn?«

»Du hasst unser Popcorn«, sagte sie. »Das ist einer der Gründe, warum wir dir nicht trauen.«

»Es ist nicht für mich«, sagte ich und öffnete meinen Trenchcoat. Das weiße Frettchen steckte genau im richtigen Moment seinen Kopf aus dem oberen Teil der Tasche. »Es ist für Gizmo.«

Wir ließen uns in einer Nische im HobGob nieder, einem von drei Cafés in Goblin City, und ich bestellte zwei Kaffees und eine Schüssel Wasser für das Frettchen. Es war ein Fehler. Der Kaffee, meine ich. Goblin-Kaffee ist sauer und widerlich und erfüllt dich mit einer Art existenzieller Angst, die tief in deine Knochen eindringt. Meine gute Laune verflog nach drei Schlücken, und ich überließ den Rest Salty, die keine Bedenken hatte, meine Reste hinunterzuschlürfen. Nicht einmal der Anblick von Gizmo, der sein Popcorn fraß, heiterte mich auf.

Vielleicht war die gute Laune nur ein Bewältigungsmechanismus. Das Trauma der letzten Stunden bäumte sich auf und schlug mir ins Gesicht. Ich lehnte mich gegen die Tischplatte und meine Nebenhöhlen begannen vor Tränen zu brennen. Ich atmete ein und hielt sie zurück. Ich würde nicht in meinen leeren Scheiß-cappuccino weinen, mitten in einem verfluchten Vergnügungspark, der mit Goblins verseucht war. Das würde ich nie überleben.

Ich sah mich um und nahm die ruhige, gesellige Atmosphäre in mich auf. Es war eine willkommene Abwechslung zur Reef-

Halle. Ein schwarz-weiß gefliester Boden, Kunstwerke mit Kaffee und Gebäck an den Wänden. Goblin-Köche und Baristas arbeiteten im hinteren Teil, und Kellner und Kellnerinnen liefen in endlosen Kreisen von den Essenden zur Küche und wieder zurück, ihre Runde wurde nur durch das Knallen der schwingenden Doppeltüren unterbrochen. Es hatte etwas sehr Beruhigendes, fast Hypnotisierendes. Ich glaube, mein Gesicht muss dann etwas ausdruckslos ausgesehen haben, denn es machte Nilve neugierig. Wenn ich sie nicht so gut kennen würde, hätte ich gesagt, sie schien ein wenig besorgt zu sein.

»Was zum Teufel ist mit dir passiert?«, fragte Nilve und leckte den Milchschaum von ihren gummiartigen Lippen.

»Das willst du nicht wissen«, sagte ich kopfschüttelnd. Ich musste mich zusammenreißen. Ich brauchte Informationen, und zwar schnell.

Unsere Kellnerin war zurück, ließ einen pinken Kaugummi knallen und drehte einen Stift in ihrem Haar. Sie nahm das kleine Bestellbuch aus der vorderen Tasche ihrer Schürze und fragte, ob wir noch etwas wollten. Nilve bestellte einen dritten Kaffee und fragte nach einer Speisekarte. »Du zahlst doch, oder?«

Ich dachte an mein leergeräumtes Bankkonto. Pavaris hatte immer noch nicht gezahlt. »Klar«, sagte ich.

Sie bestellte drei Teller mit Pfannkuchen und einen Limetten-Milchshake. Ich starrte sie über die gelbe Formica-Tischplatte an, bis das Essen kam. Sie goss Ahornsirup über den ersten Turm aus Pfannkuchen und machte sich an die Arbeit. Man kann über die Schleimklumpen sagen, was man will, aber effi-ziente Esser sind sie auf jeden Fall. Ich starrte weiter, als sie den Sirup vom ersten Teller leckte und sich auf den nächsten stürzte.

»Was?«, sagte sie und grinste, wobei sie mir jede ihrer schmutzigen Nadeln zeigte.

»Ich stecke in Schwierigkeiten.«

»Das sehe ich.« SaltySnap sprach mit vollem Mund und besprühte mich mit Pfannkuchenkrümeln. Ich klopfte sie von meinem Mantel und sprach weiter.

»Jemand will Or'Capone tot sehen, und ich muss wissen, wer das ist.«

Saltys Augen verdoppelten sich praktisch in ihrer Größe. »Niemand will ihn tot sehen«, sagte sie.

Es gibt einen alten Witz, der so geht:

F: Woher weißt du, wann ein Goblin lügt?

A: Ihre Lippen bewegen sich.

Sie sind hinterhältige Bastarde, Goblins, und so zweifelhaft wie eine E-Mail aus Lagos. Aber wenn du ein paranormaler Privatdetektiv bist, der etwas von seinem Job versteht, weißt du, wie du das zu deinem Vorteil nutzen kannst.

»Also«, sagte ich und verschränkte die Arme. »Dieser 'Niemand'. Wer ist er? Was hat er gegen den Don?«

»Niemand, niemand«, sagte Nilve und schlürfte den beunruhigend grellen grünen Milchshake. »Niemand hat ein Problem mit dem Don. Niemand plant einen Anschlag auf ihn.«

»Wann?«, forderte ich. »Wann werden sie ihn nicht umbringen?«

»Vielleicht morgen«, sagte der Goblin und machte sich an ihren dritten Teller mit Essen. »Aber definitiv nicht heute Abend um neun.«

Es war also keine leere Verschwörungstheorie. Jemand plante tatsächlich, Don Vito auszuschalten. Ich schaute auf die Zeit auf meinem Handy. Es war kurz nach sieben.

»Das sind keine guten Nachrichten«, sagte ich. »Außerdem, wenn du all diese Pfannkuchen isst, bekommst du ernsthafte Verdauungsprobleme.«

»Was kümmert's dich, Zauberer?«, spuckte sie mich an. »Goblin ist, wie Goblin tut.«

»Sag mir, wer dahintersteckt«, sagte ich.

»Niemand steckt dahinter«, sagte Nilve.

»Verdammt noch mal, Salty«, ich packte ihr schleimiges Handgelenk und sie kreischte. Gizmo flitzte zurück in meine Tasche. »Verstehst du nicht? Wenn Don Vito stirbt, geht das ganze Reich zur Hölle. Glaubst du, du wirst hier sitzen und diesen giftig aussehenden Limetten-Milchshake trinken, wenn das passiert?«

Nilve hörte auf zu schlürfen und wimmerte.

»Nein! Denn dieser ganze Ort wird planiert. Deine Popcorn-Scheune? Deine Autoscooter? Deine niedlichen kleinen kleinkindergroßen Tische? Bis. Auf. Den. Grund. Niedergebrannt. Verstehst du mich?«

Nilve starrte mich an und dann ihr Handgelenk, das ich schließlich losließ. Ich senkte meine Stimme zu dem, was ich hoffte, dass es ein gefährliches Flüstern war.

»Wenn eine Bande böser Orks oder Feen oder Goblins, wer auch immer sie sind, einen *Putsch* plant, musst du mir sagen, wer sie sind, damit ich sie aufhalten kann, bevor es zu spät ist. Denn wenn die Khargols getötet werden, wird das Reich auf den Kopf gestellt. Die Mafia wird jeden erschießen, den sie der Zusammenarbeit verdächtigt. Und ohne die eiserne Faust des Paten werden die Orks denken, sie könnten verdammt noch mal tun, was sie wollen, und es wird mehr Brände geben, als der Rat löschen kann. Und wenn die Goblins irgendetwas mit dem Anschlag zu tun haben – und ich meine *irgendetwas* – wird die Mafia nicht zögern, diesen Ort in die Luft zu jagen. Du weißt, was die Orks für den Don empfinden, und du weißt, was sie von verräterischen Goblins halten. Ich rede von Bürgerkrieg, Salty. Du kannst deinem Hotel und deinen Miniaturzugfahrten und all dem hier Lebewohl sagen.«

SaltySnap setzte sich aufrecht hin. »Das wird nicht passieren«, sagte sie.

»Wer wird heute Abend den Abzug betätigen?«

»Nicht Goblins«, sagte sie und hatte den Anstand, beschämt auszusehen. »Sicherlich nicht Goblins.«

»Welche Goblins?«, verlangte ich zu wissen. »Können wir sie aufhalten?«

Sie schüttelte den Kopf und blickte traurig in ihr leeres Glas. »Nicht Goblins. Und definitiv nicht heute Abend um neun.«

Okay, also das ist alles, was sie darüber weiß. Wahrscheinlich.

Ich musste gehen, aber ich musste auch vom Pavaris-Anwesen bezahlt werden.

»Gibt es noch etwas, das du mir sagen möchtest?«

Sie presste ihre Lippen zusammen. Es war eine Mikrobewegung, aber sie passierte. Sie hätte genauso gut durch das überfüllte Restaurant schreien können.

»Irgendetwas? Nilve?«

»Nö«, sagte sie. »Nöpity-nö-nö.«

»Was ist es?«

Sie begann unschuldig zu pfeifen und drehte ihre Daumen.

»Heiliger Hex, ich wusste es«, sagte ich. »Ich wusste es verdammt noch mal. Du weißt, wer die HighFire-Krone genommen hat.«

ZUERST WAR ich verblüfft über das Verbrechen, das in der Pavaris-Villa stattfand. Die Schlafzauber, mit denen die Wachen belegt wurden, waren typisch für Feenmagie, während der Herzstillstand des Phönix ein klassischer Zwergenspruch war. Um die Sicherheitsverzauberung der Elfen herum zu kommen, war jedoch für jeden außer Estelar unmöglich. Und dann kam es mir. Man müsste die Verzauberung nicht brechen, wenn man Portalmagie benutzte, um sich direkt ins Zentrum des Gebäudes zu teleportieren. Die Leere weiß, dass Pavaris genug Spiegel hatte, um das zu ermöglichen. Und zufällig saß ich dem klügsten Goblin gegenüber, den ich kannte, und ihre Spezialität? Portalmagie.

Ich hatte die ganze Zeit Goblins verdächtigt, denn nur sie haben die Frechheit, die Gier und die Gerissenheit, um ein solches Verbrechen zu begehen. Goblins liebten Gold und magische Gegenstände, und die HighFire-Krone war beides.

Aber so unehrlich Nilve auch war, sie war nicht die Diebin...
dachte ich. Aber es klang, als wüsste sie, wer es war.

»Sag es mir«, sagte ich. »Bitte.«

»Gib mir dein Frettchen«, sagte sie. »Quid Pro Quo.«

Ich schüttelte den Kopf. »Auf keinen Fall. Ich gebe dir mein
Frettchen nicht.«

»Es ist wunderschön«, sagte sie und leckte sich die Lippen.
»Ich will es haben.«

»Salty. Das Frettchen bleibt bei mir.«

»Schade«, sagte sie. »Ich hätte dir vielleicht etwas über diese
Krone erzählen können.«

Meine Schläfen pochten vor Frustration. Meine Wut gewann
die Oberhand und ich fegte mit meinen Armen alle Teller und
Gläser mit einem Krachen, das durch das Café hallte, auf den
Boden. Die Goblins um uns herum hielten inne und starrten.
Warum musste ich mich mit diesem Mist herumschlagen?
Alles, was ich wollte, war Vampire zu töten. Ist das so schwer?
Nein. Nein, ist es nicht. Es sei denn, du musst dich mit eitlen,
nörgelnden Elfen und gefährdeten Mafiabossen und hinterhäl-
tigen Goblins wie Nilve herumschlagen. Es hatte keinen
Zweck. Ich wusste, ich würde nicht mehr aus ihr herausbe-
kommen. Ich vergewisserte mich, dass Gizmo sicher verstaut
war, dann stand ich auf und verließ den Tisch. Die Kellnerin
sah mir nach, als ich ging, und blies eine große Blase mit ihrem
Kaugummi. Sie platzte.

»Hey!«, rief Nilve. »Hey, Zauberer! Du hast vergessen, die
Rechnung zu bezahlen!«

»Ich werde die Rechnung begleichen, wenn ich dafür bezahlt werde, dass ich die Krone gefunden habe«, sagte ich über meine Schulter und verließ das Café. Die Achterbahn raste über ihre Schienen, ihre Passagiere lachten und kreischten. Goblins strömten an mir vorbei, als ich meinen Weg aus Goblin City machte, vorbei an Bewohnern, die Zuckerwatte und rote Karamelläpfel und Mini-Donuts, die in geschmolzener Schokolade getränkt waren, festhielten. Die Spielhalle piepte und sang ihre fröhlichen Melodien, und die Außenlichter gingen mit einem Knall an. Ich sah wieder auf die Uhr. Estelar müsste warten. Ich musste den Paten warnen.

KAPITEL 13

DIE MASKERADE

Wenn ich gedacht hatte, dass der gestrige Tag der längste meines Lebens gewesen war, dann entwickelte sich der heutige zu einer ganzen Dekade. Alles, was ich tun wollte, war nach Hause zu gehen und ins Bett zu kriechen, aber ich musste Don Vito Khargol warnen und konnte keine weitere Zeit verschwenden. Ich nutzte die Frustration, die ich wegen eines gewissen hinterhältigen Goblins verspürte – einen mit einer Vorliebe für Ahornsirup-Pfannkuchen und dünn verschleierte Lügen – und verwendete einen Beschwörungszauber, um mein Motorrad zum Eingang von Goblin City zu holen. Normalerweise verbraucht das Herbeirufen von Gegenständen viel magische Energie, aber Ferra hatte mir mit einer pfiffigen Lösung geholfen. Ich betrachte Ferra als meine Ersatzmutter, aber auch als die magische Zwergenversion von Q (also Q aus den *James Bond*-Filmen). Sie hat immer etwas Neues zu zeigen, irgendeine Hightech-Erfindung mit einem Hauch von Verzauberung. Als ich mich bei ihr beschwerte, dass ich eine Niete in Portalmagie sei, stellte sie mir einen Beschwörungsring für mein Motorrad her. Da die beiden magisch verbunden sind, muss ich nur den

97

Talisman berühren und an mein Bike denken, und es erscheint in einer Wolke aus schwarzem Glitzer. Das spart meine Energiereserven (und meine Benzinrechnung). Wäre ich in Portalmagie gut, hätte ich einfach von GC direkt ins Ork-Viertel in Illovo treten können, aber das war leider nicht möglich. Außerdem hatte ich viel nachzudenken, und die fünfzehnminütige Fahrt auf meinem Bike würde meine Nerven beruhigen. Ich zog meinen Helm auf und brachte das Motorrad zum Laufen. Es brummte wunderschön unter mir, als ich Richtung Autobahn davonfuhr.

Die Leute in Johannesburg betonen ständig, wie kosmopolitisch die Stadt sei, wie glücklich wir uns schätzen könnten, einen solchen Schmelztiegel an Hautfarben, Sprachen und Kulturen zu haben. Aber was die meisten Menschen, die nicht von Magie berührt sind, nicht wissen, ist, dass Tausende von magischen Wesen unter ihnen leben. Wir nennen es die Maskerade, und die Illusion muss um jeden Preis geschützt werden. Im Grunde bedeutet das, dass die Muggel – ich meine, die Unberührten – keinen blassen Schimmer haben, und wir müssen dafür sorgen, dass das so bleibt. Morgan ist eine der wenigen Normalen, die die Wahrheit kennen. Die Skorpione balancieren ständig auf dieser messerscharfen Kante zwischen der Lösung paranormaler Verbrechen und der minimalen Preisgabe von Informationen an den normalen Zivilisten. Wenn du *Men in Black* gesehen hast, weißt du ungefähr, was sie tun. Ersetze ein paar schleimige Aliens durch bösartige Vampire, und schon hast du die Skorpion Spezialeinheit. Wenn sie ihre Arbeit gut machen – und das tun sie in der Regel – werden die Unberührten weiterhin glauben, dass sie die einzigen menschenähnlichen Wesen auf dem Planeten sind. Ha! Kannst du dir das vorstellen? Kannst du dir eine Welt ohne Magie vorstellen? Das muss sein wie in Schwarzweiß zu leben, mit Scheuklappen. Farbenblind und engsichtig und verdammt deprimierend. Normale Menschen denken, dass es die »Wissenschaft« ist, die ihre Ernten grün hält und verhindert, dass ihre Flugzeuge vom Himmel fallen. Ich habe nie behauptet, dass sie besonders schlau sind.

Was Menschen nicht wissen, ist, dass es da draußen eine gewaltige Quelle von Magie gibt, von Energie, die für Gutes und Böses angezapft werden kann. Sie wissen nicht, dass es ungeahnte Auswirkungen auf die Welt der Unberührten hätte, wenn die Leere über Nacht verschwinden würde. Es ist nicht so, dass Wissenschaft keine Magie ist (das ist sie schon), es ist eher so, dass es ohne Magie keine Wissenschaft gäbe. Und ohne fortschrittliche Technik, nun ja, dann würden uns auch viele verschiedene Zweige der Magie fehlen. Zwerge wie Ferra sind besonders gut darin, Wissenschaft zu nutzen, um ihre Magie zu verstärken. Ich verwende etwas weniger Technisches. Ich wurde mit der Fähigkeit geboren, meine Emotionen in Zauberei zu verwandeln. Ich finde, dass Schmerz besonders kraftvoll ist. Das ist das Hauptprinzip, auf dem Blutmagie basiert: Macht aus Schmerz, vorzugsweise von jemand anderem. Aber ich war nie in die Dunklen Künste vernarrt. Ich nutze lieber mein eigenes Leid.

Ich bremste mein schnurrendes Bike bis zum Stillstand und parkte direkt vor der Restaurantreihe in der Oxford Road. Die Fahrt hatte Gizmo in den Schlaf gewiegt. Ich fragte mich, wie viele magische Wesen sich genau in diesem Moment mit ahnungslosen Menschen vermischten. Wir alle müssen unseren Teil dazu beitragen, die Maskerade aufrechtzuerhalten. Die verschiedenen Spezies versuchen ihr Bestes, um sich einzufügen: Sie benutzen Glamour-Tränke, wenn es nötig ist. Sie benutzen geheime Eingänge und haben ihre eigenen Restaurants und Läden. Wohlhabende Orks, die es sich leisten können, woanders als im SubRealm zu leben, wohnen normalerweise in den Vororten nahe der Stadt. Die Khargols leben und arbeiten in Illovo, wo sie ein italienisches Restaurant besitzen, das als Fassade für ihre verschiedenen illegalen Geschäfte dient. Sie bedienen nur Orks und andere magische Wesen, und wenn ein normaler Mensch jemals versucht, einen Tisch zu bekommen, wird ihm mit der Begründung, das Restaurant sei voll, abgesagt – eine Chimäre, die sie jeden Abend bei der Eröffnung wirken. Ihr Familienhaus erstreckt sich über drei Stockwerke über dem *Cucina Or'Capone*, obwohl sie keine Kinder haben, ein Streitpunkt in ihrer Ehe... zumindest laut den Klatschblättern des SubRealms.

Ich verstaute meinen Helm und sicherte das Motorrad mit einem Schutzzauber. Als ich das Spiegelbild eines Frauengesichts im glänzenden Tank meines Motorrads sah, zog ich scharf die Luft ein und drehte mich um, den Zauberstab bereit. Es gab ein Rauschen von Stoff im Flug, und ich versuchte, sie in der dicken, dunklen Nacht zu erspähen. Ich hatte das Gesicht erkannt: natürlich hatte ich das. Es war der Vampir aus The Jupiter Drawing Room. Sie kannte jetzt meinen Geruch und war entschlossen, mich zu jagen. Ich atmete in die schwarze Nacht ein.

Ich bin bereit für dich, du Monster, dachte ich. *Komm und hol mich.*

Sie hockte irgendwo auf einem der Gebäudevorsprünge, da war ich mir sicher. Sie hatte das Überraschungsmoment verloren, also würde sie warten und weiter beobachten, bis die Zeit reif war. Ich stand eine ganze Minute lang da und spielte den Köder, aber sie kam nicht zurück. Das machte mir Sorgen, denn ein Vampir mit auch nur einem Hauch emotionaler Intelligenz ist weit gefährlicher als einer dieser dummen Vampire, die blind ihren Gelüsten folgen. Kennst du diesen EQ-Psychotest mit den Kindern und den Marshmallows, oder? Nun, ich war der Marshmallow zur Schau – ein ziemlich verlockender, wenn ich das selbst so sagen darf –, aber sie fiel nicht darauf herein. Das waren keine guten Neuigkeiten.

ICH KLIPPTE meinen Zauberstab zurück an seinen Platz und betrat das scheinbar überfüllte italienische Restaurant. Sobald ich durch die Tür kam, konnte ich durch die Verzauberung der Khargols sehen, und tatsächlich waren nur drei Tische besetzt, während es von außen so aussah, als wäre es bis unters Dach vollgestopft und gemütlich mit Lachen und Musik und Kerzenlicht. Der *Maître d'* versuchte, mich aufzuhalten, aber ich öffnete meinen Mantel und blitzte meinen Zauberstab auf ihn. Er trat mit einer Verbeugung zurück und ließ mich in die Küche weitergehen, wo ein traurig aussehender Ork einen Bottich mit singenden Muscheln umrührte. Ich begrüßte ihn mit einem schnellen Winken und machte meinen Weg zum Büro im hinteren Teil. Shagar musste den Sicherheitsleuten gesagt haben, dass sie mich erwarten sollten, denn als sie mich kommen sahen, nickten sie und klopften an Don Vitos Tür, öffneten sie dann und geleiteten mich hinein.

Der riesige Raum sah mehr nach einer Männerhöhle aus als nach einem Mafia-Hauptquartier, Betonung auf *Höhle*. Ein gigantischer Bildschirm an der Wand zeigte einen Ork-Boxkampf, auf stumm geschaltet. In der Mitte des Raums stand ein Tischfußball, und der Pate saß in einem teuren Ledersessel an seinem Schreibtisch, nahe dem orkgroßen Gaskamin, der auf niedrig gestellt war. Er rauchte eine kubanische Zigarre, während er Geld an dem riesigen Mahagonitisch zählte, der auf Hochglanz poliert war.

»Ergh«, sagte ich, und er hörte auf mit dem, was er tat, und sah in Zeitlupe zu mir auf. Seine Hände waren Schlagriemen aus Gold- und Diamantringen, die im schwachen Licht der Höhle funkelten.

»Ergh«, sagte er und sah nicht besonders erfreut aus, mich zu sehen. Er beugte sich vor und drückte einen Summer auf seinem Schreibtisch, und ich fragte mich, ob er seine Schläger holen würde, um mich rauswerfen zu lassen. Stattdessen hörte ich Absätze die Treppe herunterkommen, und Sugar Shagar erschien mit einer Schürze, die mit dem bespritzt war, was ich entweder für das arterielle Blut ihres letzten Opfers oder für Napoletana-Sauce hielt.

»Was du hier tun?«, fragte sie und wischte sich die Hände an einem Geschirrtuch ab. Ich fragte mich, wie es sein musste, mit einer Frau mit Todessumpf-Augen verheiratet zu sein. Nicht dass Vitos freundlicher waren. Ich fragte mich, wie viele Menschen sie zusammen getötet hatten.

»Warnung«, sagte ich. Ich tippte auf mein Handgelenk, wo meine Uhr gewesen wäre, wenn ich je eine besessen hätte. »Ärger. Neun Uhr.«

»Argh«, grunzte der Pate und wedelte mit seiner Hand in einer abweisenden Geste. Shagar sah zur goldgerahmten Uhr an der Wand. Es war halb acht. Sie runzelte die Stirn und rang die Hände.

»Vito«, sagte sie. »Du hören? Sie kommen!«

Der Pate grunzte und nahm ein Taschenmesser von seinem Schreibtisch. Er begann, seine Nägel mit der Klinge zu reinigen.

»Siehst du?«, sagte sie zu mir. »Er hört nicht zu!«

Ich sah es.

»Sag es ihm, Gnarg«, sagte sie zu einem der Sofas im Raum. Ich hörte, wie ein Magazin in eine Pistole geschoben wurde, und ich zuckte zusammen. Ich hatte ihn dort nicht sitzen sehen, im Dunkeln. Es war der persönliche Leibwächter des Dons.

»Ich bin bereit«, sagte Gnarg. Obwohl er einen Namen hatte, der klang wie eine Katze, die an einem Haarball würgt, war Gnarg immer bereit.

Die Leute machten Witze über Gnarg und die Art, wie er dem Don wie ein Schattenfisch folgte. Sie waren unzertrennlich. Gnarg nahm seinen Job Sehr Ernst. Die Leute scherzten, dass Gnarg wahrscheinlich im selben Bett mit Herrn und Frau Khargol schlief. Mit offenen Augen.

»Deine Waffe wird nicht helfen, Gnarg!«, schrie sie, wobei die blauen Adern in ihrem Gesicht hervortraten. »Du kannst ihn nicht beschützen.«

»Ich beschützen ihn«, sagte der Leibwächter und entsicherte seine ziemlich große Waffe.

Don Vito schaute seine Frau an. »Siehst du? Gnarg. Kein Problem.«

Er leckte sich über die Kuppe seines Mittelfingers und zählte weiter sein Geld.

»Ich meine es ernst«, sagte ich. »Ich habe zuverlässige Informationen, dass sie planen, um neun Uhr anzukommen.«

»Was?«, flüsterte Sugar, und ihre Würstchenhände flogen zu ihrem Mund hoch.

»Also, wenn ich du wäre«, sagte ich, »würde ich verschwinden. Mach Urlaub. Besuch eine deiner Privatinseln. Zumindest bis sich das hier gelegt hat.«

Der Pate lachte. »Weglaufen?«, sagte er, dann verschwand das Lächeln. »Der Pate läuft nicht weg.«

»Betrachte es nicht als Weglaufen. Denk daran als wohlverdienten Urlaub.«

»Der Pate macht keinen *Urlaub*.« Sein Mund verzog sich, als er es sagte, als ob Freizeit ein lächerliches Konzept wäre. Was er nicht verstand, war, dass er einen permanenten Urlaub machen würde, wenn er meinen Rat nicht befolgte. *Faex*, ich war erschöpft. Was würde ich nicht für eine Woche auf einer der Khargol-Inseln geben. Angeblich besitzen sie ein Dutzend davon irgendwo im Pazifik. Ich dachte an den kristallklaren Ozean, Jack Johnson, der auf der warmen Brise dahintreibt, und Piña Coladas. Dann erinnerte ich mich, wo ich war, und riss mich zusammen.

»Ich glaube nicht, dass du den Ernst der Lage erkennst.« Ich trat einen Schritt vor, um die Autorität zu unterstreichen, von der ich wusste, dass ich sie nicht hatte. »Du musst hier raus.«

Vito schlug mit seinem Schlagring-Schmuck auf den Schreibtisch, sodass ich zusammenzuckte.

»Mädchen-Zauberer«, höhnte er, »sagen Don Vito nicht, was zu tun ist.«

»Erstens«, sagte ich. »Ich bin kein Mädchen-Zauberer. Ich weiß nicht einmal, was ein Mädchen-Zauberer ist.«

»Ha«, sagte er.

»Und ich sage dir nicht, was du tun sollst. Deine Frau hat mich angeheuert, um—«

Sugar fluchte. Der Pate sah sie an, Wut in seiner Stirnfalte.

Ups. Ich hatte nicht gewusst, dass das vertrauliche Information war.

Er stand auf und ballte und öffnete seine Fäuste an seinen Seiten. »Du rufst dieses Mädchen?« Gelbe Funken von Gewalt blitzten in seinen Augen.

Shagar faltete ihre Hände und warf ihren Kopf von einer Seite zur anderen wie eine B-Klasse-Schauspielerin in einer spanischen Seifenoper. »Vito! Vito! Sie wollen dich tot sehen. Ich muss meinen Mann beschützen!«

»Ich habe meinen Schutz!«, schrie er und gestikulierte zu Gnarg, der grunzte. »Ich brauche kein *Mädchen*, um mich zu beschützen.«

Ich hatte genug. »Wie du willst«, sagte ich und drehte mich zum Gehen.

»Nein!«, schrie Shagar. »Bitte!«

»Wenn er sich umbringen lassen will, ist das seine Sache.« Ich war müde, hungrig, wund, und ich würde definitiv nicht bleiben, um einer Ermordung durch eine Bande nadelzähniger Goblins beizuwohnen.

»Wenn er nicht gehen will«, sagte ich zu Sugar, »dann solltest du es tun. Geh irgendwohin, wo es sicher ist.«

»Niemals«, sagte sie, während sich ihre Kiefermuskeln anspannten. »Ich werde meinen Don nie verlassen.«

Die Zurschaustellung ihrer Hingabe und unerschütterlichen Loyalität schien Vitos Wut etwas zu mildern, und er setzte sich wieder. Ich hatte immer noch das Gefühl, dass Shagar am nächsten Tag ein blaues Auge haben könnte, aber nur, wenn der Mann die Nacht überlebte, wovon ich ziemlich sicher war, dass er es nicht würde. Ich fühlte nach meinem Zauberstab und bereitete mich darauf vor zu gehen. Es gab nichts mehr, was ich tun konnte.

»Fuori«, sagte er zu mir und schlug mit seiner Hand in meine Richtung, als wäre ich eine lästige Fliege, aber die Geste war unnötig. Ich war bereits auf dem Weg nach draußen.

ICH DACHTE DARAN, nach Hause zu gehen, aber ich erinnerte mich, wie kalt und einsam meine Wohnung gewirkt hatte, als ich früher dort gewesen war. Die gekrakelte Räumungsnotiz, der spontane Pfeilabschuss-Vorfall und die nun nicht mehr abschließbare Tür verstärkten mein Unbehagen, besonders mit diesem gruseligen Stalker in der Nähe.

Es gab nur einen Ort, an den ich gehen wollte: mein zweites Zuhause, Ferras Haus.

Eigentlich, jetzt wo ich darüber nachdachte, war es überhaupt nicht wie zu Hause. Es war nicht von Geistern heimgesucht, zum einen, außerdem war es gemütlich, hatte jede Menge Zimtwhisky und so viel warmes, selbstgekochtes Essen, wie ich essen konnte. Es gehörte auch der einzigen Person, die meine Armbrust so reparieren könnte, dass ich ihr vertrauen könnte, nicht wieder zu versuchen, mich umzubringen. Ich sprang auf mein Motorrad und fuhr zum Copper Cog.

KAPITEL 14

DAS KUPFERNE ZAHNRAD &
BIER

Als Ferra mich sah, leuchtete ihr Gesicht mit demselben warmen Glühen wie die Vintage-Laternen, die in ihrem schimmernden Steampunk-Pub brannten, und sie drückte mich so fest, dass ich glaubte, eine Rippe knacken zu hören. Die Kneipe war warm, geheizt von einem lodernden Feuer in der Mitte des Steinbodens, genährt von riesigen Holzstücken, und jeder Tisch hatte sein eigenes schwebendes Miniaturfeuer in der Mitte. Ferra trug ihre übliche Arbeitskleidung: Zwerggroße Jeans-Latzhosen und einen Wikingerhelm, ihr schottisch-rotes Haar zu Zöpfen geflochten. Sie hatte jahrelang jeden Pfennig gespart, den sie als Oberhaupt des Copperfield Instituts verdient hatte, und als sie genug Kapital angespart hatte, kündigte sie und baute diesen Ort: *Das Kupferne Zahnrad und Bier*, das jeden Tag der Woche und sonntags sogar doppelt so viel Umsatz machte.

Uhren tickten fröhlich an den freiliegenden Backsteinwänden und glänzende Kupferrohre wölbten sich über den Köpfen. Die Kneipe war groß, aber gemütlich, und es gab immer einen freien Tisch für neue Gäste. Zwerge können bei Bedarf zusätzliche Tische und Räume herbeizaubern, was wirklich praktisch ist, wenn man ein Restaurant besitzt. Alle magischen Kreaturen dürfen eintreten, aber Elfen wissen, dass sie fernbleiben sollten. Die Atmosphäre ist fantastisch, das Essen ist köstlich und das hausgebraute Bier noch besser.

Ich setzte mich an die Bar, hinter der Ferra arbeitete, mit einer Hand Zitronen schneidend und mit der anderen ein dunkles Stout zapfend.

»Es ist Jahre her!«, sagte sie.

Ich lachte. »Es ist weniger als eine Woche her.«

»Ich sprach in Zwergjahren«, sagte Ferra. »Es ist zu lange her. Du besuchst deine Zwergenmutter nicht mehr.«

»Nicht mal Werwölfe könnten mich fernhalten«, sagte ich. »Wie geht es dir?«

»Umso besser, weil ich dich sehe.« Ihre Augen waren helle Muskatnüsse mit goldenen Sprenkeln.

Als wir uns im Institut trafen, nahm mich Ferra unter ihre Fittiche, und dort bin ich seither geblieben. Sie war zu allen Waisen herzensgut, aber wir hatten eine besondere Verbindung. Sie ist seither meine Ersatzmama. Man könnte meinen, dass sie durch die Führung eines erfolgreichen Unternehmens und mit zwölf eigenen Kindern keine Zeit mehr für mich hätte, besonders jetzt, wo ich erwachsen war, aber Ferras Herz verhielt sich wie ihr magisches Restaurant – es schien immer Platz für mehr zu geben.

»Gib schon her«, sagte sie und wackelte mit ihren nach Zitrusfrüchten duftenden Fingern in meine Richtung. Ich war einen Moment lang verwirrt, und dann erinnerte ich mich an meine Armbrust. Ich löste sie ab und legte sie auf den Tresen, und

Ferra schob das Schneidebrett beiseite und nahm die Waffe auf, inspizierte sie genau mit einem offenen Auge.

»Hmm«, sagte sie.

»Nicht gut?«, fragte ich. Natürlich kannte ich die Antwort.

»Nicht gut.« Sie fuhr mit der Hand über den beschädigten Schaft. »Ich nehme an, du hast versucht, sie zu reparieren?«

Ich nickte beschämt. Eine Zauberin sollte wirklich in der Lage sein, ihre eigene Armbrust zu reparieren.

»EiLEEN!«, rief sie, und eines ihrer Kinder kam angerannt. »Bring das in meine Werkstatt, ja?« Die junge Zwergin nahm das Ding und huschte davon. Niemand ließ Ferra zweimal sprechen.

»Danke.«

»Ich habe noch nichts getan«, sagte sie und zwinkerte. »Und schau dich an.«

Ich blickte auf meine abgetragenen Kleider und meine aufge-schürften Handflächen.

»Und du bist zu dünn«, sagte sie und schob eine verirrte rote Haarsträhne aus ihrem Gesicht, die Wangen gerötet von der Hitze der Küche und ihrer Fähigkeit, mehrere Aufgaben gleichzeitig zu meistern. Gerade zerstampfte sie Eis mit einem Stahlhammer, während sie eine lange und komplizierte Bestellung von einem Ork im Smoking entgegennahm. Ehrlich gesagt hatte ich für heute genug von Orks, also drehte ich mich um und sah nach Gizmo. Das Frettchen schien zufrieden genug, also setzte ich es auf die verschraubte Kupfertheke und gab ihm eine Pentagramm-Brezel zum Knabbern.

»Und wer ist das jetzt?«, fragte Ferra. »Ich dachte, du hättest nichts für Haustiere *übrig*.«

Ferra boxte mich immer auf den Arm, wenn ich sagte, dass ich kein Interesse an einem Haustier hatte; sie nahm ständig Streuner auf und hatte mehr Tiere als Kinder. Sie sagte, es würde meine Wohnung weniger einsam machen (sie weiß nichts von Geist), aber die Wahrheit ist, dass ich kaum für mich selbst sorgen kann, geschweige denn für ein Wesen, das auf meine Fürsorge angewiesen wäre. Ich kann kaum eine Zimmerpflanze am Leben erhalten. Die auf meiner Fensterbank welkt ständig und lässt mich schuldig fühlen. Und der Zustand meiner Schränke... es reicht zu sagen, dass selbst die Kakerlaken in meiner Küche verhungert sind. Der Gedanke an meinen traurigen Kühlschrank ließ meinen Magen knurren, und bevor ich es wusste, stand ein riesiger Teller mit dampfendem Essen vor mir: goldbraun gebratenes Hähnchen, perfekt geröstet, knusprige Kartoffeln, gewürzte Kürbiscrème mit brauner Butter und Spinat mit Feta. Ich atmete das Aroma ein, als wäre es meine letzte Mahlzeit.

»Iss, Jinx«, sagte sie und benutzte meinen Lieblingsspitznamen. »Es gibt noch viel mehr davon. Und zum Nachtisch Apfel-Rhabarber-Crumble.« Dann stellte sie ein großes Glas Kupferzahnrad-Bier vor mich hin. *Deodamnatus,* ich liebe diesen Zwerg.

»Er hat mir das Leben gerettet«, sagte ich mit vollem Mund voller Soßen-getränkter Kartoffel und deutete auf das Frettchen. »Sein Name ist Gizmo.«

»Nun«, Ferra wischte sich die Hände an einem Tuch ab. »Was für ein praktisches Geschöpf.« Sie füllte einen Flaschenverschluss mit safran-gesäuertem Apfelwein und stellte ihn für das Frettchen zum Trinken auf den Tresen.

Lautes Singen brach aus einer fernen Ecke aus, dann Rufe nach mehr Bier. Ferra rollte mit den Augen zum gigantischen Da-Vinci-ähnlichen Pergament-Luftschiff, das an der Decke schwebte.

»Diese Kobolde«, seufzte sie. »Die bringen mich noch ins Grab.«

Ich schaute hinüber und sah eine Gruppe von einem Dutzend betrunkener Kobolde. »Feiern sie etwas?«

»Muss sein.«

»Morgen werden sie es bereuen«, sagte ich, hob die Hähnchen-Keule auf und versenkte meine Zähne in die knusprige, gesalzene Haut. Manchmal war Ferras Essen so köstlich, dass ich am liebsten weinen wollte. »Stell dir die Kater-Kopfschmerzen vor, wenn dein Kopf so groß ist. Da bekommst du deine Rache.«

Ferra lächelte mich an. »Och. Solange sie ihre Rechnung bezahlen, sind sie nicht allzu lästig. Sie haben praktisch Goldmünzen wie Erdnüsse in die Luft geworfen.«

»Wirklich?« Das war interessant. »Woher bekommen solche nichtsnutzigen Kobolde diese Art von Geld?«

»Frag nicht, hör keine Lügen«, sagte Ferra, zog einen Barhocker heran und setzte sich. »Jetzt sag mir, warum du aussiehst, als wärst du gerade rückwärts durch die Woche geschleift worden.«

Ich nahm einen langen Schluck von dem Bier, und die kühle Flüssigkeit war Balsam für meine Kehle. Auch Gizmo schien sein Getränk zu mögen.

»Hast du eine Ahnung, was magische Albino-Frettchen so machen?«, fragte ich. »Außer Mädchen-Zauberinnen das Leben zu retten und gegrillte Brustwarzen zu fressen?«

Ferra runzelte die Stirn. »Äh, wie bitte?«

»Vergiss es«, sagte ich und legte mein Besteck in der Mitte des Tellers zusammen. »Es ist eine lange Geschichte.«

»Ich liebe lange Geschichten«, sagte Ferra. »Besonders wenn sie gegrillte Brustwarzen beinhalten.«

»Ich erzähl's dir beim nächsten Mal.« Ich spürte, wie meine Augenlider schwer wurden. Die Wärme des Ortes, das Gefühl der Sicherheit, das tröstende Essen... ich konnte mich gerade noch aufrecht halten und nicht auf den Steinboden rutschen, um ein Nickerchen zu machen. Ich brauchte Schlaf, aber es gab Dinge, die ich mehr als Ruhe brauchte. Mein Handy hatte fünf Nachrichten von Pavaris, alle beklagten seinen schlechten Gesundheitszustand und sein bröckelndes Anwesen. Morgan hatte um ein Treffen gebeten, und mein Vermieter hatte eine SMS geschickt, auf der nur *RAUS* stand. Ich fragte mich, ob ich zu meiner Wohnung zurückkommen und alles aus dem Fenster geworfen vorfinden würde. Ich hoffte nicht; es war ein weiter Weg nach unten.

»Du willst wissen, was Frettchen tun?«, sagte der Zwerg. »Es steckt im Namen. Denk Verb, nicht Substantiv.«

Jetzt war ich an der Reihe, die Stirn zu runzeln. »Frettchen? Wie, wühlen?«

»Du hast es. Graben. Suchen. Entdecken. Vom lateinischen *Furo*: Dieb.«

»Oh«, sagte ich und blickte das Geschöpf mit mehr Bewunderung als zuvor an. »Nun. Das könnte in der Tat nützlich sein.«

»Schau mal«, sagte Ferra. »Gizmo? Gizmo.« Das Frettchen schaute von seiner halb gegessenen Brezel auf und blinzelte Ferra an, in die es, glaube ich, ein bisschen verliebt war, nach dem Geschenk ihres Safran-Apfelweins.

»Gizmo, finde den Schlüssel zu meinem Keller.«

Das Frettchen zögerte nicht. Es schoss von der Theke und verschwand im Lagerraum dahinter. Ferra schaute zur Uhr an der Wand: ein Meisterwerk aus Bronzeplatten und schwarzen Nieten. Es war zwanzig nach neun, was meine Angst in die Höhe schnellen ließ und meinen Rücken straffte. Niemand sonst schien die Morddrohung des Paten sehr ernst zu nehmen. Vielleicht bin ich ein bisschen verrückt, so viel Vertrauen in das Gegenteil dessen zu setzen, was mir ein hinterhältiger Kobold bei einem Limetten-Milchshake erzählt hat. Dennoch nagte es an mir.

»Kann ich bitte meine Rechnung haben, Ferra? Ich muss los.«

»Dein Geld ist hier nichts wert«, sagte sie (wie immer).

Gizmo kam zurückgeschossen: ein weißer Streifen auf dem Tresen. Er hatte den Ring eines silbernen Schlüssels im Maul. Die Uhr schlug siebenundzwanzig Minuten nach acht.

»Ah, bravo, kleiner Mann«, sagte Ferra, nahm den Schlüssel mit einem Kichern und streichelte das Frettchen. »Bravo.« Sie füllte seinen improvisierten Becher als Belohnung auf. Ich blinzelte ihn an und konnte mein Glück kaum fassen. Mein neues Haustier konnte verlorene Dinge finden... und ich brauchte zufällig ein magisches Objekt, das gefunden werden musste.

SCHWINDELIG ENTSCHULDIGTE ich mich und rannte zur Toilette. Ich spritzte mir kaltes Wasser ins Gesicht und betrachtete mein Spiegelbild im polierten Messing des Spiegels. *Du schaffst das*, sagte ich zu mir selbst. *Dein Glück hat sich gerade gewendet.* Als ich zur Bar zurückkam, war Gizmo verschwunden.

»Wo ist Gizmo?«, fragte ich und hoffte, dass Ferra ihn auf eine andere Mission ins Lager geschickt hatte.

Sie schaute von ihrem Biltong-Sägen für die Snackschalen auf. »Ich dachte, er wäre bei dir.«

»Ist er nicht«, sagte ich, und mein Herz sank.

Ferra legte ihr Messer nieder. »Er ist dir zur Toilette gefolgt.«

Ich ging meine Schritte zurück, schaute auf Stühle und unter Tische. Der Pub war so voll, er könnte überall sein.

»Gizmo?«, rief ich, obwohl mir klar wurde, dass es etwas früh in unserer Beziehung war, damit er auf seinen Namen hörte. Aus dem Augenwinkel sah ich einen weißen Blitz auf dem Teppich auf der anderen Seite des Raumes. Es waren zu viele Gäste im Weg, um den Boden richtig sehen zu können, also ging ich auf Händen und Knien und begann zu kriechen, ohne mich darum zu kümmern, was die anderen Leute von mir dachten. Ich sah einen weiteren weißen Blitz, folgte ihm und landete schließlich im Leopardenkriechgang unter einem großen, niedrigen Tisch. Die Gäste waren laut, und ich erkannte, dass es der Tisch der feiernden Kobolde war. Plötzlich war Gizmo direkt vor mir, mit einem schelmischen Gesichtsausdruck. Ich war so erleichtert, dass ich ihn umarmen wollte, was unter den Umständen schwierig war, also drückte ich ihn stattdessen an meine Wange.

Und ich machte meine Augen groß und enttäuscht aussehend – wie sonst lässt man ein magisches Frettchen wissen, dass es bei seiner neuen Mama in Schwierigkeiten ist? – aber dann hörte ich einige der Koboldgespräche und alles fügte sich zusammen. Es stellte sich heraus, dass Gizmo nicht nur gut darin war, Objekte zu finden, sondern auch Informationen.

»...dummer Elf...«

»...jetzt nicht mehr auf der Höhe, das ist sicher...«

»Elf im Regal!«

Betrunkenes Gelächter. Ich erstarrte. Sie sprachen über Estelar.

»...nun, jetzt ist es sicher...«

»...niemand würde erraten, wo es ist. Sehr kluger Zug.«

»Sehr schlaue Kobolde.«

Es gab eine Reihe von wahnsinnigem Lachen, selbstgefällig und ein bisschen irre. Meine Nase zuckte. Der Teppich roch nach abgestandenem Bier und Koboldsocken und war unangenehm feucht unter mir. Ich hoffte, dass die Feuchtigkeit verschüttetes Bier war und kein Spucke.

»Armer Pavaris«, sagte einer von ihnen und schluckte dann laut auf.

»Ich glaube nicht, dass diese zwei Worte jemals im selben Satz verwendet wurden.«

Mehr Kichern und Gläser-auf-den-Tisch-Knallen, als sie eine weitere Runde bestellten.

Wo ist es? Wo war die Krone? Ich wünschte, ich kennte einen Zauber, um mein Gehör zu verbessern. Oder meine Telepathie.

»Ich denke, wir sollten nach dieser Runde abrechnen. Ich habe kein Gold mehr.«

»Keine Sorge«, sagte einer von ihnen. »Qwynkle wird es mit seinem ziemlich großen Gehaltsscheck bezahlen.«

»Zieeemlich groß isch rischtisch«, lallte ein anderer.

Gehaltsscheck von wem? Wenn sie die Krone noch haben, wenn sie sie noch nicht vertickt haben, warum sollten sie dann bezahlt werden?

»Qwynkle, Qwynkle, kleiner Steeeeern«, sang der Betrunkene. »Wie ich mich wundere, wo du biiiist...«

Qwynkle? Also ist er der Boss. Gizmo huschte in meine Tasche.

»Wie ein Diamant in einer Krooooone... Pass auf, Elf, du gehst unteeeer.«

Qwynkle ist der Chef, und das war seine Bande. Ich wollte nicht in irgendetwas verwickelt werden, in dem eine Bande von Kobolden ihre Finger im Spiel hatte, aber es sah so aus, als hätte ich keine Wahl.

»Er sagte, er trifft uns hier um halb zehn, nachdem er... die italienische Torte eisgekühlt hat.«

Mein ganzer Körper wurde kalt. *Heiliger Hex,* dachte ich. Vergiss die Krone. Qwynkle war dabei, den Paten zu töten.

KAPITEL 15
ROTE SINGENDE MUSCHELSOSSE

Ich stieß mir den Kopf am Tisch, als ich zu schnell aufspringen wollte. Der Mordanschlag war immer noch im Gange, und ich musste ihn verhindern. Ich rief Ferra ein Auf Wiedersehen zu, während ich aus der Tür stürmte, mit Gizmo sicher in meiner Tasche. Ich sprang auf mein Motorrad, drehte den Motor bis zum Anschlag auf und traf mit quietschenden Reifen auf den Asphalt. Normalerweise brauchte ich zehn Minuten, um zur *Cucina Or'Capone* zu kommen, aber ich schaffte es in sechs. Um eine Minute vor neun wirbelte mein Helm am Lenker, und ich war im Restaurant. Ich hatte Gizmo mit einer schnellen Entschuldigung und einem schmalen Schlitz zum Atmen in die Motorradbox gesteckt. Ich war mir nicht sicher, ob ich die *Cucina* lebend verlassen würde.

Don Vito saß am vordersten Tisch im Restaurant, mit Blick auf die Straße, Shagar zu seiner Linken und sein Leibwächter Gnarg zu seiner Rechten, und er schaute nicht einmal auf, als ich hereinplatzte. Er zuckte nicht einmal, obwohl es nur noch dreißig Sekunden dauern würde, bis jemand ihn in rosa Schweizer Käse verwandeln würde.

»Don Vito!«, sagte ich. »Sie kommen!«

Ich war wirklich nervös, keuchte und schwitzte. Ich erwartete, dass sie auseinanderlaufen und/oder ihre Waffen ziehen würden. Sie taten weder das eine noch das andere. Der Pate schlürfte einfach weiter seine rote singende Muschelsoße.

»Vito!«, schrie ich. »Bitte! Sie müssen gehen!«

Vito Khargol legte seine Gabel ab und griff nach seiner Leinenserviette. Er wischte sich den Mund ab und nahm dann gemächlich einen Schluck Wein. Ich hoffte, die Muschel-Linguine waren gut, denn sie sahen aus, als würden sie seine letzte Mahlzeit sein.

»Shagar?«, sagte ich. Sie sah mich nur mit fest geschlossenem Mund an. Ihre Augen waren leer, ihr Gesichtsausdruck resigniert. Sie wusste, was kommen würde, und es gab nichts, was sie tun konnte.

In diesem Moment hörte ich, wie sich Musik näherte. Goblin Punk – The Kings of Klash – dröhnte aus einem Auto, das langsam fuhr. Zu langsam. Qwynkle und seine Handlanger waren da.

GNARG ZOG seinen Revolver und löste die Sicherung. Sugar hob ein Glas Wasser an ihre Lippen, und ich sah, wie ihre Hand zitterte. Das Eis klirrte gegen die Seiten.

»Wir sind nicht in Gefahr«, versicherte Vito mir. »Wir haben alles unter Kontrolle.«

Shagar rutschte unruhig auf ihrem Stuhl hin und her, und der Pate nahm wieder seine Gabel auf und wickelte die Nudeln langsam um die Zinken. Ich roch Olivenöl und Oregano in der Luft.

Die Sicherung, das klirrende Eis, die Nudeln, die um die Gabel gewickelt wurden – alles schien in Zeitlupe abzulaufen. Die Musik wurde lauter, aber ich konnte immer noch mein Herz in meiner Brust schlagen hören. Ich griff nach meinem Zauberstab.

Das Auto kam in Sicht: eine mitternachtsblaue Limousine mit bösen, krötenäutigen Goblins, die aus jedem Fenster hingen, und zwei, die aus dem Schiebedach ragten, alle mit AK47s so lässig wie somalische Piraten. Der Punk-Rhythmus wurde noch lauter.

»Runter!«, schrie ich. »Runter mit euch!« (Das war als Anweisung zum Ducken und Rollen gemeint, nicht zum Tanzen).

Die Khargols bewegten sich so langsam, als wäre die Luft unerklärlich zu Sirup geworden. Gnarg umklammerte seine Waffe und begann wie *Rambo* zu schreien, voller Mut und Ruhmsucht. Er war der Star in dem Film, der in seinem Kopf ablief. Ich schürte die Wut, die ich gegenüber der Gang empfand, und zwang sie in ein zischendes Feuerwerk in meiner Brust. Ich hielt meinen Zauberstab zum großen Plattenglasfenster hoch, das als Fassade des Restaurants diente. Die Musik baute sich auf und wurde immer intensiver und war kurz davor, ihren Höhepunkt zu erreichen. Ich konnte die Vibration in meinen Stiefeln und Fingern spüren, während sie auf den Höhepunkt zusteuerte, und als das Lied seinen Höhepunkt erreichte, kreuzten die Goblins unsere Sicht und begannen zu schießen. Die ersten Kugeln zerstörten die Glasfront, und sie krachte überall herunter und auf uns, funkelte silbern, und die Scherben regneten auf den Boden. Die Goblins hielten ihre Finger weiter auf den Abzügen ihrer automatischen Gewehre. Gnarg blickte entsetzt auf seine Waffe; sie war bereits leer.

»*Clipeum Glaciei!*«, rief ich, und ein riesiger Wasserschwall brach aus meinem Zauberstab hervor und spritzte zwischen den Attentätern und den Orks, und er gefror in der Luft mit einem befriedigenden Knacken. Der Raum kühlte sich sofort ab, und Sugar Shagar starrte mich mit offenem Mund an. Ich bedeutete ihr, in Deckung zu gehen. Natürlich hält Eis nur ein paar Kugeln stand, bevor es wie das Glas davor zersplittert, aber es verschaffte den Orks ein paar Sekunden mehr, um sich unter den Tisch fallen zu lassen, was Gnarg schließlich auch tat und Shagar mit sich zog, aber Don Vito? Dieser arrogante Bastard. Er saß einfach da wie eine Ente mit einer Zielscheibe, die auf seine Stirn tätowiert war. Als die Kugeln begannen, den Eisschild zu durchbrechen, versuchte ich, einen weiteren zu errichten, aber mein Zauberstab hatte keinen Frost mehr. Ich glaube, es lag an Vitos Reaktion. Warum sollte man versuchen, ein Leben zu retten, wenn er offensichtlich nicht gerettet werden wollte? Manchmal wünschte ich, mein Zauberstab wäre weniger intuitiv und würde einfach auf meine Befehle hören. Als die Goblins fast außer direkter Sicht waren, versuchte ich noch einmal, einen neuen Schild zu erschaffen, aber es funktionierte nicht.

Jemand aus der Bande öffnete den Kofferraum, und aus dem Kofferraum sprang ein weiterer Goblin heraus: eine schleimige Springteufel-Figur mit einem Grinsen und einer frischen Ladung Munition, und mit einem Hagelschauer aus Kugeln zerstörte er, was von meinem Schild (und dem Restaurant) übrig war. Splitter flogen in alle Richtungen und zwangen mich, mein Gesicht zu bedecken, und als die Musik schließlich leiser wurde, schaute ich mich wild durch den Rauch um und sah genau das, was ich erwartet hatte: Der Pate saß zusammengesunken nach vorne gebeugt in seiner Pastaschwüssel. Überall war Rot. Ich schaute auf meine eigene Brust hinunter und sah die verräterischen Brandspuren, wo die Kugeln mich getroffen hatten und von meinem Graphen-Trenchcoat abgeprallt waren.

Shagar zog sich vom Boden hoch, sah, was aus ihrem Mann geworden war, und begann auf eine Weise zu schreien, die ich hoffentlich nie wieder hören werde. Gnarg hob Vito hoch und schüttelte ihn, aber seine Brust war aufgerissen, sein Körper schlaff und regungslos, und Gnarg wurde wieder zum *Rambo*, aber diesmal ohne Kugeln, nur mit einem schrecklichen Stöhnen und Schreien. Ich musste dort raus. Es war zu viel für mich.

ALS ICH HINAUSGING, wurde die Welt still. Die Auswirkungen meines Versagens, den Paten zu beschützen, fielen auf mich wie Ascheschnee, eine Flocke nach der anderen, bis ich grau bedeckt war. Die Orks würden sich jetzt in Fraktionen aufspalten: diejenigen, die die Macht wollten, die gerade aufgegeben worden war, und diejenigen, die Gerechtigkeit für Don Vitos Mord suchen würden. Es würde Blutvergießen in den verschiedenen Stämmen geben. Die Orks würden den Goblins den Krieg erklären. Die Goblins würden allen den Krieg erklären. Der Rat würde nicht in der Lage sein, die Maskerade aufrechtzuerhalten, und die ganze Welt würde zusammenbrechen. Ich konnte das nicht zulassen. Alles stand auf dem Spiel. Aber was konnte ich tun?

Mädchenzauberin, erinnerte ich mich an Vitos Worte, als ob ich ein Kind wäre, das keine Hoffnung hatte, ihn zu beschützen.

Nun, ich war kein Kind, und ich hatte mein Bestes getan, aber er war ein verdammter Narr, und jetzt lag er mit dem Gesicht nach unten in seiner rotsoßigen Pasta. Diese Muscheln singen nicht mehr.

Ich schlenderte den Bürgersteig entlang in meiner stillen Blase der Verwüstung, und natürlich, weil es so ein Tag gewesen war, als ich auf den Parkplatz kam, bemerkte ich, dass mein Motorrad gestohlen worden war. In meiner Eile, in das Restaurant zu kommen, um den Don zu warnen, hatte ich vergessen, meinen Sicherheitszauber darauf zu legen, und irgendein Arschloch war vorbeigekommen und hatte es sich genommen. In dieser Stadt bekommt alles Beine. Hausnummern, Briefkästen, Kanaldeckel, Pflastersteine, Bürgersteigpflanzen. Nichts ist heilig, nichts ist sicher. Mein Kiefer begann zu schmerzen, und ich merkte, dass ich fest zubiss, meine Zähne mit der puren Frustration über das Ganze zusammenpresste. Geschieht mir recht, weil ich dachte, dass mein Glück sich gewendet hatte, oder? Ich hätte fast über die pure Lächerlichkeit meiner Situation gelacht, dann rieb ich mir das Gesicht und versuchte, mich zusammenzureißen. Alles, was ich tun musste, war, mein Motorrad zu beschwören und zu hoffen, dass Gizmo während der Reise sicher war. Und ich musste anfangen, besser auf den magischen Frettchen aufzupassen. Ihn zweimal in einer Nacht zu verlieren, war nach jedermanns Maßstäben keine sehr gute Haustier-Erziehung.

Ich stand da und atmete tief ein, stellte mir mein Motorrad vor und berührte meinen Talisman. Zuerst dachte ich, der Ring hätte nicht funktioniert, aber dann begann ich, die verräterischen Funken in der Luft zu sehen, den goldenen Rauch, und mein Motorrad erschien vor mir. Ich war so erleichtert, es zu sehen, und trat vor, um nach Gizmo in der Box zu schauen, aber dann hielt ich abrupt inne. Es war nicht nur das Motorrad, das ich beschworen hatte; auch der Dieb begann zu erscheinen. Und das wäre in Ordnung gewesen, wenn es sich nur um einen gewöhnlichen Kriminellen gehandelt hätte, aber das war es nicht.

Sie hatte das Motorrad nicht gestohlen, weil sie eine Fahrt wollte; sie wollte etwas ganz anderes, etwas viel Persönlicheres. Es war der Vampir aus Madame Woolfs Bordell, und sie war hier, um mich zu erledigen. Sie saß rittlings auf meinem Motorrad und schnupperte die Nachtluft zwischen uns, und ich hob meinen Zauberstab.

KAPITEL 16

VAMPIRRAUCH

Der Vampir zischte, als sie meinen Zauberstab sah. Ich erwartete, dass sie von meinem Motorrad springen und direkt auf meine Kehle losgehen würde, aber stattdessen saß sie dort, selbstzufrieden, eine Vampirkönigin auf einem gestohlenen Thron. Ihr Umhang war so schwarz wie die Nacht, aber innen von einer ansehnlichen tealblau Farbe, die ich noch nie zuvor bei einem Vampir gesehen hatte. Während die Sterne über ihr funkelten, machte ich mir Sorgen um Gizmo. Wenn ich in diesem Kampf sterben würde, hoffte ich, dass Ferra ihn aufnehmen würde. Ich hoffte, er würde seinen Weg zu ihr finden. Ich hoffte, er war noch am Leben in dieser Box. Sie saß da und musterte mich von oben bis unten. Ihr Name kam mir dann in den Sinn: *Desdemona*. Wir hatten irgendeine telepathische Verbindung. Typisch für mein Glück.

Sie war hier, um mich zu töten, also warum zögerte sie? Plötzlich spürte ich eine weitere Präsenz, und dann noch eine, als zwei Schatten aus der Dunkelheit aufstiegen und sich hinter ihr positionierten. Sie hatte nicht gezögert... sie hatte auf

Verstärkung gewartet. Automatisch tastete ich nach der Armbrust auf meinem Rücken, aber natürlich war sie nicht da.

»Vermissen Sie etwas, Zauberer?«, fragte Desdemona. Ihre Stimme trug eine Kälte in sich, die ich bis tief in meine Knochen spüren konnte.

»Nichts, auf das ich nicht verzichten könnte«, sagte ich, den Zauberstab fest in der Hand. Die Schatten traten einen Schritt nach vorne, ins Licht der orangefarbenen Straßenlaterne, und ich sah ihre Gesichter, bleich wie saure Milch, und der Hass stieg in mir auf. Sie hatten mich beobachtet, gewartet, bis ich am verwundbarsten war, und sie hatten mich genau zum richtigen Zeitpunkt gefunden, um maximalen Schaden anzurichten.

»Warum tun Sie das?«, fragte ich sie. Es gab jede Menge synthetische Blutprodukte auf dem Markt, alle möglichen Geschmacksrichtungen und Marken. In den Worten einer der neuesten Werbespots von Plate-let, *Wir haben jeden Blutgeschmack, von dem Sie träumen können.*

Traditionell schmeckendes Metallisches Samtrot, warm, in einer Kaffeetasse, für die konservativen Leute.

Kirsch-Trinkhalme für Vampirkinder.

Guarana-Frappés für die Hipster-Vampire.

Rekonstituiert in einem Protein-Shake für die Health-Goths.

Scharlachrote Espressos und rote Cappuccinos für die Yuppie-Stadtmenschen.

Natürlich wusste ich, warum sie es tat. Weil sie von Grund auf böse war, und nichts würde das ändern. Was war es in manchen Menschen, das sie denken ließ, es sei in Ordnung zu töten und zu foltern? Ich würde es nie wissen, aber was ich mit Sicherheit wusste, war, dass ich das Leben dieses Vampirs heute Nacht beenden würde. Ich hatte einmal versagt, und ich weigerte mich, es wieder geschehen zu lassen. Ich würde nicht zulassen, dass sie weitere Opfer forderte. Ich umklammerte den Pentakel-Ring, den ich um meinen Hals trug, denjenigen, der einst meinem Vater gehört hatte.

»*Fiat Fulgur!*« rief ich, und die Energie, die ich aus der Leere zog, fegte durch meinen Körper, vermischte sich mit meinen Emotionen und schoss in einem heißen, hellen Strom aus meinem Zauberstab. Desdemona blockte den Blitz mit ihrem Unterarm, aber ich konnte sehen, dass es ihr wehtat. Es warf sie vom Motorrad, das auf die Seite fiel, und sie erhob sich in die Luft darüber und zischte mich wieder an, ihr Umhang wehte hinter ihr. Ich hatte sie verärgert, und sie würde mich das bereuen lassen. Sie begann, auf der Luft zu mir zu schreiten und zeigte ihre Fangzähne.

»*Fiat Fulgur!*« schrie ich erneut, aber diesmal war sie darauf vorbereitet. Sie wich der Elektrizität aus, die eine Werbetafel hinter ihr traf und versengte. Sie kam weiter auf mich zu.

Auch den nächsten Blitz wischte sie beiseite und lenkte ihn in Richtung der Straßenlaterne, schmolz die Drähte im Inneren und ließ die Glühbirne platzen. Ich hatte noch nie einen Vampir gesehen, der Magie so abwehren konnte. Sie war mächtiger, als ich erwartet hatte. Feuer funktionierte nicht. Ich musste meine Taktik ändern.

»*Glacieum Exquiris!*« rief ich, und diesmal schoss Eis wie ein Speer aus meinem Zauberstab und durchbohrte den Vampir in der Brust. Ihr ganzer Körper wurde durch die Wucht nach hinten geschleudert, und Eiswellen strahlten von der Stelle aus, an der es sie durchdrungen hatte, als ob die Restmagie im

Eiszapfen ihren Körper gefrieren ließ. Desdemona schrie und umklammerte den gefrorenen Speer, während die anderen Vampire mir zischend ihre Missachtung zeigten. Sie würgte, und schwarzes Blut säumte ihre Lippen. Mit einem wütenden Brüllen löste sie den Eiszapfen und warf ihn zu Boden, wo er in Hunderte von Stücken zersplitterte und mich an die frühere Ermordung von Don Vito erinnerte. Die Erinnerung brachte meinen Zorn auf den Paten und die Goblin-Gang der Qwynkle zurück, und ich ergriff ihn in meiner Brust und stieß ihn aus meinem Zauberstab aus.

»*Ventum Exquiris!*« rief ich, und ein starker Wind erhob sich zwischen den Gebäuden. Ein Hurrikan-artiger Instant-Sturm, der in meinem Körper seinen Ursprung hatte und nun vor mir wirbelte, bereit für meinen Befehl.

Schnelle und schmutzige Magie wird immer meine Lieblingsart sein, vielleicht wegen demjenigen, der sie mir beigebracht hat und wie sie mir half, diese harten Jahre bei den Ferals zu überleben. Aber schnelle und schmutzige Magie tötet keine Vampire. Dafür braucht man elementare Magie, die akademischere Art, die man an Orten wie dem Copperfield-Institut lernt. Feuer. Eis. Wind.

Ich peitschte den Tornado auf, fütterte ihn mit immer mehr Energie aus der Leere, bis er vor potenzieller Zerstörung summte, dann schleuderte ich ihn mit all meiner Kraft auf den Feind. Es gab kein Ausweichen vor einem Hurrikan dieser Größe. Er verschlang den Vampir und ihre Handlanger – zusammen mit ein paar Autos, die hinter ihnen parkten –, verdrehte sie wie Lakritze und spuckte sie auf den Asphalt aus. Einer der Vampire wurde in eine Betonplatte geschleudert, zerschmetterte seinen Kopf und verwandelte sich sofort in Asche. Eines der fliegenden Autos krachte in eine Ladenfront, und der Sicherheitsalarm begann zu kreischen. Das andere Fahrzeug, ein gelber Mini, thronte gefährlich auf einem großen Baum.

Die Polizei würde bald eintreffen. Ich musste aufräumen und verschwinden. Ich ließ den Wind abflauen, und der Mini fiel aus dem Baum auf den Bürgersteig darunter, und zwei seiner Türen sprangen auf. Ich ging los, um mein Motorrad hochzuheben – es war fünfzig Meter weit geschleift worden und hatte die Kratzer, um es zu beweisen – und um nach Gizmo zu sehen, aber als ich die Motorradbox öffnete, wurde ich am Hinterkopf getroffen. Ich schmolz zu Boden und schlug mir auf dem Weg nach unten noch einmal den Kopf. Ich konnte Kieselsteine in meiner Kopfhaut spüren, während ich dort lag, breitbeinig auf der Straße. Desdemona wuchs vor mir aus dem Asphalt wie ein schwarzes Unkraut. In ihrer Brust klaffte ein Loch, und die Haut dort war blau gefroren. Eine schwere Kopfwunde von ihrem Trip im Tornado ergoss glitzerndes mitternachtsschwares Blut über ihre Gesichtsseite und durchnässte ihre Schulter. Sie knurrte mich an und zeigte mir ihre befleckten Fangzähne.

Ich bedeckte meinen Hals. Sie konnte mich töten, aber es gab keine Möglichkeit, dass ich sie mein Blut kosten lassen würde. Ihr eigenes Blut tropfte und tropfte, schwarz auf schwarz, und ich sah den Mond und die Sterne darin. Mir war schwindelig – ich vermutete eine Gehirnerschütterung – und ich fragte mich, ob meine Beine jemals wieder funktionieren würden. Es gab nur einen Weg, das herauszufinden. Ich trat Desdemona und traf mit meinen Stiefelabsätzen ihre Knöchel, und sie schrie auf und fiel. Mit einem Parkour-Boden-zu-Hocke-Sprung war ich vom Boden hoch und auf ihr, bevor sie überhaupt wusste, was geschah. Ich versuchte, durch meinen Schwindel klar zu sehen, aber die Sterne flackerten über mein gesamtes Sichtfeld, und mein Kopf hämmerte, als ob ich einen wütenden Gorilla in meinem Schädel gefangen hätte. Ich müsste mich auf meinen Instinkt verlassen. Meine Beine hielten ihre Arme nieder, und sie zappelte unter mir und zischte.

»*Glaciem exquiris*«, flüsterte ich. Es musste diesmal subtil sein, sonst würde ich riskieren, mich selbst zurückzustoßen, vom Körper des Vampirs herunter, und sie wäre wieder frei. Nichts geschah.

Ganz ruhig, dachte ich und versuchte, meine Gedanken zusammenzuhalten, während Desdemona mit all ihrer Kraft nach mir kratzte, meine Hose zerfetzte und Blut aus meinen brennenden Oberschenkeln zog.

»*Glaciem exquiris*«, flüsterte ich erneut, etwas lauter, und ich stellte mir nur den kleinsten Eissplitter vor, wie ich ihn auf dem Boden von *Cucina Or'Capone* gesehen hatte. Klein, scharf. Eine Eispfeilspitze.

Sie erschien, perfekt geformt, an der Spitze meines Zauberstabs. Desdemona hörte auf zu zappeln, als sie es sah, und ihre Augen weiteten sich. Ich erinnerte mich dann in kristallklarem Detail an die mitternächtlichen Doppelstrudel ihrer Augen in der Nacht zuvor und an den sterbenden Mann in rosa Boxershorts auf dem Bett, und es war alles, was ich brauchte, um den Eisdolch in die Seite ihres Halses zu stoßen und ihn seitwärts zu reißen, um ihre Kehle tief zu durchschneiden, komplett durch den Knorpel ihrer Luftröhre. Ihr Körper verlor seinen Halt an mir, und ihre Arme fielen schlaff an ihre Seiten. Ich stand auf, aus dem Gleichgewicht, taumelnd und erleichtert.

Ein Vampirjäger zu sein, hat viele offensichtliche Nachteile, einschließlich der Möglichkeit, dass dir dein Ziel in einer beliebigen Nacht den Kopf abbeißt. Aber nicht mir, nicht heute Nacht. Eine der praktischen Sachen ist jedoch, dass man nie raten muss, ob ein Vampir wirklich tot ist oder nicht. Es ist nicht wie in einem Slasher-Film, wo der Killer immer und immer wieder zum Leben erwacht für zusätzlichen Nervenkitzel.

Desdemonas Körper begann zu schrumpfen; ihre Haut fing an zu schrumpeln. Sie wurde zu einer alten Vettel, dann zu einem lederhäutigen Skelett, und dann verbrannten die Überreste spontan mit einer reinen blauen Flamme, bis nichts mehr übrig war, um das Feuer zu nähren, und alles, was von der bösartigen Kreatur übrig blieb, war ein kleiner Aschehaufen, der mit Glut glitzerte.

Ich war so erleichtert – und so benommen wegen der Schläge, die ich kassiert hatte –, dass ich genau dort, neben der warmen Asche, zusammenbrach. Ich musste mich ausruhen, nur für einen Moment, bevor die Streifenwagen ankamen. Ich wollte nur für eine Sekunde die Rückseite meiner Augenlider sehen. Man sagt, man soll nicht mit einer Gehirnerschütterung schlafen, aber mein Gehirn schien einen Kurzschluss zu haben, und ich hatte keine Wahl. Mein Körper sank auf den harten Boden, der nach Vampirrauch roch, und das Licht in meinem Kopf erlosch.

Aber dann hörte ich ein Zischen, und meine Augen flogen auf. Ich verstand nicht. Ich hatte gesehen, wie Desdemona direkt vor mir zu Asche wurde. Die Glut war immer noch da, noch heiß genug, um mich zu verbrennen, würde ich danach greifen. Und dann sah ich, dass es einer der Vampire von vorhin war, einer von Desdemonas Handlangern, und er packte mich am Hinterkopf und schleifte mich über den Boden zu einem der Autos, das Kollateralschaden vom Tornado war. Ich kämpfte gegen ihn an, aber ich konnte meine Arme nicht bewegen – er hatte meine Handgelenke mit einer Art Draht gefesselt –, was das Erreichen meines Zauberstabs unmöglich machte. Der Vampir brachte mich irgendwohin, und ich hatte nichts mehr in meinem Körper, um mich zu wehren.

KAPITEL 17

DER STALKER. DER RETTER

In Selbstverteidigungskursen – ich habe jeden in der Stadt besucht – heißt es, dass man, wenn irgend möglich, niemals zulassen sollte, dass der Angreifer einen zu einem zweiten Ort bringt. Kriminalstatistiken zeigen, dass die Überlebenschancen an einem zweiten Ort drastisch sinken. Das gilt wahrscheinlich doppelt, wenn der Angreifer ein Vampir ist. Ich wusste, wenn ich zulassen würde, dass dieser Wilde mich in dieses gelbe Auto zerrt, könnte ich gleich meinen letzten Atemzug auf der schmutzigen, ölverschmierten Straße genießen. Polizeisirenen heulten in der Ferne, was ihn dazu brachte, sich zu beeilen. Ich spürte, wie er mich mit seiner Superkraft an Arm und Haaren hochhob, meine Kopfhaut brannte wie Feuer, und er war gerade dabei, mich in das ramponierte Fahrzeug zu werfen, als er innehielt und mich stattdessen mit einem dumpfen Aufprall auf die Straße fallen ließ.

Ein Mann mit Eisenstangen als Bizeps war aufgetaucht und hielt den Vampir am Genick, als wäre er ein hilfloses Kätzchen, das in der Luft zappelte. Dann schleuderte er die Kreatur so hart und schnell gegen die gegenüberliegende mit Graffiti besprühte Wand, dass das Krachen seiner Knochen wie ein Gewehrschuss klang. Noch nicht zufrieden damit, dass der Vampir tot war, überquerte der Mann – in dem ich jetzt den Stalker von vor meiner Wohnung erkannte – die Straße und näherte sich dem schlaffen Körper. Dann schaute er sich nach beiden Seiten um, zog eine Waffe aus seinem Holster und feuerte schnell eine Kugel in den Kopf des Vampirs. Sein Revolver hatte einen Schalldämpfer, sodass nur ein gedämpftes Knallen von explodierendem Schießpulver im Lauf und ein schnelles Aufflackern von Licht zu hören war, und der Vampir begann zu schrumpfen und zu Asche zu zerfallen.

Der Mann in der Lederjacke – mein mysteriöser Stalker/Retter – steckte seine Waffe ordentlich zurück in sein Holster und kam auf mich zu. Ich war nicht in der Lage, ihm zu danken oder auch nur Hallo zu sagen, denn in dem Moment, als ich seine Arme um mich spürte, die mich vom harten Boden hoch-hoben, verschwamm mein Bewusstsein.

ALS ICH AUFWACHTE, fühlte sich mein Körper gebrochen an. Ich fühlte mich, als hätte ich einen Marathon gelaufen und wäre danach verprügelt worden, was, schätze ich, irgendwie auch passiert war.

Ich blinzelte im dämmrigen Zimmer, meine Augen gewöhnten sich an das beginnende Morgenlicht. Träumte ich? Es sah aus, als wäre ich zu Hause, in meinem Bett, aber das war unmög-lich. Es fühlte sich an wie mein Bett, roch wie mein Bett, aber... wie?

Da stand eine Wasserflasche auf meinem Nachttisch, die ich ziemlich sicher nicht dorthin gestellt hatte. Ich leerte sie in einem Zug. Jeder Muskel tat weh. Verdammt, ich war ein Wrack. Ich trug immer noch meine zerrissenen Kleider, die nach abgestandenem Blut und Vampirasche rochen (versteh mich nicht falsch, ich liebe den Geruch von Vampirasche, nur nicht in meinem Bett). Ich bewegte meine Beine und überlegte, aufzustehen, um zu duschen, aber mein Körper schmerzte so sehr, dass ich es mir anders überlegte. Die Erinnerungen an die letzte Nacht kamen zurückgestürmt, und ich spürte, wie die eisigen Finger der Angst meinen Magen umklammerten. Der Ork-Pate war tot. Wenn das Reich mit diesem Wissen aufwachte, würde das sehr schlechte Neuigkeiten sein. Es würde Anschuldigungen geben, schmutzige Politik, Rache-pläne. Orks, die Goblin City bombardieren, und Goblins, die einen Anschlag nach dem anderen planen, bis ihre Feinde alle unter der Erde wären. Ein *Putsch*, wenn wir Glück hätten, und ein Bürgerkrieg, wenn nicht. Menschen und andere Kreaturen würden ins Kreuzfeuer geraten, und die Maskerade würde fallen. Die Hölle würde losbrechen, als hätte ich nicht schon genug Kopfschmerzen.

Ich hörte ein fast unhörbares Rascheln auf der anderen Seite des Raumes. Ghost. Er musste besorgt gewesen sein, als ich gestern Nacht meine Sperrstunde verpasst hatte.

»Ghost«, krächzte ich. »Du hättest mir wenigstens die Klamotten ausziehen können.«

Es herrschte Stille, dann sagte eine fremde Stimme: »Ich ziehe Frauen normalerweise nicht die Kleider aus. Zumindest nicht beim ersten Date.«

Die Stimme war alles. Es war die Stimme, die alle anderen Stimmen zum Schweigen brachte. Tief, sonor, sanft, kultiviert.

Lernte mein Geist zu sprechen? Und wenn ja, von wem lernte er? James Earl Jones?

Ich schoss im Bett hoch, suchte nach meinem Gespenst und sah stattdessen *ihn*, und das Trauma der letzten Nacht klopfte wieder an meinen Schädel. Der Stalker. Der Retter. Der Superheld, der nichts Besseres zu tun hatte. Das Licht war schwach, aber ich würde diese Statur überall erkennen.

Ich leckte mir über die aufgesprungenen Lippen, meine Stimme immer noch krächzend. »Was zum Teufel machst du hier?«

»Ich wollte sehen, ob es dir gut geht«, sagte er.

Ich meine, ich wusste, dass der Stalker wusste, wo ich wohne, aber-

»Mir geht's gut«, sagte ich. »Du kannst jetzt gehen.«

»*Geht* es dir gut?«, fragte er. »Ich wollte nach Verletzungen suchen, aber ich dachte, ich warte, bis du aufwachst.«

»Wie bist du hereingekommen?«

»Deine Haustür war nicht abgeschlossen.«

Ich musste diese Tür dringend reparieren lassen. Ich musste es zur Priorität machen. Ich würde es gleich erledigen, nachdem ich Pavaris' Krone gefunden und irgendwie auf wundersame Weise einen Bürgerkrieg im Reich verhindert hätte. Und Liz Durisons Mörder gefunden hätte. Und etwas gegessen hätte.

Ich starrte den seltsamen Mann an und fragte mich, wer zum Teufel er war und was er von mir wollte.

»Also... du hast einfach dagesessen und mich beim Schlafen beobachtet?«

»Jep.«

»Das ist überhaupt nicht gruselig.«

»Ich dachte, wir wären darüber hinaus«, sagte er. »Da ich dein Leben gerettet habe.«

»Ich brauchte keine Rettung«, sagte ich. »Ich hatte die Situation unter Kontrolle.«

»Wirklich«, sagte er. Es war keine Frage.

Ich erinnerte mich, wie mein Angreifer mich an den Haaren über den Asphalt schleifte, während ich kämpfte, die Handgelenke gefesselt. Er war dabei, mich in diesen gelben Mini zu stecken. Ich schätzte meine Überlebenschancen nicht sehr hoch, wenn er das geschafft hätte. Jetzt war er ein Klumpen Kohlenstoff. Wahrscheinlich wurde er gerade mit dem restlichen Müll weggefegt, während wir sprachen.

»Mir hat gefallen, wie du diese Vampirin zu Asche verwandelt hast«, sagte der Mann. »Ein ziemlich kreatives Arsenal an Magie, das du hast.«

»Du warst da?«, fragte ich. »Und du hast erst eingegriffen, als ich halb tot war und weggeschleift wurde?«

»Nun«, er zuckte mit den Schultern. »Wie du sagtest. Du brauchtest keine Rettung.«

Natürlich glaubte ich das nicht. Jeder braucht Rettung in dieser grausamen Welt, die anwesende Gesellschaft (d.h. ich) eingeschlossen. Aber war der Mann immer so nervig? Es spielte keine Rolle, er würde bald aus meinem Leben verschwunden sein.

Er sah amüsiert aus. »Bist du immer so nervig?«, fragte er.

Was.

»Ich denke, es ist Zeit für dich zu gehen«, sagte ich und bedeckte meine Brust mit meiner verblassten Decke, obwohl ich vollständig bekleidet war.

Er stand auf und klopfte seine Jeans ab. »Gern geschehen.«

»Ich hatte alles unter Kontrolle«, sagte ich erneut.

Er drehte sich um, um zu gehen. »Klar hattest du das.«

»Ich wollte die Vampire lebend. Ich hatte Fragen an sie.«

»Ja, nun«, sagte er achselzuckend. »So wie ich es sah, entweder dieser Vampir tötet dich, oder ich töte ihn. Und ich bevorzugte Letzteres.«

»Warum?«, fragte ich.

»Du weißt, was man über Vampire sagt«, sagte er.

Ich weiß, was man über Vampire sagt; ich sage es ständig. »Ja«, sagte ich.

Der einzige gute Vampir ist ein toter Vampir.

Er lächelte dann und begann zu gehen, aber ich musste mehr wissen.

»Du hast mich verfolgt«, sagte ich. »Warum?«

Er hielt an und seufzte in einem langen, müden Atemzug und kratzte sich an der Wange. »Ich fürchte, ich kann es dir nicht sagen.«

Ich drängte ihn: »Was suchst du? Ich habe die Krone nicht, falls du danach suchst.«

»Ich suche nicht nach der Krone«, sagte er und begann durch die Tür zu gehen. »Ich suche nicht nach Gegenständen. Ich suche nach Personen.«

»Nun. Du hast mich gefunden«, sagte ich. »Und jetzt?«

»Ja, und jetzt?«, sagte er.

»Du kannst nicht einfach abhauen!«, rief ich seinem Rücken nach, und er winkte, ohne sich umzudrehen, hielt dann aber inne. »Oh, übrigens, dein Motorrad steht unten in deiner Parkbucht, und dein Wiesel schläft auf deinem Sofa.«

»Er ist kein Wiesel!«, rief ich. »Er ist ein magisches Albino-Frettchen!«

»Gern geschehen!«, rief er erneut und schloss die Haustür hinter sich.

KAPITEL 18

DER VERSCHWUNDENE ZAUBERER

Mein Handy vibrierte mit einer Benachrichtigung. Es war keine Nachricht – obwohl ich davon auch genug hatte – sondern ein neuer Kontakt. *Darick* stand da, mit einer Telefonnummer. Also hatte der Stalker einen Namen.

»Darick«, sagte ich laut, und die Haare in meinem Nacken stellten sich auf. Lag es nur an mir, oder hatte der Name einen unverkennbar vampirischen Klang? Dann erinnerte ich mich daran, wie er diesen blutrünstigen Vampir gegen die Wand geschleudert und ihm in den Kopf geschossen hatte. Der Stress der letzten Tage machte mich einfach paranoid, das war alles. Ich speicherte die Nummer.

Unruhig prüfte ich die anderen Nachrichten. Pavaris, wieder mal heulend, der behauptete, seine Arthritis wäre so schlimm geworden, dass er kaum noch meine Nummer wählen könnte. Was sollte ich sagen? Ich wäre nicht traurig, wenn das passieren würde. Der Kerl ließ mich einfach nicht in Ruhe. Dann war da Morgans Stimme, die fragte, ob wir etwas trinken gehen könnten.

Ich will dich nicht unter Druck setzen, Jax, sagte sie. *Aber du musst mir* irgendwas *geben.*

Ich suchte in den Nachrichten nach Berichten über den Tatort der letzten Nacht im *Cucina Or'Capone* oder über die zertrümmerten Autos draußen, aber es gab nichts. Jemand hatte schnell aufgeräumt, bevor die Polizei eintraf, und ich war es nicht gewesen. Ich war offenbar bewusstlos gewesen und hatte über die Superhelden-Schulter eines Fremden gesabbert. Ich wollte gerade aufhören, durch meinen Newsfeed zu scrollen, als ich eine Schlagzeile sah, die meine Aufmerksamkeit erregte. Sie stammte aus einem Thread mit Neuigkeiten aus der Welt der Toucheds.

Renommierter Zauberer, Ametrix Belore, unter mysteriösen Umständen verschwunden.

Ametrix Belore war auf dem Weg zu einem Ratstreffen gewesen, als sein Auto verlassen am Straßenrand des Sandton Drive gefunden wurde, hieß es in dem Artikel. Weitere Details waren noch nicht bekannt. Das war sehr seltsam, dachte ich, ein Zauberer, der einfach in Luft aufgelöst wurde. Angeblich ein hingebungsvoller Ehemann und liebevoller Vater von Zwillingen. Es gab ein Bild von ihm, und er sah nett genug aus. Ich bemerkte das Amulett um seinen Hals: ein Drachenaugenstein, gefasst in einen kunstvollen Goldring. Ametrix war angesehen – oder zumindest angesehen genug, um an Treffen mit dem viel gerühmten Rat teilzunehmen, also klang er nicht wie die Art von Mann, der sich selbst verschwinden lassen würde... obwohl man nie weiß. Ein unheilvolles Gefühl blubberte in meinem Magen. Irgendwas daran kam mir bekannt vor. Ich machte eine schnelle Suche auf Forage nach früheren Nachrichtenartikeln über verschwundene Zauberer, und das Blubbern verwandelte sich in echte Lava. Neun andere Zauberer waren im letzten Monat als vermisst gemeldet worden, und keiner von ihnen wurde gefunden.

Wie auf Stichwort klingelte mein Handy, und ich ließ es vor Schreck fallen. Zum Glück lag es auf meinem Schoß im Bett, sodass ich den Bildschirm nicht zerbrach (schon wieder). Das letzte Mal, als ich es reparieren ließ, ging die Sache nicht gut aus.

Ich hob es mit zitternden Fingern auf. »Hallo?«

»Frau Knight?«, sagte ein Junge, dessen Stimme kurz vor dem Brechen stand.

»Jax«, sagte ich. »Wer ist da?«

»J-Jax«, sagte der Junge. »Ich wollte fragen, ob... Meine Schwester und ich haben beschlossen, dass –«

»Ich nehme momentan keine neuen Fälle an«, sagte ich, härter als beabsichtigt.

»Oh.« Seine Enttäuschung vibrierte durch die Leitung, ein Seil aus Emotion, als wolle es mich erwürgen.

»Tut mir leid«, sagte ich. »Ich hab im Moment einfach viel zu viel um die Ohren.«

»Ich –«

»Ich kann dir die Nummer eines Kollegen geben«, sagte ich.

»Nein«, sagte er. »Wir wollen dich engagieren. Niemand anderen.«

Ich nahm den Hörer von meinem Mund weg und seufzte, rieb mir die Augen. Ich konnte mir wirklich nicht leisten, noch mehr Arbeit anzunehmen. So wie es aussah, versagte ich bereits bei... 100 % meiner aktuellen Fälle.

»Meine Mutter«, sagte er. »Wir wissen nicht, was wir tun sollen –«, und seine Stimme brach im Ernst, diesmal im Versuch, ein Schluchzen zu unterdrücken.

Und dann verstand ich. Die Belore-Zwillinge. Die Kinder des vermissten Zauberers. Natürlich hatten sie mich angerufen. Wie konnte ich ja sagen, wenn ich wusste, dass ich nicht genügend Zeit für den Fall aufbringen konnte? Ich trat gegen die Wand. Es gab keine Möglichkeit, dass ich annehmen konnte. Keine Chance. Wird nicht passieren.

»In Ordnung«, sagte ich. »Ich mache es.«

Ich duschte so schnell wie möglich und zog Lederkleidung an, die nicht voller Löcher von Vampiren war. Ich prüfte meinen Kühlschrank (immer noch leer) und die Schlösser an meiner Haustür (immer noch kaputt) und machte mich dann auf den Weg zu den Zwillingen. Vielleicht versagte ich in meinem eigenen Leben, aber vielleicht konnte ich in ihrem einen Unterschied machen.

ICH KAM mit einem Kloß im Hals am Haus der Belores an. Immerhin wusste ich, wie es ist, einen Elternteil zu verlieren, und sagen wir einfach, dass ich keine großen Hoffnungen hatte, dass Ametrix lebendig auftauchen würde. Die Zwillinge empfingen mich am Tor, um mich zu warnen.

»Sie ist nicht sie selbst«, sagte der junge Junge, der sich am Telefon als Eafaris vorgestellt hatte.

»Sie ist verrückt geworden«, sagte Pepin, seine Zwillingsschwester.

Die armen Kinder, die nicht nur mit einem vermissten Vater fertig werden mussten, sondern auch mit einer Mutter, die vor Kummer wahnsinnig geworden war.

»Zeigt es mir«, sagte ich, und sie führten mich hinein.

»Ich wollte es dir nicht zeigen«, sagte Eafaris. »Ich wollte nicht, dass du abgelenkt wirst.«

»Darüber mach dir mal keine Sorgen«, sagte ich. »Habt ihr jemanden, den wir anrufen können?«, fragte ich sie, aber sie schüttelten synchron die Köpfe. »Wir haben versucht, Tante Bellatrix in Manhattan anzurufen«, sagte Pepin, »aber sie geht nicht ran.«

Hmm, dachte ich. Ich hatte gehört, dass in der Zaubererszene in Manhattan einiges los war. Ich hoffte, sie war sicher, im Gegensatz zu ihrem verschwundenen Bruder. Aus meiner Tasche kam ein Quieken, und die Zwillinge sahen mich fragend an. Ich holte das Frettchen heraus und ließ sie mit ihm spielen, während ich zu ihrer Mutter ging.

Ich öffnete die Tür zum Arbeitszimmer des vermissten Zauberers und sah Mrs. Belore – Francis –, wie sie vor sich hin murmelte, mit ihrem Zauberstab hantierte und im Kreis lief.

»*Res ac mortales*«, intonierte sie. »*Res ac mortales*«, aber nichts geschah.

»Francis?«, sagte ich sanft. Ich fühlte mich schrecklich, in einen so persönlichen Moment einzudringen. Die Frau versuchte, ihren Mann zu sich zurückzubeschwören, aber wir beide wussten, dass die Leere nicht so funktionierte.

»Francis«, sagte ich erneut. »Ich bin Jacquelyn Knight. Ich bin hier, um zu helfen, Ametrix zu finden.«

Ich hätte genauso gut ein Stück Tapete sein können. Sie sah mich nicht an. Ich glaube nicht einmal, dass sie mich gehört hat, so tief war ihre Konzentration.

»*Res ac mortales*«, intonierte sie immer und immer wieder. »Komm zurück zu mir, Trix«, sagte sie, während stumme Tränen über ihr Gesicht liefen. »Komm zurück zu mir.«

In der Ecke des Raumes stand eine magische Harfe. Ich erkannte sie als eine Morninglark-Harfe, ein sehr mächtiges magisches Werkzeug. Sie konnte mit einer bestimmten Melodie eine ganze Jahresernte vernichten, und sie hatte über tausend davon zur Auswahl. Sie hatte auch Verwendungen für weiße Magie, mehr als für schwarze, aber wie bei den meisten magischen Gegenständen war sie vor allem für ihre dunkle Macht bekannt. Sie konnte zum Segnen und zum Verfluchen verwendet werden, und sie konnte auch dazu benutzt werden, jemandem die Wahrheit zu entlocken. Ich hatte immer eine sehen wollen, und ich hatte gehört, dass die kunstvollen Schnitzereien am Rahmen tanzen, wenn man sie spielt. Ich widerstand jedoch dem Drang, sie zu berühren. Ferra nennt mich unmusikalisch, und das ist noch freundlich ausgedrückt. Du würdest nicht einmal hören wollen, wie ich einen Werbe-jingle singe, geschweige denn eine tödliche Harfe spiele. Eine Zauberin muss ihre Grenzen kennen.

Ich beobachtete, wie Francis Belore in ihrem ununterbrochenen Kreis lief, ihrem Beschwörungskreis. Sie trug ein marineblaues Kleid mit Punkten, und ihre Füße waren nackt. Ich ging rückwärts zur Tür hinaus und schloss sie.

~

WIR LIEßEN uns im Wohnzimmer nieder, und Eafaris brachte mir eine Tasse roten Birkentee auf einer zitternden Untertasse. Sie setzten sich gemeinsam auf die Couch und schauten mich erwartungsvoll an, zwei passende Masken der Verzweiflung, und mein Herz schlug für sie.

»Könnt ihr mir irgendetwas sagen?«, fragte ich. »Eine Idee, was passiert sein könnte?«

»Nein«, sagte Pepin.

»Wir haben uns den Kopf zerbrochen«, sagte Eafaris. »Aber es war einfach ein ganz normaler Tag.«

Ich schluckte schwer. Das kam mir zu nah. Mein Brustbein schmerzte bei der Erinnerung an meine eigenen Eltern, die auch an einem ganz normalen Tag genommen wurden. Ist das nicht, wann die meisten Katastrophen passieren?

»Jemand hat ihn mitgenommen«, fragte Eafaris. »Jemand hat ihn mitgenommen, oder?«

Pepin ließ einen Schluchzer entweichen, dann bedeckte sie ihren Mund. Ich blinzelte die Tränen weg, die in meinen Augen brannten.

Was konnte ich sagen? Dass alles in Ordnung sein würde? Dass ich ihren Vater finden und nach Hause bringen würde? Ich wusste, dass ich das nicht konnte.

Im Hintergrund begann Musik zu spielen; eine wunderschöne, eindringliche Melodie.

»Ich verspreche, dass ich alles in meiner Macht Stehende tun werde, um ihn zu finden«, sagte ich.

Pepin reichte mir einen Umschlag mit meinem Namen darauf. Ich schaute hinein: Er war voll mit Bargeld.

»Was ist das?«, fragte ich.

Auf dem Beistelltisch standen zwei geplünderte Sparschweine. Mein Herz schmerzte.

»Deine Bezahlung.«

»Ich habe noch nichts getan.«

»Bitte«, sagte Eafaris. Sein Gesicht war ernster, als es bei einem Kind jemals sein sollte. »Find ihn einfach.«

Es gab einen Knall und das Splittern von Glas. Beide Zwillinge keuchten auf und sprangen gleichzeitig auf. Wir rannten zum Arbeitszimmer, wo ihre Mutter war. Eafaris blieb wie ange-wurzelt stehen, als er sie sah; Pepin ebenso. »Mama!«, riefen sie.

Die Morninglark-Harfe spielte, und Francis tanzte mit geschlossenen Augen zur Melodie. Eine große Ming-Vase lag zerbrochen am Boden, und das Blut von ihren Fußsohlen hatte den Boden rot verschmiert.

KAPITEL 19

AUFGESPIESST AUF EINEM WEISSEN LATTENZAUN

Ich verließ das Belore-Haus nur widerwillig, nachdem ich die Harfe beruhigt, die Porzellanscherben aus Francis' blutenden Füßen gezogen und sie verbunden hatte. Ich packte sie in ihr Bett und sprach einen Schutzzauber über sie, während ich die Kinder warnte, sie im Auge zu behalten, da der Zauber nur zwölf bis vierundzwanzig Stunden halten würde. Ich hasste es, sie so verstört zurückzulassen, hasste es, Gizmo aus ihren zitternden Händen zu nehmen und mich von ihren bleichen Gesichtern zu verabschieden, aber ich hatte einen Job zu erledigen. Technisch gesehen hatte ich vier Jobs zu erledigen und nicht genug Zeit dafür, aber heute war nicht der Tag, um sich in Formalitäten zu verstricken.

Meine erste Anlaufstelle war, Qwynkle zu finden. Wenn das Reich zur Hölle fahren würde, musste ich diese Krone auf die richtige Seite der Magie zurückbringen. Wenn sie in die falschen Hände fiele, nun ja... daran wollte ich gar nicht denken. Ich hatte ein kleines Zeitfenster, bevor sich die Nachricht von Don Vitos Tod verbreiten würde, und ich hatte vor, es zu nutzen. Liz Durisons nackter Körper blitzte vor meinem geistigen Auge auf und erinnerte mich daran, was diesen Wirbelwind der letzten Tage überhaupt erst ausgelöst hatte.

Ja, Liz, dachte ich. *Ich kümmere mich um dich. Lass mich nur kurz mit dem Weltuntergang fertig werden, dann hast du meine volle Aufmerksamkeit.*

Ich wollte gerade auf mein Motorrad steigen, als eine anthrazitfarbene Limousine auftauchte und mir zu folgen begann. Ich erkannte sie sofort als den Khargol-Wagen.

Filius Canis! dachte ich. Das war Sugar Shagar, die ihr Versprechen einlöste, mich zu töten, falls etwas schiefgehen sollte. Ich rannte los und duckte mich in eine Nebenstraße. Die Belores wohnten in einer ruhigen, angenehmen, grünen Vorstadt in Greenside. Ich stellte mir vor, wie die Ork-Mafia das Feuer eröffnete und die Gartenstühle und rosafarbenen Flamingos niedermähte. Ich stellte mir vor, wie Shagar ihre Schläger anwies, zurückzutreten, während sie persönlich meinen Kopf auf einem der weißen Lattenzäune aufspießte. Stattdessen tauchte Gnarg vor mir auf, genau in dem Moment, als ich gerade über das Fallrohr eines holzverkleideten Hauses klettern wollte, und tackelte mich so hart, dass wir beide für einen Moment in der Luft schwebten, bevor wir auf dem Schieferweg aufschlugen. Er war etwa viermal so groß wie ich und wog ungefähr so viel wie ein männliches Nashorn, also nachdem sein Körper meinen zu Boden geschleudert hatte, war ich so außer Atem, dass ich das Gefühl hatte, nie wieder atmen zu können.

～

GNARG TRUG MICH, hustend und keuchend, zur Limousine. Das erinnerte mich wieder an Mr. Hotdog.

Was war das nur mit bösen Männern, die mich in letzter Zeit in Autos zerrten?

Offensichtlich wollte er mich woanders töten und nicht in dieser schönen Nachbarschaft, sonst hätte er es sicherlich gleich dort getan, in voller Sicht der Flamingos. Die Autotür öffnete sich, und Shagar tadelte den Leibwächter.

»Gnarg!«, sagte sie. »Wir haben gesagt, bring sie *behutsam* her.«

Gnarg zuckte mit den Schultern. Er dachte offensichtlich, dass er behutsam gewesen war. Meine Lungen hingegen würden wahrscheinlich nie wieder dieselben sein. Aber das war es nicht, was mich beschäftigte.

Wir, hatte sie gesagt. *Wir* haben gesagt, bring sie behutsam her.

Gnarg kippte mich in das Innere des teuren Wagens, und plötzlich ergab alles einen Sinn. Da saß Sugar, und in ihren Wurstfingern lag ein weiteres Bündel Wurstfinger, die zu einem – sehr lebendigen – Don Vito gehörten. Ihre Todesmarsch-Augen funkelten mich an.

»Wie?«, fragte ich atemlos. Ich hatte den Paten sterben sehen. Ich hatte gesehen, wie seine Brust von den AK47-Kugeln aufgerissen wurde. Hatte Shagar jemanden angeheuert, um ihn wieder zum Leben zu erwecken? Wenn ja, wären die Konsequenzen äußerst ernst. Ich wich zurück – so weit es eben in der plüschigen Polsterung möglich war.

»Wir wollten dir danken«, sagte Shagar, und Vito grunzte. Ich nahm an, das war seine Art, einem *Zaubermädchen* zu sagen, dass er dankbar war.

»Wie?«, fragte ich erneut und starrte auf den von-den-Toten-auferstandenen Ork, während die Sorge in meiner Kehle hochkroch. »Magie?«

»Nein«, sagte Shagar und schüttelte den Kopf, wobei ihr Haar in ihr Gurkengesicht fiel. Sie trug einen extra leuchtenden Lippenstift, der das Grün in ihren Wangen wirklich zur Geltung brachte. Sie strich ihr Haar zurück und lächelte mich mit all ihren Zähnen an. Ich versuchte, nicht zu genau hinzusehen, sonst riskierte ich, direkt in der Kabine ihrer Luxuslimousine ohnmächtig zu werden.

»Nachdem du Vito gewarnt hast«, schwärmte sie, »ist er nach oben gegangen und hat eine kugelsichere Weste angezogen.«

Shagar rieb seine Hand in ihrer, und der Pate grunzte wieder.

»Gern geschehen«, sagte ich zu ihm, erinnerte mich an Darick und ärgerte mich erneut über ihn.

»Was ist los?«, fragte Mrs. Patin. »Bist du nicht froh, dass er lebt?«

»Natürlich bin ich das«, sagte ich, und das war ich auch. »Aber ihr hättet es mir früher sagen können. Ich habe mein Leben riskiert, um deinen Mann zu retten.«

»Dir sagen?«, fragte sie.

»Ja, mir sagen«, schnappte ich, immer noch geschockt von seinem lebenden und atmenden Körper, der kaum eine Armlänge von mir entfernt war. »Damit ich mir nicht so viele Sorgen gemacht hätte. Ich habe den ganzen Morgen über die Folgen nachgedacht. Ich dachte, uns stünde ein Bürgerkrieg bevor. Und ich dachte, du hättest meinen Namen auf deine persönliche Abschussliste gesetzt.«

»Zauberin«, lachte sie. »*Dir* sagen? Er hat es nicht einmal *mir* gesagt.«

Ich hasste den Don in diesem Moment, zumindest ein bisschen. Was wäre, wenn Vitos persönlicher Leibwächter sich vor ihn geworfen hätte, um die Kugeln abzufangen? Was wäre, wenn Shagar das getan hätte? Seine unverhohlene Arroganz, die ich schon vorher als ärgerlich empfand, machte mich jetzt absolut wütend. Mein Zorn füllte das Auto, und ich fühlte, dass ich da raus musste, weg von den giftigen Dämpfen, die von der Familie Khargol ausgingen.

Es war nicht nur Ork-Körpergeruch, den ich riechen konnte. Es war Selbstgefälligkeit und Unehrlichkeit und Egoismus, und ich musste da raus. Ich öffnete die Tür, um auszusteigen, und Gnarg legte seine baseballhandschuhgroße Hand auf meine Schulter, um mich zu warnen, im Inneren zu bleiben. Willkommene frische Luft strömte in die Kabine.

»Warum dann die Täuschung?«, fragte ich, setzte mich zurück und verschränkte die Arme vor der Brust. »Warum das Schauspiel? Am verwundbarsten Tisch sitzen und zur Straße blicken, wissend, dass diese Gang kommt. Und warum hast du dich nicht geduckt, als sie zu schießen begannen?«

Don Vito räusperte sich. »Wir mussten sehen, wer es war.«

»Es hat keinen Sinn, sich zu verstecken«, sagte Shagar, »wenn sie einfach wieder kommen werden. Wir weigern uns, in Angst zu leben. Wir mussten wissen, wer dahintersteckt, um sie ein für alle Mal aufzuhalten.«

»Jetzt denken sie, ich bin tot«, sagte der Pate. »Jetzt lassen sie ihre Deckung fallen, und wir schlagen zu.«

»Diese Goblins sind totes Fleisch«, sagte Shagar nicht ohne Genugtuung.

»Nein«, sagte ich.

»Was?«

»Ich brauche sie lebendig.«

»Sei nicht lächerlich«, sagte Sugar.

»Sie haben etwas, das ich suche.«

Vito grunzte. »Wir kaufen dir ein anderes.«

»Du verstehst nicht.«

»Nein«, sagte Shagar. »*Du* verstehst nicht. Dieser Goblin muss sterben. Und seine ganze dreckige Bande auch.«

»Gebt mir vierundzwanzig Stunden«, sagte ich. »Bitte.«

Don Vito verzog die Lippen.

»Bitte«, sagte ich noch einmal. »Ich habe mein eigenes Leben riskiert, um euch zu helfen. Das Mindeste, was ihr tun könnt, ist mir ein paar Stunden zu geben!«

»Du hast zwei«, sagte er und deutete mit einer ungeduldigen Handbewegung an, dass ich gehen könne. Ich stieg aus dem Wagen und ging zu meinem Motorrad.

Shagar lief mir nach. »Wir haben etwas für dich.«

»Ich will es nicht.« Ich wollte nichts mehr mit diesen Leuten zu tun haben.

»Schutz«, sagte sie.

Ich hielt inne und drehte mich um. »Schutz?«

»Unsere Männer werden über dich wachen. Sicherstellen, dass dir nichts zustößt. Als Bezahlung dafür, dass du Vitos Leben gerettet hast.«

Ich wollte weniger Orks in meinem Leben, nicht mehr. Aber wenn es bedeutete, dass ich am Leben bleiben würde, müsste ich mich wohl an ein paar dunkel gekleidete Oger gewöhnen, die mir folgten. Zumindest bis die Fälle gelöst und ich aus der Gefahrenzone wäre.

»Da ist noch etwas.« Sie zog ihre Handtasche um ihren geschwollenen Bauch: ein albernes, zierliches Ding, das an ihrem üppigen Körper puppenhaft klein wirkte. »Dieser Anführer. Dieser Goblin.«

»Ja?« Ich hörte aufmerksam zu. »Qwynkle.«

Sie sah überrascht aus, dass ich seinen Namen kannte, wandte aber ihren Blick von mir ab, um in ihrer Tasche zu suchen. Während sie sich darauf konzentrierte, in ihrer lächerlich kleinen Handtasche zu wühlen, betrachtete ich heimlich ihren Bauch. War ihr Bauch größer als vorher? Es war schwer zu sagen.

»Kannst du dir vorstellen«, sagte sie, »dass der große Or'Capone von einem Goblin mit so einem dämlichen Namen getötet wird?«

Ich konnte sehen, dass sie lachen wollte und es sich anders überlegte, aber ihre Belustigung war deutlich an ihren leuchtend roten Lippen abzulesen. Ich fand es seltsam, so etwas zu sagen, aber ich weiß auch aus eigener Erfahrung, dass man sich ziemlich albern fühlt, wenn man dem Tod ein Schnippchen geschlagen hat.

»Du brauchst etwas von diesem Qwynkle?«, fragte sie.

Ich dachte an die lauten Goblins, die ich im *Kupfernen Zahnrad* belauscht hatte, wie sie dieses betrunkene Lied sangen und andeuteten, dass Qwynkle Estelar Pavaris' Krone hatte.

»Ja«, sagte ich. »Er hat etwas, das ich brauche.«

»Sugar!«, rief ihr Mann aus der Limousine.

Sie zuckte zusammen, ihr Lächeln verschwand, und sie wühlte weiter in ihrer Tasche.

»Suga-a-a-ar!«, brüllte er.

Deodamnatus, würde sie endlich zum Punkt kommen? Ich hatte das Gefühl, direkt vor ihr zu altern.

»Die Männer«, sagte sie. »Vitos Männer. Sie sind auf dem Weg, Qwynkle zu töten.«

»Aber Vito hat mir zugesagt, mir zwei Stunden zu geben!«

»Und das wird er auch. Dafür sorge ich. Aber das bedeutet, dass ich weiß, wo er ist. Du kannst ihn finden.«

Plötzlich wurde ich sehr misstrauisch. Warum war sie so hilfsbereit?

Endlich holte sie das, wonach sie in ihrer Tasche gesucht hatte, heraus und reichte es mir.

»Das hat uns einer unserer Informanten vor einer halben Stunde gegeben.«

Es war ein Papierfetzen mit hastig geschriebenen Details.

KWINKLE

DIE KUPPEL

»Er arbeitet als Hausmeister in der Kuppel«, sagte sie.

Ein Hausmeister? Das passte nicht zu dem Bild, das ich von ihm hatte.

»Die Kuppel?«, runzelte ich die Stirn. »Bist du sicher?«

Ich fragte mich, wer sie informiert hatte, und wurde mir in diesem Moment bewusst, wie gut Shagar tatsächlich vernetzt war.

»Er ist nicht nur ein Bandenchef«, sagte sie. »Er ist ein Dieb, der einen Ort braucht, um seine Beute zu lagern.«

Die Kuppel war eine große Ausstellungshalle, die in einem kleinen Taschenreich über der Industria in Northriding schwebte. Unberührte Menschen konnten sie nicht sehen, was sie zu einem perfekten Ort für die Elfische Magieausstellung machte, eine riesige Sammlung von Nachbildungen berühmter magischer Gegenstände, die sonst nie zu sehen wären. Die Öffentlichkeit konnte sich nie so recht entscheiden, ob die Ausstellung dazu diente, die Massen zu bilden oder nur den Reichtum der Elfen zur Schau zu stellen, aber da schwebte sie am Himmel, und man konnte sie für hundert Euro pro Ticket besuchen.

Niemand würde erraten, wo sie ist, sagte einer dieser betrunkenen Goblins gestern Abend. *Sehr schlauer Schachzug. Sehr schlaue Goblins.* Ich riss den Zettel aus Sugars Hand und rannte los.

KAPITEL 20

RUMPIS

Ich rannte zu meinem Motorrad und sprang auf, wobei ich die Khargols im Staub zurückließ. Ich musste vor ihnen zum Dom gelangen, bevor sie ihr Wort brachen und den Anführer der Goblin-Gang töteten, ehe ich Zeit hatte, Estelars Krone zu finden. Ich beschleunigte, und mein Trenchcoat flatterte hinter mir.

»Visier abdunkeln«, sagte ich, und der Bildschirm des Helms wurde dunkler, was die Blendung milderte. Ich versuchte, meine Gedanken nicht abschweifen zu lassen und mich auf die Fahrt zu konzentrieren, aber Don Vito lebend zu sehen, als ich so überzeugt war, dass er tot gewesen war, hatte mich definitiv aus der Fassung gebracht. Und ich hörte immer noch diesen dämlichen, besoffenen Goblin aus dem *Copper Cog*, der *Qwynkle, Qwynkle* sang. Ich konnte es nicht aus meinem Kopf bekommen, also bat ich meinen Helm, stattdessen Musik zu spielen. Er wollte Jazz spielen, ich wollte Afro-Marabi, also einigten wir uns auf langsamen Rock. Du führst definitiv ein privilegiertes Leben, wenn dein intelligenter Helm über deine Musikauswahl streitet.

Sobald wir die Zauberervororte hinter uns gelassen hatten, war die Straße zum Dom breit und gerade, und für einen Freitagmorgen nicht zu voll. Es tat gut, dahinzurasen, mit meinem Motorrad, das beruhigend unter mir summte, während ich mich mental darauf vorbereitete, die HighFire-Krone zurückzustehlen. Der Himmel hatte ein hoffnungsvolles Blau, mit nur einem Hauch von Zirruswolken. Heute war der Tag, an dem ich Estelar zurückgeben würde, was rechtmäßig ihm gehörte, und wir alle würden erleichtert aufatmen können.

ICH SCHALTETE den Motor in der unterirdischen Parkgarage des Doms aus, und diesmal vergaß ich meinen Sicherheitszauber nicht. Ich rannte die breiten, weißen Marmorstufen hinauf und ging direkt zum Schalter, um eine Eintrittskarte zu kaufen. Der Preis hatte sich verdoppelt.

»Zweihundert Piepen?«, sagte ich zu der Elfe. »Im Ernst?«

Die Empfangsdame schaute mit ihrer perfekt geraden Nase auf mich herab und schob ihre teuer aussehende Schildpattbrille zurecht. »Im Ernst«, sagte sie. Hinter ihr befand sich ein dreiteiliger Bildschirm mit 3D-Videos über die verschiedenen ausgestellten Artefakte.

Ich reichte ihr meine Kreditkarte, die sie nur mit den Fingerspitzen entgegennahm, als hätte ich ihr eine bettwazenverseuchte Socke überreicht und nicht ein Stück Plastik, das nur geringe bis keine Chance hatte zu funktionieren. Wir warteten schweigend, während die Elfe mit ihren perfekt manikürten Nägeln auf die weiße Marmortheke klopfte. Ich starrte auf die kunstvollen Verzierungen darauf. Meine Nägel hatten Glück, wenn sie einmal pro Woche mit einer Nagelbürste geschrubbt wurden, ganz zu schweigen von der Mini-Picasso-Behandlung.

»Abgelehnt«, sagte sie und nahm eine große Messingschere zur Hand. Bevor ich sie aufhalten konnte, schnitt sie die Karte in zwei Hälften. »Tut mir leid«, schnüffelte sie (tat es nicht). »Anweisung der Bank.«

Ich knirschte mit den Zähnen und versuchte, mir einen anderen Weg hinein zu überlegen. Verdammte Elfen. Ich könnte mich unsichtbar machen, aber ich bin sicher, dass ihre Sicherheitssysteme mich trotzdem erfassen würden, wenn ich versuchte, mich durchzuschleichen. Dann erinnerte ich mich an den Umschlag mit Bargeld in meiner Tasche. Ich zog ihn heraus und zählte zwei hübsche blaue Hundert-Rand-Scheine ab.

Die Elfe blinzelte mich mit ihren extremen Wimpern an, nahm die Scheine aus meiner Hand und zwang ihre Lippen zu einem Lächeln.

»Willkommen bei der Ausstellung«, sagte sie, und die Maschine spuckte ein Ticket aus. Sie riss es ab und gab es mir zusammen mit einer Broschüre und einem Lageplan des Ortes. Nicht, dass ich den brauchte. Ich hatte Gizmo.

Ich suchte nicht nach Qwynkle. Ich hatte kein Interesse daran, ihn je wiederzusehen. Mein Plan war, direkt zur Krone zu gehen. Nach meinem kurzen Gespräch mit Sugar war ich ziemlich sicher, dass der Gangführer magische Gegenstände aus den Häusern der Elfen stahl und sie durch diese Repliken ersetzte. Es war das perfekte Versteck für die echte Beute: direkt vor aller Augen (wenn man zufällig zweihundert Piepen zum Verbrennen hatte). Ein ausgeklügelter Plan, perfekt für

Goblins, und ich hätte mich treten können, dass ich nicht früher darauf gekommen war.

Ich ging an der ersten Wand der Ausstellung entlang und fand die Gegenstände trotz meiner steigenden Angst faszinierend. Das Innere des Doms war vom Boden bis zur Decke weiß, und die Repliken waren in schwebenden Glasboxen verschiedener Größe untergebracht. Einige der Artikel wurden in situ ausgestellt: Ein Wachsmodell einer wunderschönen Fee mit einem Meerjungfrauenschwanz, die ein Haarband aus Muscheln trug, das es ihr ermöglichte, durch Wasser oder Land zu reisen. Da war ein Katzenhalsband aus Vampirzähnen an einer ziemlich erschrocken aussehenden Keramikkatze und ein Modell eines alten, verwitterten Zauberers, komplett mit violettem Gewand und hohem, spitzem Hut, der ein altes Buch und einen Stab hielt, der genauso uralt aussah wie er. Lustig, wie sich jeder Zauberer als uralten männlichen Einsiedler vorstellt. Sein weißer Bart war so lang, dass er fast den Boden berührte. Ich bin froh, dass ich damit nicht umgehen muss; das wäre in meinem Beruf super unpraktisch.

In der nächsten Glasbox befand sich ein Skelett-Portalschlüssel, den ich gerne gehabt hätte, und in der danach waren Elfenschleichstiefel, die es einem ermöglichten, praktisch unbemerkt zu reisen. Da war ein wunderschön gravierter Equillar – ein Dolch, der durch magische Verzauberungen schneidet – und ein zehntausend Jahre alter Hexenstab, der aus dem Flügelknochen eines Drachen gefertigt war. Ein magischer Handspiegel, der den Betrachter genau so aussehen ließ, wie er gesehen werden möchte, und ein Feueramulett: Blasse Flammen. Die Informationskarte verriet nicht, welche Magie das Amulett enthielt. In dieser unberechenbaren Welt werden einige Dinge wohl besser geheim gehalten.

Ich zwang mich, weiterzugehen, konnte aber nicht umhin, die Schätze zu betrachten und mich zu fragen, welche echt und welche Repliken waren. Ein Hauch von Springendem Silber: ein fein ausbalanciertes Schwert. Ein Eidechsenschuppen-schild. Schattenrüstung. Ein potenter Heiltrank in der Farbe von Flusskieseln. Eine Klinge aus Seegold, die mit der Kraft einer Ozeanwelle durch alles schneiden konnte. Ich hätte die Dinge stundenlang studieren können, aber die Uhr tickte.

Ich nahm Gizmo aus meiner Tasche und stellte fest, dass ich ihn den ganzen Tag nicht gefüttert hatte. Ich war eindeutig nicht gut in dieser Haustier-Eltern-Sache. Ich fühlte mich schlecht und tätschelte ihn und sagte ihm, dass ich ihm auf dem Rückweg ein Päckchen überteuerte Erdnüsse aus dem Automaten des Doms kaufen würde. Ich steckte ihn zurück in seine gemütliche Ecke und beschloss, selbst nach dem Ding zu suchen. Wie schwierig konnte es sein? Ich hatte eine Karte und einen-

Und genau so, genau wie... na ja, Magie... da war es, direkt vor mir. Eingeschlossen in seinem Glaswürfel und auf einem Satinkissen mit goldenen Quasten, das identisch mit dem auf Pavaris' Sockel aussah. Ich schaute nach links und rechts, um zu sehen, wer sonst noch zusah. Eine Handvoll Besucher ging vorbei. Ein Ork-Paar mit einem Kinderwagen passierte mich. Ich schaute absichtlich vom Baby im Inneren weg. Ork-Babys sind unglaublich hässlich und lassen mich immer an einen alten Witz über einen Bus und einen Affen denken und bringen mich zum Lachen, aber jetzt war nicht der Zeitpunkt dafür. Ich musste so unsichtbar wie möglich sein. Eine Gruppe von Teen-ager-Elfen schlenderte vorbei und heuchelte Interesse, gefolgt von einigen Berührten Menschen, die nichts Besseres zu tun hatten. Ich verengte meine Augen und versuchte, die Krone zu inspizieren, zu beurteilen, ob es das echte Ding war, aber ehrlich gesagt, ist das, was ich über Diamanten und Edelsteine weiß, erschreckend wenig. Könnte ich es irgendwie testen? Wenn ich seine Energie kanalisieren könnte, würde ich herausfinden, ob es echt war. Ein Goblin schob einen Wischeimer auf Rädern an mir vorbei. Ich zuckte zusammen und dachte, es könnte Qwynkle sein, aber es war eine weibliche Goblin mit einem Hinken, also beruhigte ich mich auf ein mildes Panik-Level. Natürlich würde ein Ort wie dieser mehr als einen Goblin in seinem Personal haben. Elfen fegen keine Böden oder putzen keine Toiletten.

ICH BETRACHTETE DIE KRONE, die mit ihren goldenen Flammen und kostbaren Perlen wirklich bezaubernd war. Ich versuchte, irgendwie mit ihr zu kommunizieren, versuchte, etwas von ihrer einzigartigen Magie zu absorbieren, aber meine Energie prallte vom Glas ab, das eine Art Verzauberung zu haben schien. Ein weiterer Goblin ging mit den Händen hinter dem Rücken vorbei. Er trug einen grauen Geschäftsanzug und eine Brille, und ich wartete, bis er weg war, bevor ich fortfuhr, die Krone auf eine Weise anzustarren, die sicherlich höchst verdächtig wirkte. In meinem Kopf gab es keine Möglichkeit festzustellen, ob das Ding echt war oder nicht, also müsste ich es einfach riskieren und rennen. Ein weiterer Goblin tauchte auf: dieser trug eine Sonnenbrille, ein Hawaii-Hemd und einen Rucksack, als wäre er gerade vom Flugzeug aus Maui gestiegen. Ich musste schnell handeln. Verstohlen löste ich meinen Zauberstab von meinem Gürtel. Wenn ich damit davonkommen wollte, müsste ich flink sein. Ich ging die relevanten Zaubersprüche im Kopf durch, und mein Herz begann zu hämmern. Ein weiterer Goblin tauchte auf, einer mit blonder Perücke in einem Sommerkleid, und ich fragte mich, ob ich paranoid war (schon wieder) oder ob sich die Gobs wirklich wie nasse Gremlins direkt vor meinen Augen vermehrten.

Nein, nicht paranoid.

Da war noch einer in meinem peripheren Blickfeld, der eine schieferfarbene Hausmeisteruniform mit dem Dom-Insignie auf der Vorderseite trug, und er beobachtete mich. Qwynkle. Musste er sein. Jemand hatte ihn alarmiert, wahrscheinlich der erste Goblin, der mit diesem Mopp herumgeschoben hatte. Ihm gesagt, dass da eine *Zauberin* drin sei, die Ärger machen wolle. Ohne sie direkt anzuschauen, konnte ich jetzt sechs oder sieben Goblins zählen, alle in unbeholfenen Kostümen, anscheinend bereit zuzuschlagen. Dann kam eine große Gruppe japanischer Orks an und begann, peinliche Selfies mit der Keramikkatze zu machen. Sie strömten wie eine riesige, lärmende Wassermasse herein und versperrten Qwynkle die Sicht auf mich, obwohl die anderen Goblins mich immer noch im Blick hatten. Die hochnäsige Elfen-Empfangsdame kam hereingeschritten, mit Sorge in ihrer sonst perfekt botoxierten Haut, und bat die Orks, keine Fotos zu machen oder die ausgestellten Gegenstände zu berühren. Einer der Touristen griff nach dem Stab des alten Zauberers aus der Ausstellung und tat so, als würde er seine Kumpel mit dessen Magie zappen. Ein anderer kletterte auf den Feensockel und tat so, als würde er sie küssen, während er Fotos mit seinem Selfie-Stick machte. Die Empfangsdame tänzelte herum und versuchte, die Situation in den Griff zu bekommen, aber sie ignorierten sie. Ich schätze, sie wusste nicht, wie man auf Japanisch grunzt.

Ich hatte ein kleines Zeitfenster und musste schnell handeln.

»*Rumpis!*«, sagte ich zu der Glasvitrine, die die HighFire-Krone enthielt, und auf der Vorderseite erschien ein großer Riss. Die Goblins beschleunigten ihre Schritte und bewegten sich auf mich zu. »*Rumpis!*«, sagte ich noch einmal, und diesmal zersplitterte die gesamte Vorderseite, blieb aber an Ort und Stelle: ein riesiges silbernes Spinnennetz. Verdammte Elfenverzauberungen.

Zum Glück hatte ich so etwas erwartet und hatte einen anderen Zauberspruch parat. Zugegebenermaßen war es keiner, in dem ich besonders gut war, aber in der Not und so weiter.

»*Nebulam*«, sagte ich, und die Vitrine hüllte sich in einen Mantel aus weißem Rauch. Das gefiel mir – ich hatte nicht gedacht, dass es so gut funktionieren würde – vielleicht hatte der *Rumpis*-Zauber sowohl die Verzauberung als auch das Glas beschädigt. Ich verschwendete keine Zeit damit, die Krone zu schnappen und sie unter meinen Trenchcoat und in meine Unendlichkeitstasche zu stecken. Ich flüsterte ihr etwas zu und schnallte meinen Mantel so schnell wie möglich zu.

»Diebin!«, schrie der Goblin im Sommerkleid.

»Diebin!«, rief der mit der Sonnenbrille und dem Rucksack.

Sicherheitskräfte kamen angerannt, ihre Hände umklammerten die Handschellen, die an ihren Hüften hingen. Ich hob meine Hände. Die japanischen Orks richteten ihre Kameras auf mich und begannen zu blitzen. Von Qwynkle war nirgendwo etwas zu sehen.

KAPITEL 21

LEERES PODEST

Die Ork-Sicherheitsleute drängten mich in eine Ecke und zogen ihre Pistolen.

»Meine Hände sind oben«, erinnerte ich sie. Ich weiß, wie schießwütig Orks sein können, und ich hatte keine Lust, durch Tollpatschigkeit getötet zu werden.

Die Goblins standen hinter ihnen und sabberten mich an. Wortwörtlich.

»Mantel auf«, sagte Dumbledee. Ich tat es.

»Ärgh«, sagte Dumbledum und schaute auf die Stelle, wo die verdampfte Vitrine gewesen war, jetzt nur noch ein leeres Podest. Er kratzte sich am Kopf. »Wo Krone?«

Ich schoss mit meinen Armen wie ein Pfeil in die Richtung des Goblins im Tropeninsel-Outfit. »Er hat sie genommen!«

Der Typ im Hawaii-Hemd sah schockiert aus. »Nein!«, sagte er, den Kopf schüttelnd. »Die Zauberin hat sie genommen!« und zeigte mit seinem kriechenden Schleimfinger zurück in meine Richtung.

»Wem wollt ihr glauben?«, fragte ich. »Einer Zauberin mit sauberer Weste« – was nicht ganz der Wahrheit entsprach – »oder einem verräterischen Goblin in einem Hawaii-Hemd?«

Die Augenbrauen der Orks schossen synchron nach oben. Sie verstanden meinen Punkt.

»Durchsuchen«, sagte Dumbledee, und Dumbledum stampfte zu dem entsetzten Goblin hinüber.

»Nein!«, schrie er erneut und drückte seine Tasche an sich, während er vor uns zurückwich. »Nicht durchsuchen!«

Ich weiß nicht, was er in der Tasche hatte, aber die Reaktion des Goblins auf die Durchsuchung war für die Sicherheitsleute Grund genug, um ihn sofort für schuldig zu befinden. Als der Goblin wegrennen wollte, schmetterte Dumbledum ihn wie ein Profi-Wrestler zu Boden, und die Touristen begannen alle zu jubeln. Ich nutzte die allgemeine Verwirrung aus, schlängelte mich durch die klatschende Menge und hinaus durch den Haupteingang, wo sowohl die Wachposten als auch der Empfangstresen praktischerweise leer waren.

Draußen in der frischen Luft klopfte ich mir mental auf die Schulter. Die Sonne schien, ich war nicht in einem grauen Raum, der von Orks auf Herz und Nieren durchsucht wurde, und ich hatte die HighFire-Krone in meiner Tasche. Ich nahm sie heraus und drehte sie in meinen Händen, konnte aber nur meine eigenen Handflächen sehen. Der Unsichtbarkeitszauber würde nur noch ein paar Minuten anhalten. Ich joggte in Richtung der Tiefgarage. Ich war nur noch zehn Meter von meinem Motorrad entfernt, als etwas hervorschoss und mich zu Fall brachte, sodass ich nach vorne flog und auf dem Boden aufschlug. Mein Gesicht knallte auf die Betonplatte, ein Zahn brach ab und ein blauer Schmerzstrom schoss in mein Gehirn und blendete mich für volle zehn Sekunden. Ich war auf Händen und Knien auf dem Betonboden, Blut im Mund, Funken im Kopf. Am schlimmsten war, dass die immer noch unsichtbare Krone vor mir auf den Boden geklappert war. Eine Nadel im Heuhaufen wäre leichter zu finden gewesen.

»ZAUBERIN«, sagte eine gemeine Stimme hinter mir.

Ich drehte mich um und setzte mich auf, aber da war niemand.

»Denkst du, du bist die Einzige, die einen Unsichtbarkeitszauber wirken kann?«, fragte er, und dann flimmerte die Luft wie bei Hitze und ein besonders hässlicher Goblin-Hausmeister erschien.

»Qwynkle«, sagte ich und spuckte Blut aus.

»Ich glaube, Sie haben etwas, das mir gehört«, sagte er.

»Es gehört Ihnen genauso wenig wie mir.«

Er leckte sich über die gummiartigen Lippen und blinzelte recht genervt. »Hören Sie, Zauberin«, sagte er mit den Händen hinter dem Rücken. »Sie verstehen nicht, was hier vor sich geht.«

»Dann klären Sie mich auf«, sagte ich und kroch einen Zentimeter rückwärts, um nach der unsichtbaren Krone zu tasten.

»Ein Goblin? Eine Zauberin aufklären?« Er lachte. »Wäre das nicht was.«

»Hören Sie mit dem Klugscheißer-Getue auf, Qwynkle. Ich weiß, dass Sie letzte Nacht den Paten erschossen haben.«

»Ah«, sagte der Goblin. »Das waren Sie. Ich habe mich gefragt, wer diesen Eisschild aufgebaut hat. Zu clever für einen Ork-Leibwächter.«

»Nicht clever genug«, sagte ich.

»Warum haben Sie ihn beschützt?«, verlangte er zu wissen. »Jemanden beschützt, der so böse ist wie er?«

»Sie wissen warum. Weil mit Don Vitos Tod das Reich ins Chaos gestürzt wird. Ich frage mich, ob Sie daran gedacht haben, als Sie das Kopfgeld angenommen haben.«

»Gold ist Gold«, sagte Qwynkle.

Ich verzog angewidert das Gesicht. »Das klingt nach einem echten Goblin.«

»Leicht für Sie, so wertend zu sein.«

»Was soll das heißen?«

Ich bewegte mich noch einen Tick weiter zurück, meine Finger suchten nach der Krone. Ich musste das Gespräch am Laufen halten, bis ich sie gefunden hatte.

»Zauberer, Elfen, Zwerge. Alle in Geld und Privilegien hinein-geboren.«

»Wenn Sie meinen Kontostand sehen könnten, würden Sie das nicht sagen«, erwiderte ich.

Qwynkle sah angewidert aus und spuckte auf den Betonboden. »Sie stecken so tief drin, dass Sie es nicht mal bemerken.«

Da hatte er einen Punkt. Niemand würde einem Goblin einen Bürojob geben, egal wie qualifiziert er oder sie war. Was wahr-scheinlich kurzsichtig war, wenn man bedenkt, wie clever und gerissen sie waren. Sie wären großartige Anwälte und Buchhalter.

»Hören Sie«, sagte ich. »So sehr ich diese Unterhaltung auch genieße, ich muss gehen.« Ich schaute schnell hinter mich, in der Hoffnung, sie zu entdecken, aber sie war immer noch unsichtbar.

Er beobachtete mich amüsiert. »Suchen Sie das hier?«, fragte er, bewegte die Hände hinter seinem Rücken hervor und enthüllte die Krone.

Als ich sie sah, erstarrte ich. »Wie?«, fragte ich.

»Wie Süßigkeiten von einem Baby«, sagte er. »Ich habe mein Bein ausgestreckt, Sie sind besonders hart gefallen. Sterne vor den Augen. Ich habe manchmal diese Wirkung auf Menschen.«

Ich biss die Zähne zusammen. »Geben Sie sie mir, Goblin.«

Er kicherte, und der bedrohliche Klang hallte in der Tiefgarage wider. »Ihnen geben«, lachte er und hielt seinen Schmerbauch mit der freien Hand. »Guter Witz. Ich mag eine Zauberin mit Sinn für Humor.«

Meine Wut kochte in meiner Brust. Ich zog meinen Zauberstab vom Gürtel und richtete ihn auf ihn.

Er hörte auf zu lachen. »Nun, nun, nur keine überstürzten Aktionen.«

»Sie geben mir diese Krone jetzt sofort«, sagte ich, »oder ich werde Sie vernichten. Das Einzige, was von Ihnen übrig bleibt, wird ein fettiger Fleck auf dem Boden sein, wo Sie stehen.«

»Meine Güte, sie ist eine Wilde«, sagte Qwynkle mit funkelnden Augen.

»Goblin. Dies ist Ihre letzte Chance.« Meine Emotion schwoll in meiner Brust an, reif, um in Richtung des Goblins ausgestoßen zu werden. Er hielt die Krone vor sein Herz.

»Seien Sie vorsichtig. Sie wollen doch nicht Pavaris' Glücksbringer beschädigen.«

Er hatte meinen Bluff durchschaut. Er wusste, dass ich nicht riskieren konnte, ihn anzugreifen, während er die Krone hielt. Ich senkte meinen Zauberstab.

Qwynkle lächelte, legte zwei Finger an seine Lippen und pfiff laut. Goblins traten hinter Ecken, Säulen und Autos hervor. Es waren mindestens ein Dutzend, alle in ihren lächerlichen Kostümen. Die Perücke der Blondine im Sommerkleid saß schief, und sie erinnerte mich an E.T. Der Einzige, der fehlte, war Hawaii-Hemd, der vermutlich gerade von Dumbledee und Dumbledum verhört wurde. Ich wollte immer noch wissen, was in seiner Tasche war.

»Goblins«, sagte er in einem autoritären Ton, als würde er zu einem Toastmasters-Club sprechen und nicht zu einer Bande schleimiger Krimineller in einer Tiefgarage. »Ich nehme die Krone, und die Zauberin wird versuchen, mich aufzuhalten. Während ich mich darum kümmere«, sagte er und umklammerte sie fest, »wäre ich Ihnen dankbar, wenn Sie sich um sie kümmern würden.«

Er nickte mir zu und drehte sich auf dem Absatz um.

»Wagen Sie es nicht!«, schrie ich ihm nach und hob wieder meinen Zauberstab. Die Bande von Schleimbällen begann, auf mich zuzukommen, genau wie im Ausstellungssaal, aber diesmal gab es keine Ork-Sicherheitsleute, die sich gegen sie wenden konnten.

In ihren großen, blutunterlaufenen Augen lag Bosheit, als sie näher kamen. Sie entblößten ihre schmutzigen Nadeln.

»Bleibt, wo ihr seid!«, schrie ich, aber sie kamen weiter. Näher, näher, bis ich die Angst hoch in meinem Hals spürte. Das Adrenalin rauschte durch meinen Körper und gab mir einen klaren Energiestoß. Ich sprang mit einem Parkour-Trick auf das Dach eines nahegelegenen Autos, außer Reichweite der Goblins. Sie rannten auf das Auto zu – ein sportlicher SUV – und versuchten, hochzuklettern, aber ihre schleimige Haut ließ sie rutschen und gleiten, und sie konnten keinen Halt finden.

Sie hatten Pavaris bestohlen, einen Mafiaboss erschossen, und jetzt waren sie dabei, mich zu töten. Gizmo quiekte in meiner Tasche, wahrscheinlich fragte er sich, wo seine überteuerten Erdnüsse waren. Das erinnerte mich daran, wie ich ihn zum ersten Mal gefunden hatte, was mir eine Idee gab.

»Qwynkle!«, rief ich, und er drehte sich um. Ich fixierte meine Augen auf die Krone.

»Warum atmest du noch?«, fragte er.

Ich benutzte meinen Zauberstab wie eine Fliegenrute, genau wie im Riff-Saal, zog ihn hinter mich und wirbelte dann seine Magie in einem ordentlichen, glühenden Bogen in Qwynkles Richtung. »*Contendis!*«, schrie ich, und der Rauchfaden flog durch die Luft und hakte sich an der Krone fest. Als Qwynkle begriff, was passierte, hatte ich sie bereits zurückgeschleudert, und die Krone flog zu mir. Sie landete perfekt in meinen Händen. Ich steckte sie zurück in meine Tasche. Diesmal würde ich sie nicht loslassen.

Der Goblin im grauen Anzug hatte es geschafft, auf einem der Reifen Fuß zu fassen, und hievte sich auf die Motorhaube. Ich richtete meinen Zauberstab auf ihn.

»*Fiat Fulgur!*«, rief ich, und die Angst in meinem Bauch bewegte sich in meinem Körper nach oben und rauschte durch meinen silbernen Zauberstab, wobei ein Blitzstrahl auf ihn zuschoss. Er schrie auf, als der Blitz ihn traf, ließ die Windschutzscheibe los und taumelte, rollte vom Auto und auf den Boden. Ich spürte, wie klebrige Hände mich von hinten packten, und ich drehte mich um. Die Blondine. Ein weiterer Goblin hatte es ebenfalls nach oben geschafft. Ich konnte nicht beide gleichzeitig mit Magie bekämpfen, also packte ich stattdessen ihre übergroßen Köpfe und schmetterte sie so hart wie möglich zusammen. Sie kreischten vor Angst und Schmerz und fielen herunter.

»Nächster?«, fragte ich, schwer atmend.

Es war eigentlich als rhetorische Frage gemeint, aber eine neue Welle von Goblins kam nach vorne und begann, auf das Auto zu krabbeln. *Es ist okay*, sagte ich zu mir selbst. *Es ist okay.* Wenn ich mit dreien fertig werden kann, kann ich auch mit dreizehn fertig werden. Mit meinem bewährten Blitzzauber knockte ich die Neuen einen nach dem anderen aus, bevor sie meine Höhe erreichen konnten. Ich war gerade dabei, mich triumphierend zu fühlen, als ich zu Qwynkle schaute, der jetzt eine Pistole in der Hand hielt.

»Es ist Zeit, die Spielchen zu beenden«, sagte er. »Gib sie mir.«

»Nur über meine Leiche«, höhnte ich und sprang auf der gegenüberliegenden Seite des Autos herunter, wobei ich es als Deckung zwischen ihm und mir benutzte. Eilig nahm ich Gizmo aus meiner Tasche und setzte ihn auf den hinteren linken Reifen. Er wäre sicherer, wenn er sich dort versteckte, als wenn er mit mir in den Kampf zöge. Ich hörte Schritte näher kommen: die Bandenmitglieder, die ich noch nicht erledigt hatte. Sie benutzten Mülleimerdeckel als behelfsmäßige

Schilde, um den Feuerzauber abzuwehren. Ich musste mir etwas anderes einfallen lassen.

»*Impedio!*«, rief ich, und die beiden, die sich gerade an der Stoßstange vorbeigeschlichen hatten, froren mitten im Ansturm ein. Ich wirbelte um die andere Seite des SUVs und traf weitere drei Angreifer mit demselben Zauber. Sie würden nur für ein paar Minuten in der Zeit eingefroren sein, also musste ich mich bewegen. Natürlich gab es da noch Qwynkle und seine kleine Pistole, mit denen ich mich auseinandersetzen musste.

Ich trat hinter dem Auto hervor, um ihm gegenüberzutreten. Er hatte einen entschlossenen Ausdruck im Gesicht und hob seine Waffe leicht an. Der Boden war mit den sich windenden Körpern seiner Bande übersät.

»*Impedio!*«, rief ich, und eisblauess Licht strömte aus meinem Zauberstab in seine Richtung, bereit, ihn zu paralysieren, aber er wich dem Magiestrom aus und versteckte sich hinter einer der Betonsäulen. Ich begann, auf ihn zuzuschreiten. Meine Wut baute sich auf, und ich wollte sicherstellen, dass er, wenn ich mit ihm fertig wäre, für lange Zeit außer Gefecht gesetzt sein würde. Goblins können ewig nachtragend sein, und es gab keine Möglichkeit, dass ich für den Rest meines Lebens über meine Schulter schauen würde. Ich hielt meinen Zauberstab bereit, um zuzuschlagen, als ich sah, wie der Lauf seiner Pistole um die Ecke schlich. Es ging so schnell, dass ich kaum Zeit hatte, meinen Kopf hinter meine kugelsicheren Arme zu ducken, aber ich schaffte es gerade noch rechtzeitig, um drei seiner Geschosse abzulenken, die eindeutig für mein Gesicht bestimmt waren.

Da wurde ich richtig wütend. Ich verlor die Kontrolle über meine Emotionen, was bedeutet, dass ich die Kontrolle über meine Kräfte verlor. Magie schoss aus meinem Zauberstab, ohne dass ich ein Wort äußerte, und ein Kabel aus zerstörerischer Energie flog in die Säule, hinter der sich der Goblin versteckte, und sprengte sie weg. Qwynkle sprang zur nächsten, feuerte dabei einen Schuss auf mich ab, während er in der Luft war, und traf mich mit einem heißen Knall neben meinem Ohr in die Schulter, und ich zerstörte auch diese Säule, und die nächste, und die nächste.

Als ich wieder zur Vernunft kam, hörte ich auf, meinen Zauberstab zu benutzen, und wurde mir bewusst, was passierte. Qwynkle hatte mich umkreist, ohne dass ich bemerkte, was er tat. Ohne die Stütze der Betonsäulen bekam die Decke über uns Risse, als wäre sie ein zugefrorener See, und wir waren kurz davor, einzubrechen. Ich blieb wie angewurzelt stehen, verstand, was ich getan hatte, aber es war zu spät. Mit einem Grollen, als würde die Erde untergehen, brach die Decke ein und bedeckte uns mit einer Lawine aus Betonblöcken und Schutt. Ich wurde zerquetscht und konnte nicht atmen.

KAPITEL 22
MAGISCHES ALBINO-HERZ

Ich konnte nicht atmen, konnte mich nicht bewegen. Das dunkle Gewicht erdrückte mich. Betonstaub blendete mich, aber es war ohnehin nicht so, als hätte ich etwas sehen können. Ich war unter drei Metern Schutt begraben. Ich würde durch die Hand eines Gierigen Goblins und mein eigenes verdammtes Temperament sterben. Alles in allem, dachte ich, während meine Lungen nach Luft schrien, war es keine ideale Situation. Mein einziger Trost war, dass Qwynkle wahrscheinlich auch tot oder am Sterben war.

Ich versuchte, meine Arme zu bewegen, dann meine Beine, aber keine Chance. Ich versuchte, etwas Sauerstoff aus der Luft um mich herum zu reißen, bekam aber nur einen Mund voll Staub. Warme Flüssigkeit lief meinen Nacken hinunter, und mein Kopf, der von der Tracht Prügel am Tag zuvor noch empfindlich war, hämmerte wie ein überzuckertes Ork-Kleinkind auf einer Bongotrommel. Wenn ich mich nicht schnellstens hier herauskratzen würde, wäre ich erledigt. Ich war buchstäblich auf dem Weg in Richtung Fossil-Territorium, und das schnell.

Die Sonnenseite des Sterbens ist natürlich, dass meine Lungen aufhören würden zu schmerzen und mein Körper nicht mehr wehtun würde. Aber ich würde das nicht zulassen. Anscheinend bin ich ein Masochist.

Ich versuchte erneut, meine Arme zu bewegen, und diesmal gab es eine leichte Beweglichkeit; in meinen Beinen auch. Vielleicht stand ich vorher unter Schock, aber jetzt konnte ich mich ein paar Millimeter bewegen. Ich sammelte die wenige Kraft, die ich hatte, und versuchte es weiter, kämpfte gegen den kalten, harten Schutt, der mich begraben hielt. Ein Millimeter, ein Millimeter, ein Millimeter und dann ein Zentimeter. Ich wiegte meinen Körper in Bruchteilen von Bruchteilen hin und her, wohl wissend, dass jeder noch so kleine Gewinn mich näher ans Überleben bringen würde. In meinem Kopf war ich im dunklen Ozean und trat meinen Weg langsam und stetig nach oben an die Oberfläche. Ich kletterte einen weiteren Zentimeter, und dann noch einen. Mein Gesicht erreichte eine Lufttasche, und ich atmete und schrie und atmete noch mehr. Ein weiterer Zentimeter bedeutete, dass ich einen Lichtspalt über mir sehen konnte, und das gab mir die Kraft, die ich brauchte, um weiterzumachen, sonst würde ich ersticken. Ich behielt das Ziel im Auge. Bald wurde der blitzförmige Riss am Himmel zu einem kleinen Loch. Jemand war dort oben.

»Hilfe!« schrie ich und nutzte die kostbare Luft in meinen Lungen, um jemanden zu alarmieren. »Hilfe!« Ich hoffte wider alle Hoffnung, dass es eine anständige Person war, die versuchte, mich auszugraben, und nicht ein widerlicher Goblin, der den letzten Nagel in meinen Sarg hämmern wollte.

Und dann sah ich sein Gesicht. Gizmo.

Gizmo hatte mich gefunden. Er schnüffelte am Schutt und kratzte daran, versuchte, zu mir zu gelangen. Er würde mich nicht freilegen können – er war einfach zu klein im Vergleich zu den riesigen Betonfelsen, die mich im Boden hielten –, aber er wusste, wo ich war. Er könnte jemandem zeigen. Er könnte meine weiße Fahne sein, mein Leuchtfeuer. Ich schwamm weiter.

Zehn Minuten später ertönte das Heulen einer Sirene. Ein Krankenwagen, wenn ich Glück hatte, der Sicherheitsalarm des Doms, wenn nicht. Ich trat und ellbogete und wiegte meinen Brustkorb, und konzentrierte mich auf Gizmo über mir, der immer noch grub, Gott segne sein magisches Albino-Herz. Das Fahrzeug kam über den Portaltunnel an und hielt kreischend in unserer Nähe. Ich hörte Türen, die geöffnet und zugeschlagen wurden. Gizmo hörte auf zu graben und richtete sich zu seiner vollen Größe auf, um meine Position zu signalisieren.

Es brauchte drei Orks, um mich auszugraben, und als sie mich auf die Trage legten, war ich von Kopf bis Fuß grau, abgesehen von dem Weiß meiner Augen (und meinem prächtigen Frettchen). Sie schoben mir eine Sauerstoffmaske über das Gesicht und klopften auf meinen Arm, um eine Vene hervorzubringen. Kochsalzlösung. Tramadol. Antibiotika. Der jüngste der Orks zog behutsam eine Rettungsdecke um mich, was mich an Morgan und Liz Durison erinnerte und meine Euphorie des Überlebens mit einem dunklen Anflug von Schuld bestickte. Die Sanitäter fragten sich laut, wie ich die Tortur hätte überleben können. Ich vermutete, es war eine glückliche Kombination aus meinem Graphenmantel und der Krone.

Heiliger Hex! Ich setzte mich auf der Trage auf. *Die Krone!*

Die Orks grunzten mich an, still zu halten, während sie meine Vitalwerte erneut überprüften. Ich scheuchte sie weg. Ich lebte, ich atmete und ich hatte die HighFire-Krone. In diesem Moment war das alles, was zählte.

Ich tastete in meiner Tasche danach, und als meine Finger den magischen Gegenstand berührten, fühlte ich mich sofort, als müsste ich vor Erleichterung weinen. Ich zog sie heraus und betrachtete sie, und mein Magen verkrampfte sich mit einem intensiven Gefühl der Angst. Die gute Nachricht war, dass ich noch im Besitz von Estelars Krone war. Die schlechte Nachricht war, dass sie in drei Teile zerbrochen war.

KAPITEL 23

FLASCHE BLITZ

Ich machte mich langsam und nachdenklich auf den Heimweg. Ich war froh, noch am Leben zu sein, aber völlig erschöpft. Ich hatte so viele Bälle in der Luft, die kurz davor waren, auf den Boden zu krachen. Wie sollte ich Pavaris von seiner zerstörten Krone erzählen? Außerdem war es später Nachmittag, und ich hatte noch nichts unternommen, um Ametrix Belore zu finden. Die Erinnerung an die Zwillinge, die zusammen auf dem Sofa in ihrem Haus saßen, während ihre Mutter nebenan ihre Schuhsohlen zerfetzte, ließ mich nicht los. Und ich musste dringend Morgan treffen, um ihr zu erklären, warum ich beim Skorpion-Fall keine Fortschritte gemacht hatte. Ich machte mir eine geistige Notiz, später am Abend etwas mit ihr trinken zu gehen. Ich holte tief Luft und ging weiter. Manchmal ist das alles, was man tun muss. Ein Schritt nach dem anderen, und irgendwann kommst du an.

Als ich den Drogendealer aus der Nachbarschaft begrüßte, packte sie meinen von der IV-Nadel durchstochenen Arm, was mich erschreckte. Sie trug das gleiche wie immer: eine Art postapokalyptisches Outfit mit einer großen schwarzen Kapuze, die ihr schneeweißes Haar bedeckte. Sie nahm ihre gefälschten Ray Bans ab, und ich sah ihre Augen zum ersten Mal: eines chininblau, das andere trüb.

»Hey«, sagte sie und hob ihr ebenholzfarbenes Kinn zu mir.

»Hey«, erwiderte ich. Ich war mit Betonstaub bedeckt, und mein Kopf blutete noch immer, also muss ich ein merkwürdiger Anblick gewesen sein, obwohl sie das nicht zu bemerken schien.

»Ich wollte dir nur Bescheid geben«, sagte sie und schob ihre Sonnenbrille zurück auf die Nase, sodass ich mein Spiegelbild darin sehen konnte. Ich hatte viele Fragen, aber eines war sicher: Ich hatte definitiv keine Chance, zur Miss Universe gekürt zu werden.

Die Dealerin hielt immer noch meinen Arm fest.

»Was?«, fragte ich.

»Dieser Mann. Der dir gefolgt ist.«

»Ha«, scherzte ich. »Welcher?«

Aber sie lachte nicht. »Der mit der Stimme.«

»Ah, ja«, sagte ich. »Der. Der Stalker.«

Darick.

»Er hängt hier rum. Stellt Fragen über dich.«

Ich hörte auf zu lächeln. »Fragen? Welche Art von Fragen?«

»Wohin du gehst, tagsüber. Wann du zurückkommst. Welchen Job du machst.«

»Verdammt«, sagte ich. »Ich hatte gehofft, es wäre eher so was wie, was meine Lieblingssorte Blitz ist.«

»Ja«, sagte sie. »Das wäre besser gewesen.«

Ich lachte und wollte mich entfernen, aber sie ließ nicht los.

»Du musst vorsichtig sein«, sagte sie, ihre ungleichen Augen fesselten die meinen. »Du bist ein Magus zehn.«

Ich erinnerte mich an den Ratsvertreter, der mich von der Straße entführt und eine Probe mit seinem weißen medizinischen Stift genommen hatte. Er hatte gesagt, ich sei eine Zehn.

»Ich weiß«, sagte ich. Es ist eine riskante Lage, Blut in seinen Adern zu haben, das so potent ist, wie Magie nur sein kann. So etwas würde ich nicht auf ein T-Shirt drucken lassen wollen. Der Handel mit Magus-Blut ist vom Rat absolut verboten, aber das hält einige der Schwarzmarkt-Typen nicht davon ab, damit zu handeln.

»Verkaufst du Zauberblut?«, fragte ich.

»Nein«, sagte die Dealerin. »Auf keinen Fall.«

»Zu gefährlich für dich?«, fragte ich.

»Zu gefährlich für das Reich.«

Sie wollte noch etwas sagen, überlegte es sich aber anders. Ich riss meinen Arm los und betrat mein Wohnhaus.

ICH NAHM den Swift zu meiner Wohnung hoch und hoffte, dass Uragh nicht all meine Sachen weggeworfen und den Eingang mit alten Tomatenkisten und rostigen Nägeln vernagelt hatte. Als ich die Tür aufstieß, schien alles an seinem Platz zu sein. Vielleicht hatte Ghost ihn erschreckt. Ich holte Gizmo aus meiner Tasche und setzte ihn auf die Küchentheke. Goss mir ein Glas Wasser ein, trank es aus, dann ein zweites, und spritzte etwas in einen alten, angelaufenen silbernen Eierbecher für Gizmo.

»Wir gehen bald raus und holen dir etwas zu fressen«, sagte ich zu ihm. Mit dem Geld im Umschlag von den Belore-Zwillingen würde ich in der Lage sein, einige Lebensmittel zu kaufen. »Was ist dein Lieblingsessen?«

Er putzte sich die Schnurrhaare und nickte.

»Du kannst es mir zeigen, wenn wir einkaufen gehen«, sagte ich. Nicht, dass ich Zeit hätte, im örtlichen Minimarkt zu stöbern, wenn Ametrix Belore noch immer verschwunden war. Vielleicht würden wir auf dem Weg, ihn zu finden, unterwegs etwas zum Mitnehmen holen.

Ich ließ mich in den Second-Hand-Sessel mit dem Pfeilein- schussloch fallen und schloss die Augen. Ich brauchte nur fünf Minuten Ruhe. Nach einer Woche wie dieser brauchte ich eine Auszeit.

»Ich wäre heute fast gestorben«, sagte ich in den leeren Raum.

Das Frettchen huschte von der Küchentheke herab und setzte sich auf meinen Schoß. Ich streichelte es.

»Gizmo hat mein Leben gerettet.« Ich sagte. »Wieder mal.«

Er kuschelte sich an mich und schmiegte sich an den staubigen Mantel, den auszuziehen ich an der Tür zu müde gewesen war.

»Gizmo, weißt du, was ich glaube?«, flüsterte ich. »Ich glaube, wir sollten ein Ouija-Brett besorgen. Dann redet Ghost viel- leicht zurück, wenn ich mit ihm rede.«

Das rote Hardcover-Buch fiel mit einem Knall vom Bücherregal.

»Ah«, lächelte ich. »Da bist du ja.«

IN DER DUSCHE BEOBACHTETE ICH, wie das Wasser, das in den Abfluss wirbelte, von altem Blutbraun zu Grau und schließlich zu klar wurde. Meine Kopfverletzung schien nicht so ernst zu sein, wie ich befürchtet hatte, und ich schaute zu der alten, verkalkten Duschbrause hoch und dankte der Leere. Paranormale Verbrechen zu untersuchen war schon schwierig genug, ohne Sterne im Kopf zu haben.

Die Kleidung, die ich nach dem Vampirkampf in der Nacht zuvor eigentlich wegwerfen wollte, war ausgebessert und gewaschen und wartete auf meinem Bett auf mich. Ich nahm die Hose und inspizierte sie; sie war besser als neu. Ich drückte mir das Hemd an die Nase und atmete den Duft von Waschmittel ein. Ich reiste in der Zeit zurück, zu dem Moment, als ich ein kleines Mädchen war und in der Küche unserer Familie stand.

Sonnenschein strömte durch die Fenster, der Kessel sang nach Tee. Mama schnitt frisches Weißbrot mit knuspriger Kruste. Papa kam herein, nachdem er die Wäsche von der Leine draußen geholt hatte, und warf spielerisch eine saubere Socke nach mir. Sie landete auf meinem Kopf, und als ich versuchte, sie zu greifen, verfehlte ich sie, und sie fiel zu Boden. Ich schaute zu ihm auf, und wir kicherten beide.

Ich hielt das Hemd an meine schmerzende Brust, und meine Nebenhöhlen stachen.

»Danke, Ghost«, sagte ich.

KAPITEL 24
DOBERMÄNNER MIT DIAMANTHALSBÄNDERN

Wir holten uns Fish and Chips von einem Foodtruck in Parkhurst, und ich erfuhr, dass Gizmo Essig und Taschendiebstahl liebt. Das Frettchen überreichte mir einen Fünfzig-Rand-Schein, um das Essen zu bezahlen, und ich musste ihn der ziemlich mürrisch aussehenden Frau mit dem Blumenkopftuch zurückgeben, von der er ihn geklaut hatte.

»Er hat seinen Ethikunterricht am Frettwiesel-College geschwänzt«, sagte ich, aber sie lächelte nicht. Was war nur los mit dieser Stadt in letzter Zeit? Johannesburg hatte einen ernsthaften Humorausfall.

»Mach das nicht noch mal«, sagte ich zu ihm und warf ihm meinen enttäuschten-Mama-Blick zu. »Stehlen ist falsch. Du hast zu viel Zeit mit Kobolden verbracht.«

Bei dem Gedanken an die Kobolde zog ich meinen Trenchcoat fest um mich. Die Krone, die ich sehr sorgfältig repariert hatte, steckte in meiner Tasche und war bereit, um sie Estelar zurückzugeben. Ich hatte eine Stunde damit verbracht, so gründlich wie möglich mit meinem Heilungszauber zu arbeiten und dabei meinen Zauberstab wie einen magischen Schweißbrenner benutzt. Ich verpatzte es nur einmal – und verbrannte eine Perle, die wahrscheinlich mehr wert war als mein gesamtes Apartmentgebäude – weil dieser verdammte Bron wieder an meiner Tür klingelte. Ich sagte ihm, er solle sich trollen.

Ich weiß, dass meine Erfolgsbilanz bei der Reparatur von Dingen bestenfalls dürftig ist, aber ich habe mein Bestes gegeben.

Wir verließen den Foodtruck – und die Dame, die immer noch metaphorische Dolche in unsere Richtung schickte – und machten uns auf den Weg nach Elfland. Ich fühlte mich, als würde ich eine Million Dollar unter meinem Arm tragen, aber in Wirklichkeit war die Krone wahrscheinlich noch mehr wert. Jeder Zweifel in meinem Kopf, dass es sich um eine Replika handelte, verflog, als ich begann, Veränderungen in meiner Wohnung zu bemerken, während ich sie reparierte. Die Krone war nur ein paar Stunden da, aber der Second-Hand-Stuhl sah brandneu aus, die sterbende Pflanze auf meiner Fensterbank erholte sich, und ich begann mich super gesund zu fühlen: energiegeladen und stark. Ich konnte verstehen, wie Pavaris von ihrer Macht abhängig wurde.

ICH KLINGELTE AN DER PAVARIS-VILLA, aber niemand antwortete. Als ich versuchte, ihn anzurufen, ging er nicht ran. Ich stand vor den riesigen Mauern des Anwesens und überlegte, was ich tun sollte. Da waren ein paar Marmorstatuen, die ich hochklettern könnte, um über die Mauer zu kommen, aber was dann? Ein Schatten bewegte sich neben mir, und ich erinnerte mich daran, wie seine Wachen eine Art Tarnungsvoodoo verwendet hatten. Ich drehte mich in Richtung der Bewegung, bereit sie zu begrüßen, aber ich lag falsch.

Der Geruch von kupfrigem Karmesinrot, den ich nur zu gut kenne, färbte die Luft. Ein Umhang flatterte, und ich sah einen Hauch von Blaugrün im Mondlicht. Ich tastete nach meinem Zauberstab und versprach mir selbst, nie wieder irgendwohin ohne meine Armbrust zu gehen.

Normalerweise würde ich jeden Tag der Woche und sonntags zweimal einen Vampir töten wollen, aber in diesem Moment wollte ich nur die HighFire-Krone, die ein Loch in meine Unendlichkeitstasche brannte, an Estelar übergeben und mit dem gesamten Pavaris-Fall fertig sein.

Zauberin, sagte der Vampir, obwohl er es nicht laut aussprach. Es war eher wie ein Gedanke, in seiner Stimme, in meinem eigenen Kopf. Ich konnte ihn im Dämmerlicht nicht sehen.

Gib mir die Krone.

»Welche Krone?«, fragte ich und drückte immer wieder auf die Türklingel, in der Hoffnung, dass die Wachen kommen würden. Mein Herz raste.

Gib mir die Krone, sagte er wieder. *Jacquelyn Denna Knight.*

Er versuchte mich zu hypnotisieren. Versuchte in meinen Kopf zu kommen.

Der Elf verdient sie nicht.

Sie ist zu mächtig für ihn.

Lass uns einen Deal vereinbaren, der für uns beide vorteilhaft ist.

Er hatte einen Punkt, dachte ich. Estelar verdiente sie wahrscheinlich nicht. Alles, wofür er sie benutzte, war, seine Aktien vor dem Absturz zu bewahren, seine Spiegelvilla zu erhalten und in Luxusroben herumzustolzieren. Die Krone könnte viel besser eingesetzt werden.

Die Elfen sind egoistisch, sagte der Vampir, was mich an Ferra denken ließ.

Sie sind gierig. Sie behalten all ihren stagnierenden Reichtum für sich.

Der Vampir hatte recht. Ich sollte sie nicht an Pavaris zurückgeben.

Wenn du sie mir geben würdest, würde ich dafür sorgen, dass ihre Macht verehrt wird.

»Okay, Vampir«, sagte ich. »Du magst zwar gut im Hypnotisieren sein, aber so gut auch wieder nicht.«

Ich machte Parkour auf der Statue, die mir am nächsten stand, und katapultierte mich auf die Oberkante der Mauer. Ich rutschte ab und fiel, konnte mich aber gerade noch rechtzeitig am Sims festhalten, um nicht ganz in den Vorgarten zu fallen. Da war ein Rauschen und Bellen, und dann erinnerte ich mich an Pavaris' Wachhunde. Hübsche schwarze glänzende Dobermänner, die eine schlaue Zauberin zum Abendessen verspeisen würden. Sie sprangen zu mir hoch und knurrten, versuchten, ihre Zähne in meine Knöchel zu versenken. Mir stockte der Atem und ich trat nach ihnen, und dabei ließ ich meinen Zauberstab fallen. Zum Glück bemerkten die Hunde es nicht, sonst hätten sie es für ein Spiel gehalten, und jeder weiß, dass der Zauberstab einer Zauberin nie mehr derselbe ist, wenn Dobermänner mit Diamanthalsbändern Apportierspiele damit treiben.

»Husch!«, sagte ich. »Haut ab!«, aber sie sahen keine verzweifelte Frau, die dort hing, sie sahen den Zahltag. Sie sahen ein schönes mageres Schweinekotelett.

Schließlich zeigte sich der Vampir. Er stand auf dem Sims so nah an meinen klammernden Fingern, dass ich sicher war, er würde mit seinen teuren italienischen Brogues auf sie treten und mich als Futter für die Höllenhunde fallen lassen.

»Gib mir die Krone«, sagte er laut. Er hatte Blut auf seinem eleganten weißen Hemd.

»Das ist gerade etwas knifflig für mich«, sagte ich. »Hilfst du mir hoch?«

Er knurrte. »Du wirst mir die Krone geben?«

»Ich denke darüber nach.«

»Ihr Zauberinnen«, zischte er. »Ihr seid alle gleich.«

»Was soll das heißen?«

Es war nicht der ideale Zeitpunkt für eine philosophische Debatte, aber ich hatte keinen besseren Ort, an den ich gehen konnte. Als ich wieder zu den Hunden schaute, konnte ich praktisch die Spiegelung eines saftigen gebratenen Cartoon-Hähnchens in ihren glänzenden schwarzen Augen sehen.

»Ihr denkt, ihr seid uns überlegen«, sagte er.

Die Muskeln in meinen Armen brannten, meine Hände rutschten ab. »Wir *sind* euch überlegen.«

»Ihr denkt, eure Magie ist unserer überlegen.«

»Nun«, sagte ich, und hätte mit den Schultern gezuckt, wenn ich gekonnt hätte. »Wenn der Schuh passt.«

Er zischte mich an und trat auf eine meiner Hände. Ich schrie vor Schmerz auf, ließ aber nicht los. Ich würde lieber meine Chancen mit einem italienischen Schuh als mit ein paar hungrigen Höllenhunden austesten.

»Na«, sagte er. »Bald wirst du sehen, dass wir schon immer die überlegene Rasse waren.«

»Ha«, sagte ich. *Nur über meine Leiche.*

Ich weiß nicht, ob er mich denken hörte, oder ob er einfach genug von dem Gespräch hatte, aber plötzlich knackten meine Knöchel unter seinem Schuh und ich purzelte in den Garten. Die Hunde stürzten sich auf mich, scharfe Zähne blitzten auf.

ICH GRIFF nach dem Pentakelring meines Vaters an meiner Halskette, spürte die Panik aufsteigen und rief: »*Volas!*« Gerade als die Hunde in Beißweite kamen und ihre Kiefer schnappten, verließen ihre Pfoten den Boden und sie begannen, von mir weg nach oben zu schweben. Ich lag ausgestreckt am Boden, die Hand zu ihnen ausgestreckt, Licht strömte aus meinem Handgelenk. Ich wollte ihnen nicht wehtun. Es war nicht ihre Schuld, dass sie darauf trainiert waren, zufällige Fremde in Stücke zu reißen. Ich hielt die Hunde in der Luft, aber sie waren schwer, und ich wusste, dass ich sie nicht viel länger halten könnte. Sie begannen zu fallen, strampelten durch die Abendluft, winselten und heulten verwirrt.

»*Volas!*«, sagte ich noch einmal, um den ersten Zauber zu stützen, und sie hörten auf zu sinken, aber nicht für lange. Da sah ich die beiden Sicherheitsleute, die tot auf dem fleckigen Rasen lagen. Der Schreck, den ich bekam, als ich sie sah, zerstreute den Zauber erneut, und ich benutzte schnell die Kraft, die ich noch hatte, um die Hunde in Richtung des riesigen leeren Schwimmbeckens zu verschieben. Nachdem sie sicher gelandet waren, sprang ich auf die Füße und suchte nach dem Vampir. Er war nicht mehr auf der Mauer.

Nachdem ich Atem geschöpft hatte, begann ich mich umzusehen, und war verblüfft, wie vernachlässigt der Vorgarten aussah. Der Rasen, der früher leuchtend grün und gesund aussah, war fleckig mit Gelb und Braun, und die Blumen waren verkümmert. Es war, als ob der Garten einem fiesen Schwarzfrost zum Opfer gefallen wäre. Der einst perfekte Weg war rissig, und die Wurzeln der Kumquatbäume waren mit ihren eigenen verfaulten Früchten gemulcht. Ich wollte gar nicht wissen, wie das Innere der Villa aussah, aber da Pavaris die Tür nicht öffnete, sah es so aus, als hätte ich keine Wahl.

»Danke«, flüsterte mir der Vampir ins Ohr. Er war direkt hinter mir, und ich drehte mich um, um ihm ins Gesicht zu sehen. Er lächelte und zeigte seine Fangzähne. »Ich wusste nicht, wie ich mit diesen lästigen Hunden umgehen sollte, und jetzt muss ich das auch nicht mehr.«

Ich verengte die Augen und spürte die vertraute Hitze des Hasses in meinem Körper aufsteigen. Ich musste ihn töten, bevor er die Krone stahl und... nun, ich wollte mir nicht einmal vorstellen, wie Vampire die magische Kraft des Gegenstands für das Böse nutzen könnten. Das durfte nicht passieren. Ich würde es nicht zulassen. Ich schleuderte nicht oft meinen Todeszauber; er ist extrem gefährlich. Viele Zauberinnen und Zauberer haben ihr Leben bei seiner Anwendung verloren. Ich hoffte, ich würde nicht eine von ihnen sein.

»*Obeis diem supremum, tempus est tibi, nunc def-!*«, schrie ich, aber er schlug seine Hand auf meinen Mund, bevor der Satz herauskam, und die Magie wirkte nicht. Ich versuchte, seine

Finger von meinen Lippen zu ziehen, aber er war viel stärker als ich. Allerdings hatte ich mehr zu verlieren, also trat ich ihm in die Eier.

Er zischte und ging in die Hocke, befreite meinen Mund, damit ich es erneut versuchen konnte. Aber der Todeszauber braucht Zeit, um ihn zu sprechen, ein Luxus, den ich nicht hatte.

»*Clipeum ignis!*«, rief ich, hielt den Pentakelring fest und streckte meine Hand gegen den Vampir aus. Mein Feuerschild sprang zwischen uns auf: er war golden und herrlich, und er versengte mir ein wenig die Augenbrauen.

»*Ventum exquiris!*«, brüllte ich, und ein Sturmwind fegte über uns hinweg und verwandelte das Feuer meines Schilds in einen horizontalen Hurrikan aus zerstörerischer Energie, der auf ihn zuraste und ihn in den Bauch traf. Sein Umhang fing mit leuchtenden Flammen Feuer, und er schrie vor Qual. Die Hunde drehten durch.

Er riss seinen Umhang ab und warf ihn auf den Boden. Seine Haut war mit Blasen übersät, seine Haare verbrannt, aber er stand noch. Die Hunde bellten und knurrten und schlugen gegen die Wände des leeren Beckens.

»*Volas*«, sagte ich, und der gegrillte Vampir begann vor mir zu schweben. Er fing an zu treten und zu wimmern, wie es die Wachhunde getan hatten, und ich bewegte ihn mit meiner Magie durch die Luft in Richtung des Pools.

»Nein!«, schrie er, als er erkannte, was ich tat. »Nein!«

Er war leichter als die Hunde, und es war einfach, ihn in den Pool zu kippen. Ich verschloss meine Ohren, als sie ihn zu fassen bekamen, da ich den Klang nicht ertragen konnte. Trotzdem hörte ich einiges vom Reißen des Fleisches und Knirschen der Knochen, und es ließ mich in die toten Pflanzen kotzen wollen. Was mich auch krank machte, war die Erkenntnis, dass die Vampire hinter Pavaris' Krone her waren.

Der sehr kürzlich verstorbene Vampir hatte mit einer Sache recht: Ich konnte sie nicht an Estelar zurückgeben. Die Krone an Pavaris zurückzugeben wäre wie sein Todesurteil zu unterschreiben; diese rücksichtslosen Vampire würden nicht zögern, ihm dafür das Genick zu brechen. Und er wäre nicht der einzige Todesfall. Ich holte meinen Zauberstab aus dem Gartenbeet, hielt dann inne, um zu Atem zu kommen, und versuchte, die Säure hinunterzuschlucken, die in meiner Kehle aufstieg. Estelar seine Krone zurückzugeben wäre zu gefährlich für ihn, und wenn sie in die falschen Hände geraten würde, wäre es katastrophal für den Rest des Reiches.

KAPITEL 25

TOTES BLATT

Die Pavaris-Villa war nur noch ein Schatten ihrer selbst.

Ich stieg über die Leichen der Bodyguards und bahnte mir meinen Weg durch die riesigen Doppeltüren am Eingang. Ich hielt im Eingangsbereich inne und nahm die Verwüstung wahr, die die Abwesenheit der Krone angerichtet hatte. Der Teppich, den ich bei meinem letzten Besuch als etwas abgenutzt wahrgenommen hatte, war jetzt nur noch ein Quadrat aus faserigem Staub und schmutzigen Fransen. Die Skulpturen waren zu Boden gestürzt, und die prachtvolle geschwungene Treppe war gebrochen, das Geländer in Stücke zerborsten.

»Herr Pavaris?«, rief ich.

Dem Nichts sei Dank für diese Hunde, die den Vampir von hier ferngehalten hatten, sonst wäre er sicherlich tot. Falls er es nicht schon war.

»Estelar?«

Ich hatte einen Flashback zu meiner ersten Begegnung mit dem Elfen, als er noch recht munter war und sich als *Estela-a-ar* vorgestellt hatte. Damals hatte er wohl noch etwas Hoffnung, genug, um seine Stimmung hochzuhalten, bevor das Haus anfing, über ihm einzustürzen. Ich erklomm die zerstörten Stufen und betrachtete die gerahmten Porträts seiner Verwandten. Ihre Augen waren von roten Adern durchzogen, ihre Haarlinien zurückgegangen. Das Gold der Rahmen war anlaufen und matt. Mit jedem Schritt verstärkte sich mein Gefühl der Beklemmung. Mein Bauchgefühl riet mir, wegzulaufen, von hier zu verschwinden, bevor die zerstörerische Kraft mich überfiel. Aber dann erinnerte ich mich daran, dass ich die Krone hatte, und das gab mir den Mut weiterzugehen.

»Pavaris?«, rief ich. Es gab ein Zwitschern und Kreischen, und ich erinnerte mich an Pharos, den Phönix. Ich folgte dem Geräusch zu seinem Käfig, aber er war leer, und auf den Porzellanfliesen im Gang befanden sich Vogelmist. Als ich den Wachvogel fand, war ich froh zu sehen, dass er wohlauf war, auf der Butler-Attrappe sitzend in dem, was ich für Estelars Schlafzimmer hielt.

»Hallo, du«, sagte ich. »Wo ist der Elf?«

Elf auf dem Regal, hatten die Goblins gescherzt.

Pharos kratzte sich mit dem Schnabel am Hals und zeigte mir dann seine Flügelspannweite. Er hatte die schönsten flammenfarbenenen Federn.

»Hat er dich gefüttert?«, fragte ich und bedauerte zum zweiten Mal, dass ich nicht die Gelegenheit gehabt hatte, diese überteuerten Erdnüsse im Dom zu kaufen. Ich hatte nach Gizmo geschaut, bevor ich hineingegangen war; er schlief immer noch tief in meiner Tasche nach seinem Essig-Chips-Dinner, und ich versprach mir selbst, ihm auf dem Heimweg etwas Grünzeug zu kaufen. Oder was auch immer Frettchen essen sollten; ich würde es googeln und besorgen.

Da hörte ich Pavaris weinen. Es war ein seltsamer Klang, als ob er in einer Art Kammer wäre. Ich folgte dem Geräusch zu dem, was ich für ein Gästezimmer gehalten hatte, das sich nun aber als riesiger Spa-Raum herausstellte, mit einer gigantischen Whirlpool-Wanne auf bronzenen Kugelfüßen, einer Doppeldusche, einer Dampfsauna mit Mosaikboden und einer Art Kapsel in Größe und Form eines Jacuzzis, aus der das Weinen kam. Mit dem Gefühl, einzudringen, betrat ich den Raum, räusperte mich laut und klopfte an den Deckel des Geräts.

»Pavaris?«, sagte ich. »Pavaris? Ich bin's, Jax.«

Er weinte einfach weiter. Es war ein erbärmlicher Klang, und ich konnte es nicht länger ertragen. Ich riss den Deckel auf, und da war er, goldene Brille auf der Nase, schwebend auf der Oberfläche des schwarzen Wassers im Floating-Tank. Ich stupste seinen Arm an, und er erschrak. Er fuchtelte mit den Armen, nahm versehentlich einen Schluck Wasser, spuckte es aus, stand dann auf und schob seine Brille auf die Stirn.

»Jacquelyn!«, rief er und breitete die Arme aus. »Du bist zu mir zurückgekommen!«

Es schien, als dächte er, wir wären wieder auf der Bühne, und ich wäre ein verlorener Zauberer, der endlich für eine freudige Wiedervereinigung zurückgekehrt war. Erst als ich ihm ein Handtuch reichte, erinnerte er sich daran, dass er nackt war, und bedeckte sich schnell.

»Du hast sie gefunden!«, sagte er. »Du hast meine Krone gefunden!«

Ich war traurig zu sehen, wie sehr er gealtert war, seit ich ihn nur wenige Tage zuvor gesehen hatte. Selbst im nassen Zustand war sein Haar weiß, und sein Gesicht war so faltig und zerschlagen wie ein Drachenflügel. Seine Zähne sahen immer noch schön aus, was mich aufheiterte, bis ich die Tube Prothesenhaftcreme auf dem Waschbeckenrand bemerkte.

»Oh, Estelar«, sagte ich kopfschüttelnd. »Es tut mir so leid.«

DIE ERKENNTNIS BRAUCHTE EINE WEILE, um einzusinken. Ich beobachtete sein Gesicht, während sie wirkte, und ich fühlte mich noch schlechter. Seine Augen, umgeben von Saugmarken der Brille, wandelten sich von hoffnungsvoll zu entmutigt zu wütend.

»Wie kannst du es wagen?«, flüsterte er mir zu.

»Ich habe alles getan, was ich konnte«, sagte ich. Zumindest dieser Teil war wahr.

»Du wurdest wärmstens empfohlen!«, sagte er. »Man sagte, du könntest alles finden. Jeden!«

»Es gab einige Komplikationen«, sagte ich.

»Komplikationen!«, schrie er, und seine Stimme brach ein wenig. »Ich habe dir das Doppelte gezahlt!«

Eigentlich war seine Zahlung nie eingegangen, aber das würde ich jetzt nicht ansprechen. Besonders da der Mann triefend vor mir stand, und ich seinen dürren weißen Hintern millionenfach in den unzähligen Spiegeln reflektiert sehen konnte, die er dort hatte.

»Es tut mir wirklich leid«, sagte ich erneut. »Aber ich habe nicht aufgegeben.«

Oder vielmehr, die Vampire haben nicht aufgegeben, sie in ihre bösen Finger zu bekommen, und ich würde sie mit meinem Leben verteidigen. Aber das musste er nicht wissen.

Seine Augen wurden klein und intensiv: kobaltblaue Laserstrahlen, die sich in mich brannten. »Deine Karriere ist vorbei«, sagte er mit leiser Stimme. »Ich werde jedem Elfen, den ich kenne, erzählen, wie du mich im Stich gelassen hast. Ich werde es in jedem Magazin und auf jeder Nachrichtenseite und in jedem Medienunternehmen, das mir gehört, verbreiten. Ich werde deinen Ruf zerstören.«

Hier war ich, versuchte das Leben des Elfen zu retten, und er wollte meine Karriere zerstören. Wie man so schön sagt, keine gute Tat bleibt unbestraft.

»Glaub mir, du hast größere Probleme«, sagte ich und deutete auf das Haus um uns herum.

»Billiger Schuss«, höhnte er.

»Nein«, sagte ich. »Ich weiß, du willst das nicht hören, aber du musst hier raus. Es ist gefährlich.«

Ich konnte mich nicht dazu durchringen, ihm von seinen Sicherheitsleuten oder seinen Hunden zu erzählen, aber er musste es wissen. »Du bist hier nicht sicher. Du solltest deinen Vorgarten überprüfen«, sagte ich, und dann als Nachgedanke: »Nachdem du dir etwas angezogen hast.«

Ich wusste nicht, was ich sonst sagen sollte, also machte ich mich auf den Weg zu gehen.

Er eilte mir in seinem Mikro-Handtuch nach. »Du wirst nie wieder in dieser Stadt arbeiten!«

Ha. Wenn ich jedes Mal hundert Euro bekäme, wenn ich das höre, dachte ich, *könnte ich meinen Zauberstab an den Nagel hängen.*

Estelar, immer noch schreiend, versuchte mir zu folgen, rutschte aber auf seinem nassen Spa-Zimmerboden aus und fiel hin. Ich hoffte wirklich, er hatte sich nicht die Hüfte gebrochen. Ich ging den Gang entlang, winkte Pharos zum Abschied und stolperte fast über einen Teppich, dessen Ränder sich aufzurollen begannen, wie ein totes Blatt.

Ich rannte die Treppe hinunter und zur Tür hinaus, und als ich in die kühle Abendluft trat, gab es hinter mir einen ohrenbetäubenden Knall. Ich wirbelte herum und bekam eine Lungenfüllung Staub ab, der mich in einer rollenden Welle traf. Der massive Kristalllüster war genau dort zerschmettert, wo ich gerade noch gestanden hatte, und hatte mich nur um Sekunden verfehlt. Ich stellte mir vor, wie ich dort lag, tot, zerquetscht von Kristallen in einem zerbröckelnden Haus.

KAPITEL 26

EINBRUCH AUF DEM FRIEDHOF

Der explosive Lärm des Kronleuchters weckte Gizmo auf, und ich erinnerte mich an mein Versprechen, ihm etwas Gesundes zu essen zu kaufen. Ich erinnerte mich auch an mein Versprechen an Morgan und die Belore-Zwillinge, und fühlte mich vorübergehend wie gelähmt. Die HighFire-Krone machte die Sache auch nicht besser, denn sie leuchtete praktisch in meiner Tasche mit dem Wissen, dass ich plötzlich zur Zielscheibe für die gesamte Vampirbevölkerung der Stadt geworden war.

Ich fühlte mich, als würde ein blinkender Pfeil auf mich zeigen, der so etwas wie *»FRISS MICH«* oder *»HIER GIBT'S UNSTERB-LICHKEIT«* verkündete. Kein besonders angenehmes Gefühl.

Wir fuhren am Stadtrand entlang, als die Nacht hereinbrach. Ich habe die Nacht schon immer dem Tag vorgezogen; die Erleichterung, die die Kühle nach einem glühend heißen Nachmittag bringt, und manchmal ein Gewitter. Ich habe den Mond und die Sterne immer geliebt... zumindest so weit ich mich erinnern kann. An Sommerabenden in der Innenstadt fanden wir flache Dächer, auf denen wir lagen, den Himmel beobachteten und darüber sprachen, was wir vom Leben wollten, was wir tun, wer wir werden würden. Manchmal frage ich mich, was aus den anderen Ferals geworden ist. Ob sie jetzt glücklich sind, ob sie ihre Träume verwirklicht haben.

Einen Moment lang fühlte ich mich hoffnungslos, orientierungslos, aber dann tauchte Gizmos Kopf aus meinem Trenchcoat auf und zeigte sehr entschlossen nach Westen. Ich wurde langsamer und bog bei der nächsten Weggabelung ab. Gizmo dirigierte mich durch eine Vorstadt und auf eine Hauptstraße, die voller Autos war, die auf dem Heimweg von der Arbeit waren oder vielleicht auf dem Weg in den Abend, da es Freitag war. Vielleicht werde ich eines Tages einer dieser normalen Menschen sein, die von 9 bis 5 arbeiten und am Wochenende ausgehen, aber ich bezweifle es. Nachdem wir die gut beleuchtete Hauptstraße verlassen hatten, fuhren wir eine Allee mit nur minimaler Straßenbeleuchtung entlang, und ich erschauerte wegen der plötzlichen Kälte in der Luft und der Dunkelheit.

»Wohin bringst du mich?«, fragte ich Gizmo. Es war bereits fast acht Uhr und ich hatte noch viel zu tun, ohne eine improvisierte Sightseeing-Tour im Dunkeln zu machen, aber der Frettchen hatte sich schon früher als nützlich erwiesen, also beschloss ich, seiner Nase zu folgen.

Ich wies meinen Helm an, das Nachtsichtgerät einzuschalten, und als wir am Ende der Straße ankamen, sah ich, dass es eine Sackgasse war. Gizmo hatte sich bisher nicht geirrt, und ich war verzweifelt auf der Suche nach etwas, also parkte ich das Motorrad und stellte den Motor ab. Eine kleine Taschenlampe, die ich aus einer Innentasche hervorzog, war das Erste, womit ich versuchte, meinen Weg zu beleuchten, aber die Batterie gab schnell nach und der Strahl verblasste. Ich schüttelte sie und klopfte sie gegen meine Hand, aber ohne Erfolg. Seufzend schnallte ich meinen Mantel so fest wie möglich zu und hielt meinen Zauberstab heraus.

»*Illumino*«, flüsterte ich, und die Spitze des silbernen Zauberstabs begann zu leuchten und erhellte den Pfad vor mir. Wir kamen an ein riesiges, schmiedeeisernes Tor, das mit einem Vorhängeschloss von der Größe meines Kopfes verschlossen war. Ich trat zurück, um zu lesen, was darauf stand.

OBSIDIAN HILL FRIEDHOF

Na ja, dachte ich, als ich das Schloss schmolz und die schwere Eisentür aufstieß, *es wird nicht das erste Mal sein, dass ich auf einem Friedhof einbreche.*

Ich setzte Gizmo auf den Boden aus Laubmulch und duftenden Kiefernnadeln, und wir betraten den Friedhof, zunächst langsam, aber als das Frettchen Witterung aufnahm, begann es loszustürmen, und ich musste hinterherlaufen, über Steine und Grabsteine und schwere herabgefallene Äste springen.

»Warte!«, rief ich ihm zu, als ich das Gefühl hatte, dass wir immer weiter in eine Dunkelheit liefen, aus der wir nicht mehr entkommen könnten. Er rannte jedoch weiter, zog mich weiter durch den Wald, bis ich das Gefühl hatte, nicht mehr laufen zu können. Es musste ein verzauberter Wald sein; es war unmöglich, dass ein so großes Stück Land von Bauherren verschont geblieben war. Sie wären dort mit ihren Bulldozern, Architektenplänen und Bauherren, um die letzte Ruhestätte der Vergessenen in Luxussuiten und Solarwolkenkratzer zu verwandeln. Nein, dieses Land stand nicht zum Verkauf. Ich konnte es unter meinen Füßen spüren; es fühlte sich anders an. Der Boden, die Luft. In diesem Wald passieren Dinge, dachte ich. Böse Dinge.

Um meinen Gedanken zu unterstreichen, lief ich geradewegs durch ein gigantisches Spinnennetz. Ich spürte es an meinen nackten Wangen einen Moment zu spät, und es wickelte sich um mein Gesicht und meinen Körper, als hätte es ein Eigenleben, und hob mich in die Luft. Ich keuchte und kämpfte, versuchte, es von meinem Mund, von meinen Augen zu reißen. Die Seide war stark und klebrig und drohte, mich zu ersticken. Je mehr ich mich wehrte, desto mehr wickelte es sich um mich.

»*Ignem Exquiris*«, sagte ich, aber der Zauberspruch kam gedämpft heraus. Die Spinnenseide war in meinem Mund und breitete sich aus. Ich erkannte, dass die Fäden lebendig waren und in meinen Hals gelangen würden, mich von innen heraus verknoten, wenn ich nicht schnell etwas unternahm. Die äußeren Stränge drohten, in meine bloße Haut einzudringen, durch meinen Hals zu schießen und meine Hände und Wangen zusammenzunähen.

Ich musste aufhören, in Panik zu geraten, mich nicht mehr bewegen. Leichter gesagt als getan, wenn ein Spinnennetz droht, dich zu Tode zu sticken.

Ich atmete durch die Nase, die noch frei war, und hörte auf zu kämpfen. Ich schloss meine Augen und schwankte in dem Kokon, der versuchte, mich zu ersticken.

Ganz ruhig. Ganz ruhig, sagte ich mir. Der einzige Ausweg war, mich intensiv auf einen mentalen Zauberspruch zu konzentrieren. Wenn du einen Zauberspruch nicht laut aussprichst und deinen Zauberstab nicht benutzt, ist es viel schwieriger, ihm den Schwung zu geben, den er braucht, um zu wirken. Ich musste tief in mich hineingehen und das finden, was ich benutzen konnte, um diesen Zauber wirken zu lassen. Ich versuchte, nicht mehr zu hyperventilieren, versuchte, meinen Herzschlag auf ein normales Tempo zu verlangsamen. Die

Seide wurde immer enger und dicker um meinen Körper, und die Fäden, die versuchten, meinen Hals hinunterzuwandern, brachten mich zum Würgen.

Vertraue der Leere, sagte ich. *Vertraue dir selbst. Du schaffst das.*

Ich dachte an die Zeit zurück, als ich mit meiner Mutter im Garten war. Ich muss vier oder fünf Jahre alt gewesen sein. Wir pflanzten Gemüsesamen für den Sommer. Einige der Erinnerungen, die ich an meine Eltern habe, sind verschwommen, nebulös. Manchmal bin ich mir nicht einmal sicher, ob sie wirklich passiert sind oder ob ich sie mir in den kalten Nächten auf der Straße ausgedacht habe: kleine Täuschungen, um mich warm zu halten. Aber einige der Erinnerungen sind so klar, dass es wie ein Film in meinem Kopf war, und jedes Detail ist scharf und duftend.

Mama zeigte mir die richtige Tiefe des Lochs, in das wir den Samen fallen lassen würden. Flacher für die kleineren Samen und tiefer für die Butternusskürbisse und orangefarbenen Kürbisse. Sie trug ihre Gartenkleidung: eine mit Erde beschmierte Schürze und Gummiclogs. Der Sonnenschein ließ ihr Haar wie einen goldenen Heiligenschein um ihr Gesicht erscheinen, und ich erinnere mich, dass ich zu ihr aufblickte und dachte: Diese Person ist alles, alles, alles.

Eine Woche später waren die Samen noch nicht gekeimt, und ich wurde ungeduldig. Konnte sie sie nicht einfach magisch zum Wachsen bringen? verlangte ich. Mama kniete sich auf den Rasen und sagte: Manchmal ist es besser, den Dingen ihren natürlichen Lauf zu lassen. Außerdem, je länger sie zum Wachsen brauchen, desto süßer werden sie sein. *Und ich fragte mich damals, wie lange ich zum Wachsen brauchen würde und ob ich jemals gut genug sein würde, um sie zu verdienen. Denn solange ich mich erinnern konnte, hatte ich dieses Gefühl in mir, diese Dunkelheit. Ich wollte es ihr damals sagen, im Garten, im Sonnenschein, wo es sich sicher anfühlte, aber ich wusste nicht, wie ich es in Worte fassen sollte. Stattdessen schmollte ich und stach mit meiner Kelle in die Erde.*

Mama schien so voller Güte zu sein. Papa war stark und freundlich und sanft. Würde ich jemals gut genug für sie sein? Ein Teil von mir wusste, dass die Antwort nein lautete.

Das Schicksal war ein paar Jahre später gekommen und hatte diese Frage beantwortet, und das Leben war nie mehr dasselbe gewesen. Ich vermisste sie immer noch so sehr, dass meine Brust vor Schmerz glühte. Aber ich würde das Schicksal jetzt nicht über mein Schicksal entscheiden lassen, und ich würde die Natur sicherlich nicht ihren Lauf nehmen lassen, weil ich ziemlich sicher war, dass dieser Lauf in Form einer monstergroßen Spinne sein würde, die mich zum Abendessen verspeiste. Ich ließ den schimmernden Schmerz, den ich in meinem Brustbein spürte, wenn ich an diesen Tag im Garten dachte, und wie viele solcher Tage ich verloren hatte, aus meinem Körper ausstrahlen, und kanalisierte ihn durch beide Hände, obwohl sie an meinen Seiten gebunden waren. Ich begrüßte die Energie der Leere und nutzte jedes Molekül meines Fleisches, um den Strom zu einer weißglühenden Kante zu bündeln, dann drückte ich ihn nach außen und weg.

Ignem Exquiris, dachte ich so klar wie möglich, und Feuerlaser strömten aus meinen Händen und schnitten durch den Spinnenseidenschrein, schnitten ihn auf und ließen mich mit einem gedämpften Aufprall auf den mit Humus und feuchter Erde weichen Waldboden fallen.

KAPITEL 27

MONSTRAS

»Gizmo!«, rief ich und ging in die Richtung, in der er meiner Meinung nach verschwunden war, bevor ich in die Falle der Spinne geraten war. »Gizmo!«

Ich schaltete das Licht an meinem Zauberstab wieder ein und ging weiter. Ich war mir sicher, dass ich ewig in diesem Wald laufen könnte, ohne irgendwohin zu gelangen, als wäre es eine Art Baumschleife ohne Ende, aber mit tödlichen Hindernissen. War das die Magie der schelmischen Feen? Vielleicht, aber das spielte keine Rolle. Alles, was für mich in diesem Moment zählte, war, meinen Frettchen zu finden und von dort zu verschwinden. Ich stellte mir ständig vor, dass die riesige Spinne hinter uns her war.

Ich lief und rief, lief und rief, was sich wie Stunden anfühlte. Das Adrenalin ließ nach und ich begann zu zittern. Es war eine Mischung aus Nach-Schock-Nervosität und der Kälte des kalten Nebels, der wie eine Nebelmaschine bei einem 90er-Jahre-Rockkonzert in den Wald strömte.

Ich stolperte über etwas; einen kleinen Stein oder einen Ast, und fiel auf den Teppich aus Kiefernnadeln. Meine Beine funktionierten nicht mehr. Ich musste mich ausruhen. Als ich ein paar Momente dasaß und nach Luft schnappte, bemerkte ich, dass der Grabstein in meiner Nähe im Mondlicht leuchtete. Ein kleines weißes Tier erschien auf der Oberseite.

»Gizmo!«

Ich rief seinen Namen praktisch, so erleichtert war ich, ihn zu sehen. Er putzte seine Schnurrhaare und nickte mir zu. Ich musste wirklich einen Weg finden, ihn vom Verschwinden abzuhalten. Vielleicht sollte ich ihm eine dieser Dackelgeschirre mit Leine besorgen, wie Morgan sie für Pincher hat. Aber dann wurde mir klar, dass es das Gegenteil von clever wäre, ein magisches Albino-Frettchen zu fesseln, besonders wenn seine Superkraft darin zu bestehen schien, Dinge zu finden, die ich brauchte. Ich schaute mir den Grabstein noch einmal an. Es war kein Name eingraviert; der Grabstein war leer.

Wer wird hier begraben?, fragte ich mich. *In einem verhexten Wald mit Fallen?*

Gizmo nickte mir wieder zu.

»Was?«, fragte ich ihn.

Er sprang neben mich und begann zu graben.

»Du machst Witze«, sagte ich. »Du willst, dass ich ein altes Grab in einem Spukwald ausgrabe?«

Nennt mich verrückt, aber das klang nicht nach einer großartigen Idee. Gizmo grub weiter.

Eine Erschöpfung überkam mich. Ich hatte nicht die Energie, sechs Fuß Erde zu bewegen, ganz zu schweigen von den Konsequenzen. Gizmo schien meine Bedenken nicht zu teilen, und ich konnte das Frettchen nicht die ganze Arbeit alleine machen lassen, also seufzte ich und zog meinen Mantel aus. Ich legte meine leuchtende Fackel auf den Grabstein, damit wir sehen konnten, was wir taten, krempelte meine Ärmel hoch, nahm einen Stein und begann zu graben.

Wir gruben gemeinsam und hielten nur an, um unsere Arme auszuruhen. Obwohl ich todmüde war, machte ich einfach weiter. Ich wollte keine Sekunde länger als nötig auf dem Friedhof bleiben. Als wir anhielten, um Luft zu holen, heulten Eulen, Wölfe jaulten, und Schatten huschten in der Ferne. Die Angst raschelte in meinen Ohren und auf meiner Haut. Es war genug, um mich am Graben zu halten. Der nach Kiefern duftende Nebel rollte über uns hinweg, und er war so dick, dass wir für einige Momente nur die weißen Silhouetten voneinander sehen konnten, als wären wir Geister.

Die Arbeit war einfacher als erwartet. Gute Nachricht, weil ich erschöpft war. Schlechte Nachricht, weil es bedeutete, dass das Grab erst kürzlich ausgegraben worden war. Die Erde roch nach Kompost und Eukalyptus, und innerhalb von zwanzig Minuten stieß ich auf etwas Hartes, und der Nebel lichtete sich. Es war eine Holzkiste. Kein Sarg, nicht ganz. Eher wie eine schmucklose Truhe; etwas, das man in einem Secondhandladen für ein paar hundert Euro bekommt. Ich kratzte den Rest des Sandes vom Deckel und setzte mich dann mit einem magenverhärtenden Gefühl der Vorahnung zurück.

Wir saßen da im Mondlicht und betrachteten die Kiste.

»Was werde ich dort drin finden, Gizmo?«, fragte ich, aber ich kannte die Antwort bereits. Das Frettchen nickte wieder, wahrscheinlich fragte es sich, warum ich sie nicht öffnete, nach all dem, was wir getan hatten, um sie auszugraben. Es gab mehr Bewegung im Wald jenseits. Jede Faser meines Wesens wollte sie wieder zudecken und von dort verschwinden, aber ich wusste, dass das keine Option war. Ich musste meine Kraft und meinen Mut sammeln und die Truhe öffnen.

Sie war zugenagelt, und ich hatte weder Hammer noch Stichsäge, also benutzte ich stattdessen meinen Zauberstab. Ich wollte den Deckel mit einem *Rumpis*-Zauber zerstören, aber ich befürchtete, dass ich auch den Inhalt zertrümmern könnte, also entschied ich mich für eine andere Beschwörung: enthüllen statt zerstören.

»*Monstras!*«, sagte ich, und die dunkle Furcht in mir schoss aus dem Zauberstab und riss die Nägel aus dem Deckel. »*Monstras!*«, sagte ich noch einmal, und diesmal flog der Deckel von der Kiste und landete ein paar Meter entfernt. Ratten quietschten und sprangen aus der Kiste und verstreuten sich in die Dunkelheit um uns herum, wo sie sich den anderen huschenden Schatten anschlossen.

DER GERUCH TRAF MICH, bevor ich Zeit hatte hineinzuschauen, und ich würgte. Verwesung, totes Fleisch. Der Gestank drang in meine Nasenlöcher, bevor ich mich abwenden konnte, und ich würgte erneut. Ich musste zur Seite treten, um etwas frische Luft einzuatmen, damit mir nicht schlecht wurde. Ich schluckte schwer und näherte mich der Kiste wieder. Es waren noch drei Ratten drin, die ihren Anspruch auf ihr All-you-can-eat-Buffet nicht aufgeben wollten.

»Schsch!«, sagte ich und verscheuchte die hartnäckigen Stadt-nagetiere mit meinem leuchtenden Zauberstab. »Raus mit euch!«

Wie sind die überhaupt da reingekommen?, fragte ich mich. Und dann wurde mir klar, dass sie absichtlich in die Kiste gelockt worden waren, um die Zersetzung der Leiche zu beschleunigen, die in die Truhe gestopft worden war. Jemand hatte sich viel Mühe gegeben, diese bestimmte Leiche zu verstecken.

Ich musste die Leiche umdrehen, um ihr Gesicht sehen zu können. Es war ein Mann, der doppelt so schwer war wie ich, also würde es nicht einfach werden. Als ich ihn berührte, zuckten meine Finger vor Abscheu zurück. Seine Kleidung und Gliedmaßen waren von Rattenzähnen zernagt, und seine Haut hatte eine schreckliche Wachsblässe. Ich nahm mich zusammen und schob meine Arme unter seine Achselhöhlen und hob ihn auf seinen Rücken. Eine Menge Maden fielen auf mich und ich schrie und klopfte sie ab. Aber ich konnte das Erbrechen diesmal nicht aufhalten, nicht nachdem ich sein Gesicht gesehen hatte. Ich trat zur Seite und bespritzte den Waldboden mit meinem Magensaft. Der Krampf drückte meine Eingeweide wie einen Schwamm aus, und vornüberge-beugt erbrach ich mich erneut.

»*Filius Canis*«, fluchte ich und wischte mir mit dem Handrü-cken den Mund ab. »Gandalf musste sich nie mit so einem Schlamassel herumschlagen.«

Ich setzte mich und starrte auf das zersetzte Gesicht der Leiche. Gizmo sprang auf mich zu und kuschelte sich in meinen Schoß.

»Gute Arbeit, Gizmo«, sagte ich und streichelte ihn. »Gute Arbeit.«

KAPITEL 28

JUGULARHAKEN

Ich hatte richtig geraten, aber ich war nicht auf die Emotionen vorbereitet, die es in mir auslöste. Vielleicht ist »auslösen« kein angemessenes Wort. Eher so: Es schlug mir in den Magen und setzte mein Herz in Brand.

Der tote Körper, der auf dem Spukfriedhof begraben lag, gehörte dem vermissten Vater der Zwillinge, Ametrix Belore. Als ich die Leiche des Zauberers dort liegen sah, wurde ich in der Zeit zurückkatapultiert zu jenem Tag; zum schlimmsten Tag meines Lebens. Der Tag, der alles auf den Kopf stellte.

Ich war sieben Jahre alt. Ich hatte den ganzen Tag beim Nachbarn gespielt – dort war eine Geburtstagsfeier mit Hüpfburg, Käseflips und einer Vanille-Erdbeer-Torte – und ich war länger geblieben als alle anderen Kinder, um meinem Freund – dem Geburtstagskind – beim Auspacken seiner Geschenke und beim Aufräumen seines Zimmers zu helfen. Die Sonne begann unterzugehen, und seine Mutter begleitete mich zurück zu unserem Haus, bis zum Gartentor, für das ich einen Schlüssel hatte. Ich bedankte mich bei ihr, und sie wuschelte mir durch die Haare.

»Jederzeit, Kleiner. Du bist ein Schatz.«

Sie zog das Tor hinter mir zu und winkte mir ein letztes Mal, während ich den einfachen, von Gänseblümchen gesäumten Pfad entlangging.

Irgendetwas war anders. Irgendetwas stimmte nicht. Ich wusste es, bevor ich überhaupt das Haus betrat. Das war das erste Mal, dass ich diesen Geruch wahrnahm. Den, den ich jetzt so gut kenne. Den Geruch, der mich mit Angst und gefährlichen Gedanken erfüllt.

Karmesinrotes Kupfer.

Ich rief nach meinen Eltern und suchte in der Küche nach ihnen, im Garten, im Arbeitszimmer, aber sie antworteten nicht. Ihre Schlafzimmertür war geschlossen. Ich klopfte daran.

»Mama?«, sagte ich. »Papa?«

Immer noch keine Antwort.

Ich stand eine Weile da, unsicher, was ich tun sollte. Vielleicht schliefen sie. Ich versuchte, die Türklinke zu drücken, aber die Tür war verschlossen.

»Mama?«

Langsam beunruhigt, ließ ich meine Partytüte auf den Teppich fallen und umschloss den Türknauf mit meinen Fingern. Der metallische Blutgeruch war jetzt viel stärker, und ich wusste mit Sicherheit, dass etwas nicht stimmte. Ich hatte noch nie ein Schloss geschmolzen. Mama und Papa hatten mir gesagt, dass ich das nur im Notfall tun sollte. Ich war nicht sicher, ob es ein Notfall war, aber es fühlte sich wie einer an.

»Ignem Exquiris«, sagte ich, und die Hitze aus meiner Hand erweichte das Metall des Schlosses gerade genug, damit ich die Tür aufstoßen konnte.

Kein Kind sollte sehen müssen, was ich sah, als ich die Tür öffnete. Meine Eltern lagen da, leblos auf ihrem Bett, ihre Haut so blass wie Papier. Auf ihren Kopfkissen waren rote Flecken, wo ihre Wunden die Baumwolle gefärbt hatten. Ich verstand nicht. Mein Verstand raste und stolperte. Ich konnte keinen Sinn darin erkennen, was ich sah. Ich trat näher, nahm die kalte Hand meiner Mutter, suchte in ihrem Gesicht nach irgendeiner Art von Antwort. Sie hatte zwei dunkle Löcher im Nacken, verbunden durch eine dünne Linie. Papa hatte das Gleiche.

In meinem Inneren geriet ich in Panik, aber äußerlich war ich zu geschockt, um zu weinen oder zu schreien oder irgendetwas anderes zu tun, als dazustehen und ihre fast durchsichtige Haut zu betrachten.

Später würde ich von den Ferals Informationsfetzen erfahren, die ich wie Puzzleteile zusammensetzen würde, um die Geschichte zu verstehen. Ich würde von Blutfarmen in der Stadt erfahren, die von Vampiren betrieben wurden, von Drogendealern, Obdachlosen und Prostituierten, die entführt und tagelang ausgeblutet wurden, bevor sie starben, dann in Mülltonnen entsorgt wurden, und ihr Blut in Röhrchen auf dem Schwarzmagischen Markt verkauft wurde. Die Opfer waren immer Menschen am Rande der Gesellschaft; solche, die nicht leicht vermisst werden würden, also weiß ich nicht, wie meine Eltern zu Zielen wurden.

Die Dreistigkeit des Angriffs war auch ungewöhnlich: Die meisten Blutfarmen befanden sich in verlassenen Gebäuden und Drogenumschlagplätzen über längere Zeiträume, aber dieses Verbrechen wurde am helllichten Tag begangen, in einem freundlichen Vorort, in unserem eigenen Haus, während Leute nebenan sangen und Kuchen aßen. Details, die mich bis heute stören, weil ich nie herausgefunden habe, warum es gerade meinen Eltern passiert ist.

Schließlich explodierte die Panik in meinem Körper auch nach außen, und ich begann mich zu bewegen. Ich nahm den kostbaren Silberzauberstab meiner Mutter aus ihrer Hand und den Pentakelring meines Vaters von seinem Finger. Ich würde alle Hilfe brauchen, die ich kriegen konnte, erkannte ich, als meine Organe sich so schwer wie Blei anfühlten, denn von nun an war ich allein auf der Welt. Und es war eine gefährliche Welt.

Ich schaute zum letzten Mal in die erschrockenen pazifikblauen Augen meiner Mutter, die unblinkend zur Decke starrten, und schloss ihre Lider. Ein Schluchzen stieg in meiner Kehle auf, aber ich schluckte es hinunter. Jetzt war die Zeit, stark zu sein. Ich schloss auch die Augen meines Vaters, und da sah ich den Vampir, der in der Ecke des Zimmers stand.

Er war die ganze Zeit dort gewesen, hatte mich beobachtet, bewegungslos wie Glas. Sein Gesicht war eine Maske des Bösen, sein Haar schwarz wie Teer. Eine zackige Narbe zog sich von seinem linken Auge über den Haaransatz bis in die Kopfhaut. Eine Stunde verging in dieser Sekundenbruchteil. Eine Stunde, in der wir dastanden, einander betrachteten und überlegten, was wir als Nächstes tun sollten. Eine Stunde, in der ich in Griffweite meiner für immer schlafenden Eltern war, die mich wild und ohne zu zögern geliebt hatten, und ihres kaltblütigen Mörders. Ein Leben voller Liebe, das für mich für immer verloren war. Keiner von uns bewegte sich in diesem Sekundenbruchteil, aber dann schnellte mein Körper in Aktion und ich stürmte aus dem Zimmer.

Ich werde nie erfahren, ob der Vampir versucht hat, mir zu folgen. Ich rannte so schnell aus dem Haus, dass den Gartenzwergen sicher der Kopf schwirrte. Ich rannte und rannte, die Straße hinunter, aus dem Viertel hinaus. Ich rannte, bis ich nicht mehr rennen konnte, und ich schlich mich in einen Bus und versteckte mich unter dem Sitz, bis ich das Gefühl hatte, wieder rennen zu können. Ich landete in der Stadt, und einige Wochen später fand ich die Ferals (oder die Ferals fanden mich). Ich habe immer noch Albträume – natürlich habe ich die – böse Träume über diesen Vampir, der dort in der Ecke stand und mich beobachtete, mich beobachtete, mich beobachtete. Lebhafte Rückblenden von meinen Eltern, die dort tot lagen, und dieser böse, eisige Blick auf meinem Rücken.

AMETRIX BELORES GESICHT ZU SEHEN, zerstört von hungrigen Ratten, war eine Sache, aber die Verletzung an seinem Hals zu betrachten, war verheerend. Es war die gleiche Wunde, wie meine Eltern sie hatten. Zwei deutliche, tiefe Löcher, verbunden durch eine Linie. Es ist das verräterische Zeichen eines Jugularhakens: des medizinischen Reißzahn-förmigen Stents, den Vampire benutzen, um ihre Opfer auszubluten. Diese Wunde wieder zu sehen, am Hals eines guten Zauberers – dem Vater der Zwillinge, Francis' Ehemann – brach mich einfach zusammen. Ich schluchzte so heftig, dass ich kaum atmen konnte. Ich weinte, was sich wie Äonen anfühlte, bis ich völlig leer von Tränen war, bis mein Brustkorb schmerzte und dann taub wurde. Bis ich von allem entleert war.

Ich fühlte, als hätte ich mich auf diesem Friedhof komplett entleert. Ich erbrach mich, ich weinte, ich lag auf dem kalten Boden, bis er alle Wärme aus meinem Körper gesaugt hatte. Ich hatte nichts mehr übrig. Ich musste zu Eafaris und Pepin und ihnen und Francis erzählen, was ich gefunden hatte, aber ich wusste nicht, wie ich ihnen gegenübertreten sollte. Ich stand langsam auf, meine Glieder steif und schmerzend, klopfte mir die Erde von Armen und Händen und zog meinen Trenchcoat an. Ich ging zu Ametrix' Leiche hinüber, riss das Drachenauge-Amulett von seinem Hals und steckte es ein.

»Komm schon, Gizmo«, sagte ich, aber das Frettchen hatte andere Pläne. Es war zum nächsten Grabstein gelaufen, ein paar Meter entfernt, der ebenfalls unbeschriftet war. Dann lief es zum nächsten und zum nächsten. Es war, als begann ich zu schweben, dann, als ob mein Geist meinen Körper verließ und nach oben schwebte, um mir eine Vogelperspektive auf den Friedhof zu geben. Wir waren umgeben von einem Ring aus unbeschrifteten Grabsteinen, und als das Leuchten meines Zauberstabes heller wurde, enthüllte es mindestens ein Dutzend weiterer frisch ausgehobener Gräber.

KAPITEL 29
FILIUS CANIS

Als wir vom Obsidian Hill Friedhof flohen, fühlte ich mich wie ein anderer Mensch, und nicht im positiven Sinne. Die Erfahrung hatte mir alles abverlangt. Ich war nur noch eine leere Hülle.

Ich schaute auf mein Handy und sah, dass es acht Uhr abends war, genau die Zeit, zu der wir den verzauberten Wald betreten hatten, also haben all diese Stunden und Stunden dort drin nicht wirklich existiert – oder doch? Ich hatte Erde unter meinen Fingernägeln und mein Körper fühlte sich gebrochen an vom Kämpfen, dem Graben und dem Wiedererleben von Erinnerungen, die mich verfolgten, solange ich denken konnte. Ich tastete in meiner Tasche nach Ametrix' Amulett. Es war noch da. Es war, als wäre Obsidian in einer Art Nische der Subrealität eingeschlossen. Ein kleines paralleles Reich, in dem man mit Spinnen von der Größe eines Autos davonkommen und ermordete Zauberer verstecken konnte. Es würde eine Menge magischer Energie brauchen, um so etwas zu erhalten, und diese Erkenntnis verstärkte nur mein Gefühl der Vorahnung.

Wenn die Vampire so viel Energie übrig hatten, was ging da vor? Woher bekamen sie sie? Sie gewannen offensichtlich schnell an Kraft, und das machte mir Angst. Ich musste den Rat informieren, bevor es zu spät war. Aber es war Freitagabend, und ich hatte keine Möglichkeit, sie vor Montag zu kontaktieren, und Montag schien sehr weit entfernt.

Ich stieg langsam und vorsichtig auf mein Motorrad und machte mich auf den Weg, um Morgan zu treffen. Sie hatte mir früher eine Nachricht mit einem Standort-Pin geschickt und gesagt: *Ich kaufe dir heute Abend alle Drinks. ALLE DRINKS. Beweg deinen Hintern SOFORT hierher.*

Ich erkannte die Bar. Wir hatten uns schon einmal dort getroffen. Es war eine Art angesagte Location mit überall blauen Neonlichtern und vielen dunklen Ecken. Abstrakte Kunst an den Wänden, die dich betrunken fühlen ließ, bevor du deinen ersten überteuerten Cocktail bestelltest, von denen sie Hunderte zur Auswahl hatten. Es war ein Angebot, das ich nicht ablehnen konnte, besonders nach dem Abend, den ich gerade erlebt hatte. Ich eilte nach Hause, um zu duschen, mich umzuziehen und Ghost zu begrüßen – der sich zu freuen schien, mich zu sehen – dann nahm ich einen Uber zur Bar.

ALS ICH DORT ANKAM, hatte ich das Gefühl, dass mir jemand folgte. Ich tastete nach meinem Zauberstab, war froh, ihn sicher an meinem Werkzeuggürtel befestigt zu finden, und eilte hinein. Morgan hockte in einer Nische und war in ein Gespräch mit einem Typen vertieft, der aussah, als gehöre er in einen Old-Spice-Werbespot. Ich wollte sie nicht unterbrechen, aber als sie mich sah, sagte sie ihm, er solle verschwinden, aber nicht, bevor sie ihm zuzwinkerte und ihre Karte zusteckte.

Sie stand auf und drückte mich fest an sich. Diese Frau weiß, wie man jemanden umarmt.

»Hier gibt's leider keinen Zimt-Whisky«, sagte sie. »Es ist eine Muggle-Bar.«

Wenn Morgan etwas getrunken hat, nennt sie Unberührte Muggles, und das bringt mich immer zum Lachen. Aber nicht heute Abend. Ich dachte immer noch an Obsidian Hill.

»Zwei Bier mehr«, sagte ich zum Kellner und schaute auf Morgans halb leeres Pintglas.

»Und Tequila!«, sagte Morgan. »Bring eine Flasche!«

Der Kellner wurde munter.

»Wage es ja nicht«, sagte ich. »Zwei Shots, mit Limette und Zucker. *Keine* Flasche.«

Wir setzten uns und sahen uns über den Tisch hinweg an. Ich fühlte mich, als wäre ich hundert Jahre gealtert, seit wir uns das letzte Mal im Leichenschauhaus gesehen hatten, vor zwei Nächten.

»Du bist mir aus dem Weg gegangen«, sagte Morgan.

»Bin ich nicht«, sagte ich. »Ich schwöre.«

»Lüg mich nicht an, Jacquelyn Denna Knight.«

»Das würde ich nie«, sagte ich. »Das weißt du.«

Sie nickte langsam. »Ja, das weiß ich.«

Der Kellner brachte unsere Biere und stellte die kleinen Gläser Tequila in die Mitte des Tisches. Ich dankte ihm. Ich wollte gar nicht wissen, was diese winzigen Gläser mit Spirituosen zweifelhafter Qualität kosteten. Wir stießen unsere Gläser an, kippten den Tequila runter, saugten an der Limette und spülten mit unserem dunklen Stout nach.

»Ich weiß, ich war... schwer zu erreichen«, sagte ich.

Morgan lachte. »Das ist noch milde ausgedrückt.«

»Tut mir leid. Die letzten achtundvierzig Stunden waren irre.«

»Erzähl mir alles«, sagte Morgan.

Ich seufzte. »Das würde die ganze Nacht dauern.« Morgan bedeutete mir fortzufahren. Ich spülte mein leeres Schnapsglas aus und füllte es mit Wasser für Gizmo. Ich setzte das Frettchen auf den Tisch, und es trank es in einem Zug und verlangte nach mehr.

Morgan starrte uns an. »Ich dachte, du hast *keine* Haustiere?«

»Gizmo ist kein *Haustier*«, sagte ich. »Er ist ein magisches Albinofrettchen.«

»Na«, lachte sie, »das erklärt natürlich alles.«

Ich fing von vorne an und erzählte Morgan (fast) alles, vom vereitelten Versuch, den bösartigen Vampir im Jupiter Drawing Room zu töten, über den Fall der HighFire-Krone bis zum versuchten Attentat auf Or'Capone. Ich erzählte ihr von dem Stalker-Superhelden, der mein Leben gerettet hatte, und der Kobold-Gang, die es beinahe beendet hätte. Ich erzählte ihr nichts davon, wie ich Ametrix Belores Leiche im parallelen Taschenreich des Obsidian Hill Friedhofs gefunden hatte. Es war noch zu frisch in meinem Gedächtnis, und ich wollte kein Risiko eingehen, einen weiteren Flashback zu erleben.

Außerdem aßen wir gerade Cheeseburger, und das war kaum ein Gesprächsthema fürs Abendessen.

Als ich ihr von dem Angriff im Pavaris-Anwesen erzählte, lehnte sie sich zurück und sah mir einfach beim Reden zu, mit offenem Mund. Wir waren da schon bei der dritten Runde, und ich hoffte, dass ich nicht lallte. Morgan schien es nichts auszumachen. Sie stellte mir viele Fragen, und ich beantwortete, was ich konnte. Gizmo schlief auf dem Tisch ein, also steckte ich ihn wieder in meine Tasche. Es fühlte sich so gut an, einfach alles rauszulassen, und ich dankte meinem Glücksstern für Morgan. Sie gibt sich wie ein Hardliner, aber in Wirklichkeit ist sie die beste Freundin, die man sich wünschen kann. Es war so schön und tröstlich, dort mit meiner besten Freundin zu sitzen, zu essen, zu trinken und zu plaudern. Aber ich konnte nicht anders, als mich schuldig zu fühlen.

»Und ich weiß«, sagte ich zu ihr, »dass all das nicht entschuldigt, dass ich nichts über Liz Durisons Mörder herausgefunden habe.«

»Äh«, sagte Morgan. »Doch, das tut es schon.«

»Nein«, ich schüttelte den Kopf. »Ich habe dir und deinem Team gegenüber eine Verpflichtung eingegangen, und ich bin definitiv dran an dem Fall. Ähm ... *ich werde* an dem Fall dran sein«, sagte ich. Der Geist der Rosé-trinkenden Durison würde mich nicht vom Haken lassen, wenn ich es versuchte. Stell dir vor, was sie mir jetzt für einen Blick zuwerfen würde, nach drei Pints. Die gute alte Liz. Irgendwie fing ich an zu fühlen, als wären wir Freunde. Ich erblickte diesen neonhinterleuchteten Spiegel hinter Morgan, und mein Spiegelbild funkelte mich an.

Ja, es war definitiv Zeit, aufzuhören. Ein Drink mehr, und ich würde auf Tischen tanzen, und das wollte niemand sehen. Ferra sagt immer, ich hätte den Rhythmus eines Chihuahuas auf Schlittschuhen. Ich finde, das ist ein unfairer Vergleich (für den Chihuahua). Es stimmte zwar, dass ich nicht singen konnte, aber mein Tanzen war noch viel schlimmer. Als die Leere Rhythmus verteilte, stand ich ganz am Ende der Schlange. Ich war so weit hinten in der Schlange, dass man ein gebogenes Teleskop bräuchte, um mich zu sehen, wie ich gedultig mit einem Ausdruck törichter Hoffnung im Gesicht wartete.

»Ich muss gehen.« Ich begann aufzustehen, aber Morgan packte mein Handgelenk und zog mich wieder runter.

»Keine Chance«, sagte sie. »Keine Chance, dass du irgendwo hingehst.«

»Ich muss nach Hause.«

In mein Spukhaus, zu meiner sterbenden Topfpflanze, meinem leeren Bett.

»Noch einen Drink«, sagte sie zum Kellner, und er eilte zur Bar.

AUS DEM EINEN Drink wurden mehrere, wie das so ist, und als Morgan und ich die Bar verließen, waren wir stockbesoffen. Der Wind hatte aufgefrischt und die Nacht kalt gemacht, und Morgan und ich umarmten uns schnell auf dem Gehweg und sprangen in unsere Taxis, wobei wir versprachen, uns am nächsten Tag zu schreiben, um unseren Kater zu vergleichen.

Ich stieg in eine schicke schwarze Limousine und sagte *Hallo* zum Fahrer, in der Hoffnung, dass die Alkoholdämpfe ihn nicht so betrunken machen würden, wie ich mich fühlte. Als er nicht antwortete, versuchte ich, einen Blick auf sein Gesicht zu erhaschen, aber die Trennscheibe zwischen uns verzerrte die Sicht.

Er fuhr aus der Parklücke und bog auf die Hauptstraße ein. Dann wurde mir klar, dass ich das Kennzeichen des Autos nicht überprüft hatte. Ich hatte einfach angenommen, es sei mein Uber, und war eingestiegen.

»Halten Sie das Auto an«, sagte ich und fühlte mich plötzlich stocknüchtern. Er fuhr weiter.

»Halten Sie das verdammte Auto an!«, schrie ich und versuchte, die Tür zu öffnen, aber sie war verriegelt. Ich tastete nach meinem Zauberstab, was nach dem Trinken nie eine gute Idee ist. Ich weiß aus unglücklicher persönlicher Erfahrung, dass verwaschene Zaubersprüche zu einem Haufen Ärger führen können.

Er drückte einen Knopf auf seinem Armaturenbrett, und die Trennscheibe glitt lautlos nach unten.

»Jacquelyn«, sagte er. Es war die Stimme. Der Stalker.

»*Filius Canis*«, flüsterte ich.

Darick zuckte mit den Schultern. »Ich wurde schon schlimmer genannt.«

»Du verstehst Latein.«

»Versteht nicht jeder selbstachtende Stalker Latein?«, sagte er.

»Was machst du hier?«

Er sah mich über den Rückspiegel an und strich sich durch die Haare. »Ist das nicht offensichtlich? Ich bringe dich nach Hause.«

»Ich brauche dich nicht, um mich nach Hause zu bringen. Ich habe ein Taxi gerufen.«

»Ich weiß.«

Da geht er wieder und ist ärgerlich.

»Mir gefiel die Vorstellung nicht, dass du zu einem Fremden ins Auto steigst«, sagte Darick. »Besonders in deinem Zustand.«

»*Du* bist ein Fremder. Nur weil du herausgefunden hast, wo ich wohne, macht dich das nicht weniger zu einem Fremden.« Meine innere streitlustige Betrunkene trat offensichtlich in Erscheinung. »Und auf welchen *Zustand* genau beziehst du dich?«

»Du bist im Moment verwundbar«, sagte er, bog um eine Ecke und verlangsamte für einen Fußgänger, der die Straße überquerte. Ich wollte ihm sagen, er solle sich verpissen, aber dann bildete sich ein Kloß in meinem Hals, und ich konnte nicht mehr sprechen. Ich hielt mich den Rest der Fahrt still; auf keinen Fall würde ich vor ihm weinen.

Ich wachte auf, als das Auto anhielt und der Motor ausging. Darick öffnete meine Tür und hob mich hoch. Ich wollte protestieren, aber das Gefühl, in seinen steinharten Armen schwerelos, sicher und beschützt zu sein, war zu gut, um zu widersprechen. Ich legte meine Arme um seinen Hals und ruhte meinen Kopf auf seiner Brust. Wir flogen im Swift bis in den obersten Stock, wo er meine Haustür aufstieß und mich auf mein Bett legte. Obwohl ich wach war, zog er meinen Mantel aus, streifte meine Stiefel ab und zog die Decke bis zu meinem Kinn hoch. Gizmo huschte zu seinem Lieblingsplatz auf dem Sofa, und Ghost warf das Buch mit mehr Kraft als üblich auf den Boden. Ich hatte offensichtlich meine Sperrstunde verpasst.

Ich lag da und beobachtete Darick, wie er herumwerkelte, mir ein Glas Wasser für meinen Nachttisch einschenkte und sicherstellte, dass das Frettchen gut untergebracht war. Ich konnte es leugnen, so viel ich wollte, wenn ich nüchtern war, aber die Wahrheit war, dass ich mich in seiner Nähe sicherer fühlte, als ich es je getan hatte. Die Wahrheit war, dass ich mir gewünscht hätte, er hätte auch alles andere ausgezogen, als er mir den Mantel abnahm.

»Du machst das zur Gewohnheit«, sagte ich.

»Ha.« Er setzte sich in seinen Stuhl, in meinem Schlafzimmer.

»Du wirst mir doch nicht wieder beim Schlafen zusehen, oder?«, fragte ich.

»Nein«, sagte er und warf einen Blick auf seine Uhr. »Ich muss woanders hin.«

Aber er bewegte sich nicht; er wartete darauf, dass ich einschlief. Ich wünschte, er würde zu mir ins Bett klettern, wünschte, er würde seine Arme um mich legen und wir könnten so einschlafen. Mir wurde klar, dass ich das brauchte, ihn brauchte. Aber als ich meine Augen wieder öffnete, war er weg.

KAPITEL 30

DIE MORGENLERCHEN-HARFE

Ich wachte mit einem grimmigen Zielgefühl auf. Ich musste meinen ziemlich brutalen Kater abschütteln und den Belore-Kindern von ihrem Vater erzählen. Sie hatten ein Dutzend Nachrichten auf meinem Handy hinterlassen, während ich den Tequila ausgeschlafen hatte.

Ich hörte die Zwillinge schreien, bevor ich an der Tür klopfen konnte. Sie war nicht abgeschlossen, also stürzte ich hinein. Ich folgte dem entsetzten Wehklagen durch das unordentliche Haus und fand die drei auf dem Boden im Arbeitszimmer. Drei weiße Masken der Verwüstung.

»Was ist passiert?«, fragte ich außer Atem. »Was ist los?«

Eafaris und Pepin saßen da und wiegten den Kopf ihrer zusammengebrochenen Mutter in ihren Armen. Ich sank auf meine Knie und suchte nach Francis Belores Puls, konnte ihn aber nicht finden. Die Morgenlerchen-Harfe spielte ihre wehmütige Melodie.

»Was ist passiert?«, fragte ich noch einmal. Mein Kopf hämmerte, meine Augen waren trocken und kratzig, aber mein

Unbehagen verblasste, als ich Francis' schlaffen Körper sah. Ich rief den Notdienst an, wusste aber, dass es zu spät war.

»Sie ist einfach zusammengebrochen«, sagte Eafaris.

»Sie wollte nicht aufhören zu tanzen«, weinte Pepin.

»Wir haben versucht, dich anzurufen«, sagte Eafaris. In seiner Stimme lag kein Hauch von Vorwurf, nur Verzweiflung, aber ich fühlte mich trotzdem von Schuldgefühlen geplagt.

»Wir haben versucht, sie aufzuhalten, aber sie sagte, der Zauber würde nur funktionieren, wenn sie weitertanzt, bis Papa nach Hause kommt.«

Wenn sich mein Kopf anfühlte, als würde er aufplatzen, dann fühlte sich mein Herz an, als würde es vor Schmerz bersten. Ich konnte den Schmerz im Raum nicht ertragen, verstärkt durch meinen eigenen Verlust. Ich bewegte Francis' Körper auf die Couch und legte ein Kissen unter ihren Kopf, dann setzte ich mich zu den Kindern und weinte mit ihnen.

»Papa ist auch tot«, sagte Eafaris, und Pepin sah mich scharf an.

»Ist das, was du uns sagen wolltest?«

Ich nahm Ametrix' Amulett aus meiner Tasche und gab es ihr. »Es tut mir leid.«

Sie zuckte zusammen, als hätte das Drachenauge-Amulett sie verbrannt, dann krümmte sie sich vor Kummer und umklammerte das Drachenauge in ihrer zarten Hand. Pepin heulte dann so laut, und Eafaris umarmte sie und ließ nicht los. Ich warf meine Arme um sie und schluchzte ebenfalls. Wir weinten, bis unsere Augen rosa und geschwollen und unsere Kehlen trocken waren, und wir hörten die Sirene des sich nähernden Krankenwagens.

Ich rief Ferra an und bat sie, die Kinder abzuholen und sich um sie zu kümmern, bis die Sozialdienstabteilung des Rates benachrichtigt werden konnte. Sie stimmte ohne zu zögern zu, wie ich es erwartet hatte.

»Ich werde sofort hinporteln«, sagte sie. »Ich werde mich um die Kleinen kümmern.«

»Danke«, schniefte ich.

»Oh, Jinx. Das muss so schwer für dich sein.«

Es ist härter für die Belore-Zwillinge, dachte ich.

»Komm später zu mir«, sagte sie. »Deine Armbrust ist fertig für dich, und es hört sich an, als würdest du sie brauchen.«

Ich ging zurück ins Arbeitszimmer und hob die Harfe auf. »Ich nehme das mit«, sagte ich, und die Kinder nickten. Dann kam der schwierige Teil: zwei Kinder allein zu lassen, die gerade beide Elternteile verloren hatten. Ich zitterte, innen und außen. Gizmo quiekte, was mir eine Idee gab.

»Ich brauche eure Hilfe«, sagte ich. »Ich brauche euch, um auf Gizmo aufzupassen, während ich ermittle. Es ist zu gefährlich für ihn, mitzukommen.«

Sie nickten und nahmen ihn mir ab. Das Frettchen kuschelte sich an Pepins Brust und sie küsste seinen Kopf. Sie hörte auf zu weinen.

Eafaris legte seinen Arm um die Schulter seiner Schwester. »Wir werden gut auf ihn aufpassen.«

Hoffentlich würde Gizmo sie von ihrem Herzschmerz ablenken können, wenn auch nur ein wenig. Ich zerzauste sein Fell und verabschiedete mich.

»Packt schnell ein paar eurer Sachen zusammen«, sagte ich. Ein paar Annehmlichkeiten von zu Hause wären ein kleiner Trost, aber immerhin ein Trost. »Schlafanzüge. Zahnbürste. Euer Lieblingsspielzeug.«

Beide schauten mich mit leeren Blicken an. *Ein Spielzeug?* stellte ich mir vor, was sie dachten. *Was nützt ein Spielzeug, wenn Mama und Papa für immer weg sind?*

Aber ich kannte den Wert von Dingen von zu Hause, selbst wenn es nur *Dinge* waren.

»Eine vertrauenswürdige Freundin kommt, um auf euch aufzupassen«, sagte ich den Zwillingen. »Sie ist eine Zwergin mit roten Haaren namens Ferra. Ihr könnt ihr vertrauen. Geht mit niemand anderem.«

»Lass uns nicht allein«, sagte Pepin. »Bitte.«

Die Schuld und der Kummer zerrten schwer an mir, und mein Inneres schmerzte.

Ich nahm den Umschlag mit Geld heraus, den sie mir bei unserem ersten Treffen gegeben hatten, und versuchte, ihn in Eafaris' Hände zu drücken, aber er schüttelte den Kopf und schob ihn zu mir zurück.

»Behalt es«, sagte er. »Such weiter nach der Person, die das getan hat.«

»Das werde ich«, sagte ich und sah ihm in die Augen. »Ich werde sie finden, wenn es das Letzte ist, was ich tue.«

Ferra kam an und begann, alle mütterlich herumzukomman-
dieren. Ich zerzauste den Kindern die Haare und ging.

KAPITEL 31

POPCORN-KONFETTI

Ich hatte die magische Harfe und ich wusste genau, bei wem ich sie einsetzen würde. Ich raste zur Kobold-Stadt und ging direkt zur Regenbogen-Popcorn-Scheune. Ich brüllte, als ich den Stand umtrat, und die mehrfarbigen Snacks ergossen sich auf den Boden wie Konfetti bei einer Kobold-Beschneidung.

Es wäre ein wahres Festmahl für Frettchen gewesen; wenn Gizmo bei mir gewesen wäre, hätte er keine Zeit verloren, hinunterzuspringen, um das Durcheinander aufzuräumen. Ich vermisste seinen warmen kleinen Körper in meiner Tasche und freute mich auf die Zeit, wenn das Leben wieder normal werden würde.

Obwohl... wen wollte ich hier eigentlich anlügen? Ich hatte nie ein normales Leben gehabt. Warum jetzt damit anfangen?

Die Kobold-Fußgänger, die umherwimmelten, blieben stehen und starrten mich an. Es war mir egal. Ich würde Antworten bekommen, selbst wenn ich sie aus dem schmierigen Maul dieses Gobs herausprügeln müsste.

»Salty!«, schrie ich, und sie keuchte. Ich klemmte die Morninglark-Harfe unter meinen Arm, und ihre Augen weiteten sich beim Anblick. »Wir werden ein offenes Gespräch führen«, sagte ich. »Wir können es hier tun, mitten in der verdammten Kobold-Stadt«, ich deutete auf die Autoscooter und die sich drehenden Tassen und Untertassen, »oder wir können es irgendwo privater machen.«

SaltySnap stotterte und murmelte, was meine Wut nur noch mehr anfachte. Ich schritt auf sie zu und hob sie an ihrem dämlichen Kragen hoch.

»Sie entscheiden«, flüsterte ich. »Aber ich gehe nicht ohne Antworten.«

Nilve SaltySnap verließ widerwillig ihren zerstörten Popcorn-Stand, und ich folgte ihr an der Achterbahn und der Wild-wasserbahn vorbei. Wir liefen an der Mini-Bahnstation vorbei und in das Haus des Schreckens hinein. Es sollte eine gruselige Tramfahrt sein – nicht unähnlich der echten im Ork-SubRealm – aber mit kitschigen Modellen von warzen-nasigen Hexen und staubigen Zombies, sowie billigen farbigen Lichtern und Soundeffekten, die wahrscheinlich in den 70ern aufgenommen wurden. Wir umgingen das stöh-nende Modell von Frankensteins Monster und fanden einen kleinen Raum im hinteren Teil, hinter einem schwarzen Vorhang. Er hatte einen heruntergekommenen Tisch und zwei Stühle. Die Tram fuhr jede Minute außer Sichtweite vorbei, und ich hörte jedes Mal den gleichen Chor: lachende böse Hexe; marschierender Zombie; stöhnendes Franken-stein-Monster.

»Was wollen Sie von mir, Zauberin?«, fragte Nilve.

»Sie wissen, was ich will«, sagte ich und lief wie eine Irre in dem winzigen Raum auf und ab. »Ich will die verdammte Wahrheit!«

Der Kobold verzog seine matschigen Makkaroni-Lippen zu einer Grimasse, als wäre ihr die bloße Idee der Wahrheit zuwider.

Die Tram erschütterte; die Kobolde schrien. Die Hexe, der Zombie, das Monster.

»Sie werden mir alles erzählen, was Sie über den Mord an Ametrix Belore wissen, oder Sie werden sich in einer sehr ähnlichen Lage wie er wiederfinden.«

Salty erstarrte. »Ametrix ist tot?«

»Tun Sie nicht so, als wüssten Sie das nicht, Sie verräterischer kleiner Wicht!« Ich trat gegen die Wand. Es tat weh.

»Ich wusste es nicht«, sagte sie und schüttelte den Kopf. »Ich wusste es nicht.«

»Und wie soll ich irgendetwas glauben, was aus diesem schleimigen Mund von Ihnen kommt?«

»Ich wusste, dass er vermisst wird. Es war in den Nachrichten. Ich weiß nicht, wer ihn mitgenommen hat.«

Ich kam ihr sehr nahe, nahe genug, um ihren Teichschlammgeruch zu riechen. »Sagen Sie mir, Salty, spielen wir unser Spiel?«

»W-welches Spiel?«

»Das niedliche Ding, das wir machen, wenn Sie aus Ihren Nadelzähnen lügen und ich dann weiß, dass das Gegenteil die Antwort ist?«

»Nein«, sagte sie. »Kein Spiel. Ich weiß nicht, wer den Zauberer Belore getötet hat. Ich schwöre.«

»Muss ich diese Harfe bei Ihnen anwenden?«

Ihre Augen blitzten mich an. »Nein«, sie schüttelte den Kopf. »Nein.«

Ich bluffte natürlich. Ich hätte keine Ahnung gehabt, wie ich die Harfe benutzen sollte, um die Wahrheit aus jemandem herauszupressen. Ich wusste, dass es möglich war, ich wusste nur nicht, wie man es macht. Der Legende nach gab es über tausend verschiedene Melodien, jede mit tausend verschiedenen magischen Ergebnissen. Bei meinen musikalischen Fähigkeiten hielt ich es für das Beste, mein Glück nicht zu versuchen. Das Letzte, was ich brauchte, war eine übernatürliche Flutwelle, die durch die Stadt Jo'burg krachte, nur weil ich keinen Ton halten konnte.

»Spielen Sie nicht die Harfe«, flehte Salty.

»Dann sagen Sie mir um *faex* willen, was Sie so verzweifelt zu verbergen versuchen. Ich kann es sehen! Es steht Ihnen ins schlammige Gesicht geschrieben.«

Sie zögerte wieder.

»Ich spaße nicht, Schleimer. Das ist Ihre letzte Chance.« Ich hob die Harfe und tat so, als würde ich gleich darauf spielen. Das Seltsame war, dass meine Finger, obwohl ich keine Lust hatte, das Ding zu spielen, eigene Ideen hatten. Sie bewegten sich von selbst zu den Saiten.

»Nicht!«, sagte sie und schlug sich die Hände über die Ohren. »Bitte nicht. Ich werde Ihnen sagen, was ich weiß. Aber-«

Ich riss meine Hand weg. »Aber?«

»Aber es geht nicht um Belore. Ich wusste nichts von dem vermissten Zauberer. Ich weiß nicht, wer ihn getötet hat.«

Ich verlor die Beherrschung und stieß den Tisch um. Meine Finger juckten, die Harfe zu spielen. Die Tram ratterte vorbei, wir beide warteten auf die Schreie.

Ich sprach durch zusammengebissene Zähne. »Erzählen Sie mir etwas, das Sie *doch* wissen.«

Ihre Stimme war leise. »Die Krone.«

Ich heuchelte Gleichgültigkeit. »Welche Krone?«

»Die HighFire-Krone. Die in Ihrer Tasche.«

Woher wusste sie, dass sie dort war?

»Was ist damit?«

Die Hexe lachte, der Zombie marschierte. Nilve deutete auf den Stuhl in meiner Nähe.

»Ich glaube, Sie sollten sich besser setzen.«

Ich wollte in Bewegung bleiben und Dinge erledigen. Ich wollte nicht in einem klaustrophobischen Raum mit einem stinkenden Popcorn-Kobold sitzen. Aber ich musste wissen, was sie zu sagen hatte, also knirschte ich mit den Zähnen und setzte mich hin.

»Ich weiß, es wird schwer für Sie zu glauben sein«, sagte Salty.

Das ließ mich an eine großzügige Prise Salz denken und wieder daran, wie Schnecken reagieren, wenn man es auf ihre Haut streut.

»Pavaris hat Qwynkle dafür bezahlt, die Krone zu stehlen.«

»Was?« Mein Kopf drehte sich praktisch auf meinen Schultern. »Sie lügen.«

»Tue ich nicht!«

»Das ergibt keinen Sinn.«

»Doch«, sagte Salty.

»Quatsch. Das würde er nie tun! Diese Krone bedeutet ihm alles.«

»Pavaris hatte Schulden. Selbst mit der Krone zerfiel sein Konsortium. Drei seiner Zeitungen gingen letztes Jahr pleite, erinnern Sie sich?«

Ich erinnerte mich.

»Sein Aktienkurs ist gefallen-«

»Aber das erklärt immer noch nicht, warum er eine Kobold-Bande dafür bezahlen würde, die Krone zu stehlen.« Als die Worte meinen Mund verließen, wurde mir klar, dass SaltySnap die Wahrheit sagte. Estelar hatte den Einbruch der Versicherung gemeldet, und wer weiß, für wie viel die HighFire-Krone versichert war. Es wäre genug für ihn, um ernsthaften Schaden zu kontrollieren; vielleicht einige Löcher in seinem undichten Imperium zu stopfen. Es war auch die einzig mögliche Antwort auf eine Frage, die mich von Anfang an genervt hatte. Wie hatte der Dieb es geschafft, an der Elfensicherheitsverzaube-rung vorbeizukommen? Ganz einfach. Estelar hatte sie in der Nacht, in der er Qwynkle angewiesen hatte einzubrechen, nicht aktiviert. Er hatte das Ganze eingefädelt.

Ich erinnerte mich, wie schlecht ich mich für ihn gefühlt hatte, als ich beobachtete, wie er immer tiefer in Verzweiflung versank und sein Haus verfiel. Am Ende war alles sein Werk gewesen.

»Er plante, die Krone stehlen zu lassen, die Versicherung zu kassieren, und mich dann beauftragen, sie wiederzufinden und ihm zurückzugeben.«

»Ich nehme es an, Zauberin.«

»Warum haben Sie mir das nicht vorher gesagt? Ich wurde dafür fast getötet, wissen Sie.« Es schmerzte: das Wissen, dass ich als Bauer im Spiel des Elfen benutzt worden war, und ich hatte keine Ahnung gehabt.

»Verstehen Sie nicht?«, fragte sie. »Verstehen Sie nicht, warum ich gelogen habe und warum die Bande in der Kuppel so erpicht darauf war, Sie davon abzuhalten, sie mitzunehmen? Wir konnten nicht zulassen, dass Sie die Krone finden, weil Sie sie dem Elfen zurückgegeben hätten.«

»Sie wollten nicht, dass ich sie Estelar zurückgebe.«

»Sobald die Nachricht draußen war, dass die Krone im Umlauf war, wollte jeder sie in die Finger bekommen.«

Ich erinnerte mich an den türkis umhängten Vampir und die Dobermänner im leeren Schwimmbecken und schauderte.

»Einschließlich eines Clans besonders blutrünstiger Vampire«, sagte ich. »Und das wäre eine Katastrophe.«

Nilve nickte. »Jetzt verstehen Sie. Wir mussten das Reich schützen.«

Die Vampire planten etwas Kühnes, ich konnte es in der Grube meines brodelnden Magens spüren. Sie taten alles, um so viel Macht wie möglich zu sammeln. Es würde mich nicht überraschen, wenn sie eine Vielzahl magischer Gegenstände für ihren eigenen Nutzen stehlen und lagern würden, wie Nazis im Krieg.

Die Tram ratterte, die Kobolde schrien, die Hexe kicherte. Ich nahm die Morninglark-Harfe und machte mich bereit zu gehen.

»Der Bandenchef«, sagte ich. »Qwynkle«, sagte ich mit leiser Stimme. »Ist er noch am Leben?«

Salty nickte, und ich wünschte, sie hätte es nicht getan.

»Er wird hinter mir her sein«, sagte ich, während Angst in meiner Brust pochte.

»Ja«, sagte sie. »Aber noch nicht.«

»Noch nicht?«

»Er wurde bei dem Unfall in der Kuppel schwer verletzt. Er ist im Krankenhaus. Er hat ein Bein verloren.«

Ich hätte ihn fast bemitleidet. Dann erinnerte ich mich daran, wie er versucht hatte, mich zu töten, und das Mitgefühl verschwand. Ich machte mich auf den Weg aus dem Haus des Schreckens, die Harfe unter dem Arm.

»Zauberin«, sagte SaltySnap, und ich drehte mich um. »Ich weiß, wie Qwynkle ist. Er wird hinter Ihnen her sein. Bevor das Krankenhaus überhaupt daran denkt, ihn zu entlassen, wird er in einer dunklen Ecke irgendwo lauern und auf Sie lauern.«

»Sie versuchen, mir Angst zu machen«, sagte ich. (Es funktionierte).

Sie schüttelte den Kopf. »Nein.«

»Nun«, sagte ich und dachte an die Vampire, die hinter mir her waren. »Er kann sich hinten anstellen.«

Ich spürte, wie meine Angst und meine Magie wuchsen. Die Vampire kamen hinter mir her, ein rachsüchtiger Kobold kam hinter mir her, und ich würde bereit sein.

KAPITEL 32

GLÜCKLICHE FRAU, GLÜCKLICHES LEBEN

Als ich bei *Dem Kupfernen Zahnrad und Bier* ankam, spielten die niedergeschlagenen Belore-Zwillinge im Garten mit Gizmo und Ferras Kindern.

»Wir haben darüber gesprochen«, verkündete Ferra und warf sich ein Geschirrtuch über die Schulter. »Ich adoptiere sie. Eafy und Pip.«

»Was?«, fragte ich. »Du kennst sie gerade mal wie lange? Zwanzig Minuten? Außerdem hast du selbst schon zwölf Kinder!«

Sie zuckte mit den Schultern. »Ach. Zwölf, vierzehn... irgendwann hört man einfach auf zu zählen.«

Ich stand da und blinzelte.

»Außerdem«, sagte sie. »ist es praktisch, ein paar große Kinder zu haben, die an die oberen Regale in der Speisekammer rankommen.«

Trotz allem musste ich lachen. Es lagen schwierige Zeiten vor uns, dunkle Zeiten. Eine Doppelbeerdigung und Beratung für die Kinder. Verleugnung, Wut, Akzeptanz. Ganz zu schweigen von einem Clan mächtiger Vampire, die bereit waren, mich wegen der HighFire-Krone zu töten.

»Komm schon, Zauberer«, sagte sie und boxte mich in den Arm. »Lass uns deine Armbrust holen.«

Ich folgte Ferra in den Pub und begrüßte ihren Mann Fighour. Fig Fernak war normalerweise so beschäftigt in seiner Brauerei hinter dem Grundstück, dass ihn nie jemand zu Gesicht bekam. Kunden scherzten früher mit Ferra und fragten, ob ihr Mann nur ein Hirn»fig«espinst sei. Natürlich war die Vielzahl an Kindern, die sie hatten, ein Beweis für seine Existenz, ebenso wie das ausgezeichnete Bier, das jeden Abend im Steampunk-Pub für magische Kreaturen floss. Fig hämmerte an irgendeinem Gerät herum und begrüßte mich mit einem Grunzen. Obwohl er größenmäßig benachteiligt ist, ist er stark wie ein Ochse, und seine Haut ist mit keltischen Tätowierungen und den Namen seiner Kinder verziert.

»Wie denkt Fig über die Adoption?«, fragte ich.

»Das macht ihm überhaupt nichts aus.«

»Du hast nicht mit ihm darüber gesprochen?«

»Nicht nötig«, sagte sie. »Glückliche Frau, glückliches Leben. Außerdem hat er eine neue Schrulle«, sagte Ferra und deutete auf den schuftenden Zwerg. »Er hatte mitten in der Nacht eine Idee für eine neue Erfindung und hat den ganzen Morgen daran gearbeitet.«

»Was ist es?«

Sie zuckte mit den Schultern. »Deine Vermutung ist so gut wie meine.«

Die Fernaks waren ein Stamm von Erfindern und Ingenieuren. Ich liebte die Familie aus vielen Gründen, einer davon war, dass sie mich mit den fortschrittlichsten magischen Technikwaffen versorgten, die mir immer wieder den Hintern gerettet hatten. Ich wurde nicht oft in Ferras Werkstatt eingeladen – ein Raum zur Herstellung magischer Waffen ist ein gefährlicher Ort – aber sie zog an meiner Hand und ich folgte ihr dankbar. Wir gingen hinter die Bar und durch die hobbitgroße Küche, in der eine Handvoll ihrer Kinder Gewürzkekse backten.

»Um die Zwillinge aufzuheitern«, sagte Eileen, ein mausartiges Kind mit ernstem Gesichtsausdruck.

Ferra warf mir einen Keks zu, und ich fing ihn auf, wobei ich mir den Kopf an der niedrigen Decke stieß. Er war duftend und zuckrig und noch warm vom Ofen.

»Zu viel Muskatnuss!«, sagte sie nach einem Bissen, und die Kinder nickten. »Nicht genug gesalzene Butter.« Die Zwergenkinder nickten wieder. »Aber abgesehen davon sind sie absolut köstlich. Gut gemacht, ihr Stinktiere!«

Am anderen Ende der Küche befand sich eine Bogentür, die zu Ferras Büro führte. Ich wurde an Don Vitos Männerhöhle erinnert und an den wehmütigen Koch, der im Topf mit der singenden Muschelsoße rührte. Etwas an diesem Fall beunruhigte mich immer noch. In meinem Kopf hatte ich ihn abgehakt, aber dennoch gab es ein Kribbeln, das ich nicht genau benennen konnte.

Im Büro befand sich eine schwere messingfarbene Sicherheitstür. Eine Steampunk-Version dessen, was man in einem Banktresor finden könnte. Sie hatte ein Zahlenschloss und ein Drehrad, wie das Steuerrad eines Schiffes. Ferra wischte sich die

Hände am Handtuch ab, das über ihrer Schulter hing, und während die Zwergin den zwölfstelligen Code eintippte, betrachtete ich das sauber gerahmte Stickerei-Muster, das an der gegenüberliegenden Wand hing. Es war ein Zitat von Arthur C. Clarke. Mit Kupferdraht gestickt stand dort: »Jede hinreichend fortschrittliche Technologie ist von Magie nicht zu unterscheiden.«

»*Patentibus*«, sagte sie. Die Versiegelung löste sich mit einem Zischen, und wir gingen hinein.

KAPITEL 33

EIN PAAR MAGISCHER SOCKEN

Ferra nannte es ihre Werkstatt, aber in Wirklichkeit war es ein hochmodernes High-Tech-Labor, bei dem jeder Ingenieur ins Schwärmen geraten würde. So geräumig wie ein Einhornstall, mit klaren Linien und weißem Licht und berührungsempfindlichem Stauraum unter jeder verfügbaren Oberfläche. Es dauerte Jahre, bis ich Zugang bekam, und die ganze Zeit über stellte ich mir die Werkstatt der Zwergin mit Natursteinwänden vor, schwach beleuchtet, mit niedriger Decke und einem Feuer in der Ecke zum Schmelzen des Erzes, das sie so gerne verwendete. Das Steampunk-Thema war großartig für die Kneipe, aber für ihr Labor bevorzugte Ferra einen wissenschaftlicheren Ansatz.

»Ich habe ein paar Änderungen an deiner Armbrust vorgenommen«, sagte sie mit einem Funkeln in den Augen.

Ich dachte an den Tag, an dem die Waffe beschlossen hatte, meine Wohnung mit ihren Pfeilen neu zu dekorieren. »Was für Änderungen?«

Ferra berührte die Arbeitsplatte vor uns, und sie glitt auf, um meine glänzende neue Waffe zu enthüllen. Sie hob sie hoch und blickte durch den Sucher. »Sie ist jetzt unter anderem intuitiver.«

Mein Gesicht muss meine Besorgnis verraten haben.

Sie stemmte die Hand in die Hüfte ihrer Lederhose. »Was ist los?«

»Mein Zauberstab ist intuitiv«, sagte ich. »Er bringt mich manchmal in Schwierigkeiten.«

»Dieser Zauberstab ist fünfte Generation«, sagte sie mit einem Blick auf meinen Werkzeuggürtel. »Da hat er zwangsläufig seine... Eigenheiten.«

Ferra schaute durch die Flugnut der Armbrust und schien mit dem, was sie sah, zufrieden zu sein, und reichte sie mir. Trotz meiner Bedenken fühlte sie sich wunderbar in meinen Händen an. Superleicht, aber gleichzeitig solide genug, um echten Schaden anzurichten. Die Sehnen schienen vor Energie zu vibrieren.

»Also, die Standardeinstellung ist wärmesuchend«, sagte Ferra, »aber ich habe sie so konstruiert, dass sie leicht auf deine Elementarmagie reagiert.«

Sie drückte einen Knopf auf der Arbeitsplatte, und an der gegenüberliegenden leeren Wand erschien eine Bogenscheibe. Das Zentrum glühte rot vor Wärme, die in Kreisen ausstrahlte. »Mach schon«, sagte sie und zwinkerte. »Probier sie aus.«

Ich passte meinen Griff an und hielt das Zielfernrohr an mein Gesicht, wobei ich auf das Zentrum zielte. Ich war in der Bogenschießklasse am Copperfield Institut immer Klassenbeste gewesen – hatte sogar die nationale Meisterschaft gewonnen und besaß die kitschige Pfeil-durch-Apfel-Trophäe, um es zu beweisen – aber der Vorfall mit Desdemona im Jupiter Drawing Room hatte mir ernsthafte Selbstzweifel beschert.

Ich legte meinen Finger auf den Abzug und zielte. Gerade als ich schießen wollte, stieß mich Ferra mit dem Ellbogen an und stieß die Armbrust zur Seite, als der Pfeil die Waffe verließ. Ich zog das Gesicht zusammen und wartete darauf, dass er in Ferras teure Laborausrüstung einschlägt, aber stattdessen schwenkte er, korrigierte seinen Kurs und traf genau in die Mitte der Zielscheibe.

»Wow«, sagte ich. »Das könnte praktisch sein.«

Ferra drückte den Knopf erneut, die Wand vor uns bewegte sich, und eine neue Zielscheibe ersetzte die alte. »Jetzt versuch's mit etwas Magie.«

Ich verzog das Gesicht. Ich wollte nichts beschädigen. »Hier drinnen?«

Ferras Hände waren wieder an ihren Hüften. »Wo sonst?«

Da hatte sie einen Punkt. Es ist nicht so, als könnte man in der Stadt wahllos Zaubersprüche schleudern. Ich hob die Armbrust wieder und richtete die Pfeilspitze auf das Ziel. Ich schloss die Augen, atmete tief ein und dachte an die Belore-Zwillinge. Als ich spürte, wie der Kummer in mir aufstieg, leitete ich ihn durch meine Arme und durch meine Hände, die auf dem kühlen schwarzen Metall vibrierten. Dann öffnete ich meine Augen wieder und sagte »*Fiat Fulgur*«, während ich den Abzug betätigte. Es fühlte sich an, als würde der Raum explodieren.

Es war, als hätte ein Blitz uns von oben getroffen und wäre durch mich und die Waffe zum Ziel gewandert. Er krachte in die Mitte des Kreises und ging in Flammen auf. Mein Arm fühlte sich innerlich versengt an, meine Finger waren taub.

Atemlos, sprachlos, schaute ich zu Ferra hinüber, während die Wand brannte.

Sie warf mir einen schelmischen Blick zu. »Na ja. Das hat ein bisschen besser funktioniert als erwartet.«

Lächelnd griff sie nach einem kirschroten Feuerlöscher an der Wand, zog den Stift mit den Zähnen heraus und löschte das Feuer mit einer Wolke aus Natriumbikarbonat. Dann knallte sie den Kanister neben uns auf die Theke, die Wand verschob sich, und eine neue Zielscheibe erschien. »Probier einen anderen Zauberspruch.«

Ich bewegte meine Finger ein paar Mal, um zu versuchen, das Gefühl zurückzubekommen. »Ich bin nicht sicher, ob meine Hand einen weiteren überleben wird.«

»Du musst dich an ihre Kraft gewöhnen«, sagte sie. »Und ich kann dich nicht gehen lassen, ohne sie vorher zu testen.«

Ich holte noch einmal Luft, hob die Armbrust hoch und legte den Schaft an meine Schulter. Ich richtete sie aus, blinzelte durch das Zielfernrohr und ging die verschiedenen Zaubersprüche in meinem Kopf durch. Mein Finger drückte gegen den Abzug.

»*Glaciem Exquiris!*«

Dieses Mal schoss ein Eisstrahl aus der Armbrust, durchschnitt die Luft und durchbohrte das Zentrum mit einem befriedigenden Knall. Ich trat näher an die Zielscheibe heran und sah, dass das Geschoss ein Pflock aus Eis war.

»Du bist ein Genie, Ferra Fernak«, sagte ich.

Sie winkte ab und wischte das Kompliment beiseite. »Das ist übrigens nicht alles, ich meine Feuer und Eis. Du kannst dir spontan neue Zaubersprüche ausdenken, und sie werden wahrscheinlich funktionieren, von Trickpfeilen bis zu Giftbolzen. Das ist eine gute kleine Waffe, die du da hast.«

Ich sah sie mit großen Augen an. »Ich schulde dir so viel. Danke.«

»Unsinn.« Ferra lächelte, ihre Wangen glänzten. »Ich mache das gerne.«

Als ob ich ihr dafür gedankt hätte, dass sie mir ein Paar magischer Socken gestrickt hätte, anstatt meine Waffe zur coolsten Armbrust in der gesamten Geschichte der Vampirjagd zu machen. Ich wollte aber nicht zu überschwänglich sein. Es war nicht das erste Mal, dass Ferra mein Leben gerettet hatte, und ich war ziemlich sicher, dass es nicht das letzte Mal sein würde. Außerdem hassen Zwerge Gefühlsausbrüche.

Sie warf noch einen Blick auf meinen Zauberstab. »Soll ich ihn mir für dich ansehen?«

»Ich weiß nicht«, sagte ich. »Was würdest du tun?«

»Ich müsste ihn zunächst zerlegen, bevor ich irgendetwas anderes tue. Dann würde ich versuchen-«

»Oh«, sagte ich und dachte an meine Mutter. Ich wollte jeden Hauch von ihr behalten, der mir geblieben war. »Nein. Danke.«

»In Ordnung«, sagte Ferra sanft und klopfte mir dann auf den Rücken, sodass mir die Luft aus den Lungen gepresst wurde. »In Ordnung, Mädchen. Lass es mich wissen, wenn du jemals deine Meinung änderst.«

Ich wusste, dass ich das nicht tun würde.

»In der Zwischenzeit habe ich noch etwas für dich. Es ist wirklich albern, aber es könnte in deinem... Arbeitsbereich nützlich sein.«

Ich spitzte die Ohren. Ich war immer gespannt, von Ferras neuen Erfindungen zu hören, besonders wenn sie mir helfen würden, Vampire zu erledigen.

»Es geht mehr um Vorbeugung als um Heilung«, sagte sie und hielt ein Stück dunklen Stoff hoch.

Zuerst dachte ich: *Oh, sie hat mir tatsächlich Socken gemacht.*

Aber dann veränderte das Ding seine Form, wie schwarzes Seiden-Origami. Wie ein Päckchen Spielkarten, die zusammenkleben. Dann veränderte es sich wieder, formte sich in Ferras Handfläche zu einer anderen Origami-Form um, als würde es mit ihr spielen.

Sie lachte. »Es ist noch neu. Wie ein Welpe. Eifrig zu gefallen, aber kann sich nicht entscheiden, was es sein will.«

»Was ist das?«, fragte ich.

»Nano-Tech-Dingsbums«, sagte sie.

»Dingsbums?«

»Es gibt dafür noch keinen Namen, soweit ich weiß. Nur eine alberne Sache, mit der ich in meiner Freizeit gespielt habe. Ich nenne es kurz Nano.«

Ich wollte sagen: *Du hast ein florierendes Geschäft, zwölf Kinder (und es werden noch mehr) und du hast Freizeit?* Aber was mich mehr beeindruckte, war, wie sie etwas so völlig Neues erfunden hatte, dass es noch keinen Namen hatte, und hier spielte sie es herunter, als hätte sie tatsächlich nur ein Paar Socken gestrickt. Das gesagt, wusste ich immer noch nicht, was es war. Ich sah genauer hin und entdeckte drei Knöpfe darauf, die zu meinem Trenchcoat passten.

»Theoretisch kann es alles sein. Es besteht aus beeinflussbaren Naniten mit eingebackener Beschwörungsmagie, so dass du dir etwas vorstellen kannst und es wird – normalerweise – gehorchen.« Sie legte das Ding auf den Tresen, das dunkle Material stach gegen das Weiß ab. »Nano. Teller«, sagte sie, und es ordnete sich zu einem Teller, wobei die drei Knöpfe als Verzierung am Rand dienten. »Nano. Tasse«, sagte sie, und es formte sich zu einer Tasse. »Nano. Hase«, sagte sie, und es wurde zu einer Polyart-Skulptur eines Kaninchens. Ferra zuckte mit den Schultern. »Manchmal ist es gerne kreativ. Es ist besser in manchen Dingen als in anderen.«

Der Hase schmolz zu einer Pfütze Wasser und baute sich dann wieder zu einer hohen Rose mit Samtblütenblättern auf. »Und es ist etwas unberechenbar.«

Es war wie nichts, was ich je zuvor gesehen hatte. »Es ist wunderschön«, sagte ich.

»Ich habe verschiedene Arten, verschiedene Versionen, an denen ich arbeite, aber diese hier ist für deinen Trenchcoat«, sagte sie. »Ich habe diesen Mantel kugelsicher gemacht«, Ferra nickte zu dem Mantel, den ich trug und der mein Leben schon hundertmal gerettet hatte, »aber er lässt immer noch bestimmte Körperteile ungeschützt. Mit diesem«, sie nahm die Rose auf, »wirst du deinen Hals und dein Gesicht schützen können.«

Ich betrachtete die Rose.

»Nano. Jax-Maske«, sagte Ferra, und die Rose verwandelte sich in eine Maske von perfekter Größe und Form für mein Gesicht. »An Ort und Stelle«, sagte sie, und die Maske schnellte auf mein Gesicht, öffnete Öffnungen für meine Augen, Nasenlöcher und Mund. Es war unglaublich beunruhigend, das Ding an meinem Gesicht zu haben, aber ich vermutete, dass ich bei einem weiteren Drive-by-Shooting der Goblin-Gang dieses Gefühl wahrscheinlich übersehen würde, in der allgemeinen Hoffnung, am Leben zu bleiben.

»Nano. Schmelzen«, sagte die Zwergin, und die Maske schmolz zu ihrer schwarzen Pfütze auf dem Tresen. »Du kannst es also als alles verwenden, wirklich, aber ich habe dieses hier gemacht, um ein Kragen für deinen Trenchcoat zu sein. Um deinen Hals zu schützen, und auch, damit du es wirklich nah – in Flüsterdistanz – halten kannst, falls du es brauchst.«

»Nano. Kragen, an Ort und Stelle«, sagte ich, und es flog in die Luft und wirbelte um meinen Hals, befestigte sich perfekt an meinem vorhandenen Kragen, nur dass dieser meinen ganzen Hals bedeckte, bis zum Ansatz meines Kinns, was mich an einige der viktorianischen Kostüme erinnerte, die ich anprobiert hatte, bevor ich im Jupiter Drawing Room undercover ging. Ich dachte, es würde sich einschränkend anfühlen, dass ich mit etwas *Unberechenbarem* so nah an meinem Hals kämpfen würde, um zu atmen, aber tatsächlich war es beruhigend. Kugelsicher, bombensicher, Vampirzahn-sicher. Zusammen mit meiner neuen, verbesserten Armbrust fühlte ich mich unbesiegbar.

»Das ist unglaublich«, sagte ich.

Ferra nahm meine Hand. »Du tust etwas Gutes, Jinx«, sagte

sie. »Wichtige Arbeit. Du darfst dich nicht allein fühlen. Wir stehen alle hinter dir.«

Manchmal dachte ich, dass Ferra die Dunkelheit in mir ahnte, aber andere Male, wie jetzt, fragte ich mich, ob sie dachte, dass ich würdiger war, als ich es wirklich war. Es spielte keine Rolle, nicht wirklich. Ich brauchte jede Unterstützung, die ich bekommen konnte, wenn ich herausfinden wollte, was mit Ametrix passiert war, und dabei am Leben bleiben wollte.

»Und wenn du Hilfe brauchst«, sagte sie, »musst du danach fragen.«

Ich schaute in ihre Augen, die ich so gut kannte: gebranntes Karamell mit goldenen Flecken. Die Erinnerungen, die Obsidian Hill in mich geschnitten hatte, glühten immer noch in meiner Brust. Ich war bereit, mich den verantwortlichen Vampiren zu stellen.

»Du warst schon immer ein Einzelgänger, Jinxie Knight, und das ist in Ordnung. Aber es steht zu viel gegen dich. Du solltest dich nicht ausschließlich auf deine Magie oder deinen Schmerz verlassen. Du kannst das nicht allein schaffen.«

Aber Ferra lag falsch. Ich war schon immer allein, würde immer allein sein. Und ich würde jeden einzelnen Vampir, den ich in die Finger bekommen konnte, alleine töten.

Es war mein Schicksal, allein zu sterben. Die Dunkelheit sagte mir das, und ich wusste, dass es wahr war.

KAPITEL 34

DER TRICK

Ich verließ das Copper Cog und winkte den Belore-Zwillingen zum Abschied zu.

»Ich komme später wieder«, rief ich ihnen zu und zwang mich zu einem Lächeln. »Wir gehen einen Milchshake trinken. Passt auf Gizmo auf!«

Sie schauten mich mit vor Verzweiflung leeren Gesichtern an, und ich schluckte den Kloß in meinem Hals hinunter. Ferra winkte und legte die Harfe – die ich ihr zur Aufbewahrung gegeben hatte – auf die Theke der Bar. Fig arbeitete noch immer hart an seiner von einem Mitternachtstraum inspirierten Erfindung. Mein Magen zog sich zusammen, als ich die Gesichter von Eafaris und Pepin sah. Ich wollte ihnen etwas sagen, etwas, das sie aufmuntern würde, aber als ich den Mund öffnete, fand ich keine tröstenden Worte. Immer wieder musste ich daran denken, wie ich mich in einer ähnlichen Lage wie sie befunden hatte. Die Belore-Zwillinge würden nicht lange bei den Fernaks bleiben. Trotz Ferras besten Absichten würde früher oder später ein Sozialarbeiter, geschickt vom Rat, auftauchen, um die Situation zu beurteilen und die Kinder ins

Copperfield-Institut zu bringen. Ich wusste, dass genau wie der Copperfield-Scout mich damals auf dem Weg zu Mr. Hot Dog geschnappt hatte, er oder sie auch Eafaris und Pepin mitnehmen würde.

Als ich dort ankam, dreckig, hungrig und nach Straße riechend, schlug ich nach jedem aus, der sich mir näherte. Ich wurde meiner Klassifizierung als »Wildes Kind« wirklich gerecht. Ich war eine wilde Katze, die jeden anfauchte und kratzte, der mir zu nahe kam. Ich war wütend und verängstigt und verstand nicht, warum ich von der Straße entführt worden war, aber bald begriff ich, dass die Menschen dort das Beste für mich wollten, ob ich wusste, was das war, oder nicht. Es gab andere Waisen dort, aber es war hauptsächlich ein Abladeplatz für begabte Kinder von Eltern mit verborgenen magischen Fähigkeiten, die nicht wussten, wie sie mit der aufkeimenden Magie ihrer Kinder umgehen sollten.

Die Einrichtung schien zunächst brutal, als die Aufseher einen Schlauch auf meinen gänsehäutigen Körper richteten und dabei über meinen Schmutz und meine blauen Flecken tuschelten. Dann kam das Entwesungs-Shampoo, das nach Teer roch und in meinen Augen brannte, gefolgt von einer rauen, gestärkten Uniform über meine geschrubbte, rosige Haut. Ich hatte Angst und war verwirrt. Wer waren diese Leute und was wollten sie von mir? Die wilden Kinder hatten mir von den Bösen Leuten erzählt und wie sie sich immer am Rande des Gebiets aufhielten, durch das wir streiften. Manchmal durchbrach die fremde Gefahr unsere Grenzen. Einmal, kurz vor Weihnachten, nahm eine Böse Person Wandile mit. Ich erinnere mich an die Jahreszeit, weil die Stadt stinkend heiß war, aber die Schaufenster ihren Kunstschnee auf ihre deprimierend schlappen Auslagen gesprüht hatten. Ich erinnere mich, wie ich auf einen billigen Plastik-Mistelzweig starrte und hoffte, dass Wandi mit irgendeiner glücklichen Erklärung für ihr plötzliches Verschwinden zurückkommen würde. *Meine Eltern haben mich gefunden!* oder *Ich habe hundert Dollar auf dem Boden gefunden und bin gegangen, um allen Mittagessen zu kaufen.* Aber das geschah nicht. Wir waren so glücklich, sie wiederzusehen, als sie ein paar Stunden nach ihrem Verschwinden zurückkam, aber sie wollte nicht sagen, wo sie gewesen war, und ihre Augen hatten einen leeren Blick, den sie nie zuvor gehabt hatten.

Ein anderes wildes Kind, Sam, hatte nicht so viel Glück. Er ging mit einem Mann mit Lispeln weg, der ihm etwas ins Ohr flüsterte, und kehrte überhaupt nicht zurück. Wieder sagten wir, wie glücklich Sam sei, wie er irgendwie ein wunderbares Leben gefunden haben müsse, aber tief im Inneren wussten wir, dass es nicht stimmte. Überall auf den Straßen, auf denen wir lebten, gab es Beweise dafür, dass Böse Menschen existierten, und ich bekam das Bild von Sams leerem Schlafsack nie aus dem Kopf.

Als der Scout mich so von der Straße schnappte, dachte ich, dass auch meine Zeit zu sterben gekommen war, und ich wehrte mich nicht so heftig, wie ich gedacht hatte. Die Wahrheit war, dass ich es leid war, mir im Stadtzentrum eine kümmerliche Existenz zusammenzukratzen, nie zu wissen, woher meine nächste Mahlzeit kommen würde, und von Albträumen über den vernarbten Vampir im Schlafzimmer meiner Eltern verfolgt zu werden. Ein Teil von mir sagte: *Wenn es meine Zeit ist zu sterben, dann ist es eben so.* Ein anderer Teil von mir schrie und wehrte sich und weigerte sich, es einfach hinzunehmen.

Ich wusste, was die Belore-Zwillinge erwartete: der harte Vertreter des Rats, der Kampf, die Einführung und dann schließlich die Akzeptanz. Das Institut war der beste Ort für sie, genau wie es für mich gewesen war, obwohl es damals schwer zu glauben war. Ich hasste es, eingeschlossen zu sein, und ich litt unter den strengen Regeln der Schule, aber es war tröstlich, jede Nacht ein Bett zum Schlafen zu haben und Lehrer, die mir beruhigend die Hand auf die Schulter legten. Von den wilden Kindern hatte ich Parkour gelernt und schnelle, schmutzige Magie, perfekt zum Taschendiebstahl und zum Stehlen von Essen – unerlässlich für unser Überleben. Vom Copperfield-Institut lernte ich die akademischere Seite der Zauberei: Elementarmagie und traditionelle lateinische Beschwörungen, und die Kombination hat für ein interessantes Arsenal an Zaubersprüchen gesorgt.

Die Direktorin Copperfield war immer eine einschüchternde Figur. Makellose mahagonifarbene Haut und elfenbeinfarbene Zöpfe und Zauberstab. Sie war weit über achtzig, als ich die Schule besuchte, aber ich höre, dass sie immer noch dort ist und die Schule mit ihrem weltberühmten Titanzauberstab (der zufällig zu ihrem Rückgrat passt) leitet. Du kannst sagen, was du willst über das Institut, aber solange Direktorin Copperfield dort ist, weißt du, dass es über jeden Tadel erhaben ist.

Wir hatten unsere regulären Unterrichtsstunden dort: Theorie der Magie, Praxis, Hedgen-Chemie, Zaubertränke, Okkulte Geschichte, ganz zu schweigen von unseren außerschulischen Aktivitäten wie Bogenschießen (mein Favorit), Bannerathletik und magisches Slipstreaming. Aber wenn die Direktorin in unserem Klassenzimmer erschien, wussten wir, dass der Unterricht wichtig sein würde. Wenn sie hereinkam, um eine Lektion zu erteilen, saßen wir kerzengerade.

»Ihr müsst immer den Kiel berücksichtigen«, sagte sie eines Tages und sah mir direkt in die Augen. Ich wusste nicht, was ein »Kiel« war, also starrte ich einfach zurück, mit gespitzten Ohren. Jeder wusste, dass ich eine ehemalige Straßenratte war, also kam ich mit frechem Verhalten etwas mehr davon als die meisten.

»Berücksichtigt den Kiel«, sagte sie wieder und benutzte ihren Zauberstab wie ein Stück Kreide und zeichnete ein einfaches Segelboot in die Luft vor uns. Sie tippte auf den Boden des Bootes, und es drehte sich um.

»Das Umgedrehte, die Kehrseite, das *Ist*, das *nicht ist*.«

Ich glaube, wir haben sie alle nur mit offenen Mündern ange-starrt. Wir wussten immer noch nicht, wovon sie sprach. Die Direktorin wischte die Luftskizze weg und schüttelte den Kopf. »Es wird eine Zeit in eurem Leben kommen«, sagte sie und sah mich wieder direkt an, »in der ihr die Situation so sehen müsst, wie sie wirklich ist. Und das ist nicht immer das aufrechte Bild, das Bild, das für euch gemalt wurde, sondern die *wahre* Struktur, die Sache, die es zum Schwimmen bringt.«

»Sie meinen also«, sagte Orphan Bishop, ein braunhaariger Junge in der ersten Reihe mit Zahnspange, »über die Ober-fläche hinauszuschauen.«

»Ja«, sagte Copperfield erfreut. »Sehr gut, Bishop.«

»Tatsächlich«, sagte die Direktorin und ging durch den Raum, wobei der untere Saum ihres weiten Rocks über den staubigen Boden schleifte, »gibt es einen Reim, den ich aufsage, um mich daran zu erinnern, dass ich meine Aufmerksamkeit nicht von der Fassade einer Sache ablenken lasse. Eine sehr einfache Art Mantra, das ich euch jetzt beibringen werde.«

Das Klassenzimmer war still und wartete.

»Kaltes Feuer«, sagte sie und lächelte der Klasse zu. »Dunkler Knochen. Schwarzer Nebel.«

Die Klasse wiederholte nach ihr: *Kaltes Feuer; Dunkler Knochen; Schwarzer Nebel.*

Sie war zufrieden. »Achtet auf die Wendung, den Trick, die Drehung.«

Wieder wiederholte die Klasse nach ihr. *Kaltes Feuer; Dunkler Knochen; Schwarzer Nebel. Achtet auf die Wendung, den Trick, die Drehung.*

Die Erinnerung brachte mich zum Stillstand. Ich stand vor dem *Copper Cog*, während Autos auf der Straße vor mir vorbeisausten, mein Verstand wirbelte mit der neuen Perspektive. Das war es, was ich vermisst hatte. Egal, wie oft wir dieses Mantra wiederholen mussten, ich hatte es vergessen. Tief in meinem Inneren, in meiner Erinnerung war es da, aber nicht präsent genug, um meine Ermittlungen zu beeinflussen. Doch jetzt erkannte ich, dass es das war, was mir gefehlt hatte. Ich hatte es im Fall Pavaris übersehen, und ich hatte ein starkes Gefühl der Vorahnung, dass ich es auch im Fall Or'Capone übersehen hatte. Etwas hatte mich von Anfang an am Fall des Paten gestört. Es war, als ob ein Funke in meinem Kopf aufblitzte, und ich wusste, dass ich so schnell wie möglich mit meinem Motorrad zum Khargol-Haus in Illovo kommen musste.

~

ALS ICH ANKAM, war das Restaurant geschlossen und alle Lichter im Haus darüber waren aus. Ich bemerkte, dass sie ihre Sicherheitsmaßnahmen seit dem schicksalhaften Drive-by verbessert hatten. Es gab kein einziges Fenster, das nicht mit

Fenstergittern versehen war. Ich klingelte, aber niemand antwortete. Ich erinnerte mich mit einem Schaudern an die Pavaris-Villa.

»Hallo?«, rief ich und hoffte, dass sie nicht schliefen. Ein Ork ist an einem guten Tag schon mürrisch. Einen Ork zu wecken – seinen Schönheitsschlaf zu stören – ist praktisch unverzeihlich. Menschen wurden vielleicht schon für weniger geköpft.

»Hallo?«, rief ich noch einmal und hämmerte mit meinem Zeigefinger auf den Knopf. Immer noch nichts, nicht einmal der entfernte Klang der Klingel im Inneren. Ich stand dort in der kalten, dunklen Nacht, stieß Kondenswasser wie Rauch aus und fragte mich, ob ich verrückt war. Die Khargols schliefen wahrscheinlich tief und fest, und da stand ich, bereit, ihre Tür einzutreten, weil ich ein schlechtes Gefühl wegen einer Lektion hatte, die ich bekommen hatte, als ich noch nicht mal zwölf Jahre alt war.

Ich drehte den Türgriff, in der festen Erwartung, dass er verschlossen sein würde, aber er drehte sich geschmeidig und die Tür öffnete sich. Ich stolperte hinein und versuchte, die Lichtschalter an den Wänden zu finden.

»Hallo?«, rief ich. Wo waren die allgegenwärtigen Sicherheitsleute? Das Letzte, was ich brauchte, war, mit Blei vollgepumpt zu werden, weil ich auf eine Laune hin eingebrochen war.

Aber da waren keine Wachen mit Waffen und keine Schalter an den Wänden. Meine kleine Taschenlampe hatte immer noch keinen Saft, also löste ich meinen Zauberstab von meinem Gürtel und hielt ihn vor mich.

»*Illuminem*«, sagte ich, und die Spitze meines Zauberstabs leuchtete in einem warmen weißen Licht. Die Eingangshalle sah ungestört aus. Ich ging weiter, fühlte mich gleichzeitig beunruhigt und lächerlich. Jemand würde das Licht anmachen, dachte ich, und ich würde dort festsitzen, im Licht der Glühbirne erstarrt, wie bei einem peinlichen Spiel Stopp-Tanz, und müsste erklären, dass ich in die Dreizimmer-Wohnung des Ork-Mafiabosses eingebrochen war, nur weil ich ein schlechtes Gefühl hatte, das ich nicht abschütteln konnte.

Ich schlich durch die Eingangshalle in ein Wohnzimmer und erreichte die Küche. Als ich Zutaten sah, die noch auf der Arbeitsplatte lagen – verwelktes Basilikum, das grau wurde; ein gerinnendes Glas Passata, eine halb geschnittene Zwiebel – wusste ich, dass etwas nicht stimmte. Verkohlte Fleischbällchen lagen in schwarz verbrannter Soße auf einem Blech im Ofen. Ich benutzte den leuchtenden Zauberstab, um mir den Weg die schmalen Stufen zum Khargol-Schlafzimmer zu erhellen, und fürchtete, was ich finden könnte. Der Geruch von roher Zwiebel und Rauch folgte mir. Ich ging langsam und versuchte, ruhig zu bleiben, obwohl ich mein Herz in meiner Brust hämmern fühlte. Die Panik ließ mich unangenehm heiß und atemlos fühlen. Ich hielt auf halber Strecke an und erinnerte mich daran, zu atmen. Ich hatte meinen Zauberstab. Ich hatte meine Armbrust auf dem Rücken. Es würde mir gut gehen. Trotzdem stieg meine Angst, meine Furcht rauschte in meinen Ohren.

»Sugar?«, rief ich, als ich oben an der Treppe ankam. »Vito?«

Ich machte mich auf den Weg dorthin, wo ich das Schlafzimmer vermutete, im zweiten Stock. Als ich über die Schwelle trat, gab es einen Schrei, der mich fast an die Decke springen ließ. Meine inneren Organe wollten fast aus meiner Brust springen. Als ich nach unten schaute, schoss eine dunkle

Gestalt unter mir hervor. Eine schwarze Katze. Oder besser: eine schwarze Katze mit einem schmerzenden Schwanz.

Ich war im Schlafzimmer der Khargols. Ich versuchte, das Licht anzuschalten, aber es funktionierte nicht. Da war eine Gestalt im Bett. Ein regungsloser Körper. Ich bewegte mich näher.

»Don Vito?«, sagte ich und fragte mich wieder, was zum Teufel ich dort tat.

Ich erwartete, dass er sich rühren würde, oder schnarchen, oder sich aufsetzen und mich mit der Pistole erschießen würde, für die er bekannt war, dass er sie unter seinem Kissen aufbewahrte, aber er tat nichts davon. Stattdessen lag er auf dem Rücken, sein Gesicht zur Decke gerichtet, sein Arm ausgestreckt zu der Stelle, an der Shagar normalerweise schlafen würde. Näher schlich ich, näher, bis ich sein Gesicht sehen konnte. Es sah blass und wächsern aus und erinnerte mich an die Modelle der magischen Ausstellungsstücke in der Kuppel: die Meerjungfrau außerhalb des Wassers; der alte, einsiedlerische Zauberer. Ich streckte meine Hand aus und berührte seinen Arm, und als meine Haut die seine berührte, wusste ich, dass er tot war.

KAPITEL 35

DUNKLER KNOCHEN

Ich löschte das Licht meines Zauberstabes und holte mein Handy aus der Tasche. Ich scrollte zu Daricks Nummer, und er nahm nach dem zweiten Klingeln ab.

»Hallo du«, sagte er mit seiner Goldsirup-Stimme. »Wie geht's meinem Lieblingszauberer?«

Ich hatte keine Zeit, über das Flattern in meinem Bauch nachzudenken und darüber, wie sehr ich ihn vermisst hatte.

»Der Pate ist tot«, flüsterte ich ins Telefon. Ich fühlte mich wie in Trance.

»Was?«

»Don Vito Khargol«, sagte ich, etwas lauter. »Er ist tot.«

»Bist du sicher?«, fragte er.

»Sein Herz schlägt nicht mehr.«

Er legte die Hand über das Mikrofon, während er fluchte. »Wo bist du?«

»In seinem Haus. Illovo.«

»Ich bin in der Nähe«, sagte er. »Beweg dich nicht. Ich bin in fünf Minuten da.«

Ich trat näher ans Bett und untersuchte Vitos Gesicht: seine Blauschimmeladern und geschwollenen Augenlider. Eine Welle der Übelkeit überkam mich, also öffnete ich die obersten Knöpfe meines Mantels und zog ihn auf, damit ich frei atmen konnte, und dirigierte meinen Nano in meine obere Tasche. Ich entzündete meinen Zauberstab wieder und betrachtete Don Vitos Lippen. Sie wirkten leicht lila. Nicht allzu ungewöhnlich für einen toten Ork, zugegeben, aber irgendetwas an ihnen störte mich. Ich sah genauer hin; sie waren definitiv lila. Ich nahm mich zusammen und schob dann meine Finger in seinen Mund, was sich auf meiner bloßen Haut so ekelhaft anfühlte, wie es klingt. Es machte ein unattraktives Schmatzgeräusch, als ich seine Lippen aufhebelte und sein Zahnfleisch untersuchte, das denselben Farbton hatte. Dann öffnete ich seine Augenlider, und mein Verdacht wurde bestätigt. Das Weiße seiner Augen war von lila Äderchen durchzogen. Indigo Violent.

Es ist eines der stärksten Gifte, die auf dem Schwarzmagie-Markt erhältlich sind, und der einzige Grund, warum es heutzutage relativ leicht zu beschaffen ist, ist, weil Vito hinterhältig gewesen war. Der einbrüstige Sinhead-Ork im SubRealm hatte mir erzählt, dass der Don mit illegalen Waren gehandelt hatte, darunter, neben anderen vom Rat verbotenen Substanzen: VV, Magus und Indigo Violent. Der Pate war von seinem eigenen Ehrgeiz vergiftet worden. Aber schlimmer noch, er war von der Frau verraten worden, der er am meisten vertraut hatte. Ich wusste, als ich Vito dort liegen sah, dass ich seiner Frau nicht die Nachricht von seiner Ermordung überbringen würde, weil sie bereits davon wusste. Sugar Shagar hatte ihren Mann vergiftet. Nur ein Tropfen auf den Lippen würde mehr als ausreichen, um Vito zu den Fischen schlafen zu schicken.

Dunkler Knochen.

Der Verrat traf mich wie ein Stich in die Brust. All dieses Schauspiel, dieses Vortäuschen der besorgten Ehefrau, während sie die ganze Zeit seinen Mord geplant hatte. Ich hörte ein schlurfendes Geräusch hinter mir und drehte mich um, bereit, Darick zu begrüßen, aber an seiner Stelle stand ein schleimiger Kobold mit einem Holzbein.

»Qwynkle«, sagte ich und trat unwillkürlich einen Schritt zurück, während ich meinen Zauberstab fester umklammerte. »Was zum Hexenwerk machst du hier?«

Mein Instinkt sagte mir, ihn sofort auszuschalten. Kobolde in einem dunklen Haus sind bedrohlich genug, und nachtragene Kobolde sind besonders gefährlich. Aber er war unbewaffnet, soweit ich erkennen konnte, und ich brauchte Informationen.

Er runzelte die Stirn. »Ist das nicht offensichtlich, Zauberer? Ich dachte, Sie hätten inzwischen alles herausgefunden.«

»Shagar Khargol hat dich und deine Koboldgang bezahlt, um diesen Drive-by zu inszenieren.«

»Ja.«

»Deshalb wurdet ihr vor der Schießerei bezahlt. Weil es inszeniert war. Es spielte keine Rolle, ob ihr euer Ziel getroffen habt oder nicht. Es war alles nur Show, so auf einer belebten Straße vorbeizufahren, die Glasfront in Stücke zu schießen. Es war eine Szene aus einem Gangsterfilm der 50er Jahre.«

»Ja«, sagte Qwynkle. »Obwohl ich es versucht habe. Ich habe mein Bestes gegeben, einen Schuss abzugeben.«

Er umklammerte seinen Kugelbauch und grinste, wobei er seine braunen Nadelzähne zeigte. Kobolde haben eine ungesunde Vorliebe für Wortspiele.

»Shagar wollte, dass es wie ein Kobold-Anschlag aussieht«, sagte ich. »Damit, wenn sie ihn im Schlaf tötete, jeder denken würde, die Kobolde wären verantwortlich.«

Er nickte.

»Warum? Wenn sich herumspricht, dass Vito tot ist, wird es einen Bürgerkrieg geben.«

Qwynkle spuckte ein Lachen aus. »Glauben Sie, dass ihr das wichtig ist? Orks interessieren sich nur für sich selbst.«

»Richtig«, sagte ich. »Und lass mich raten: Kobolde sind Säulen des Gemeinschaftsgeistes. Besonders, wenn sie mit AK47s an italienischen Restaurants vorbeifahren.«

»Sugar ist das egal, weil sie so verblendet ist von dem, was sie will... und es gibt nur eine Sache, die dieser Ork wichtig ist.«

Zuerst konnte ich nicht herausfinden, was er meinte, aber dann blitzten Erinnerungen in meinem Kopf auf. Die Art, wie sie Gnarg angesehen hatte, wie sie mit ihm gesprochen hatte. Dann erinnerte ich mich an den Witz darüber, dass Gnarg mit den Khargols in ihrem Bett schlief.

»Sie ist mit Vitos persönlichem Leibwächter durchgebrannt«, sagte ich.

Qwynkle kniff die Augen zusammen. »Man sagt, Sie seien ein kluger Zauberer«, sagte er. »Aber ehrlich gesagt, finde ich, Sie sind ein bisschen langsam im Kopf.«

Ich dachte an Shagars Hand auf ihrem geschwollenen Bauch und fragte mich, ob Gnarg der Vater ihres Babys war. Nicht dass es eine Rolle spielte. Der Schaden war bereits angerichtet.

Ich richtete meinen Zauberstab auf Qwynkle, und er hob die Hände. »Geh weg von mir«, sagte ich. »Ich hatte heute Abend schon genug Ärger.«

»Oh nein«, sagte er. »Ich gehe nirgendwohin. Sie sind der Grund, warum ich hier bin.« Er riss sein Holzbein ab und stieß es in meine Richtung, und dann wurde der Raum von einer Explosion erhellt.

KAPITEL 36

KAPITULATION

Die erste Kugel traf mich in die Brust, und ich taumelte rückwärts, fiel zu Boden. Es passierte so schnell, dass ich kaum Zeit hatte zu reagieren. Ich fiel hin, ließ meinen Zauberstab fallen, und sein Licht erlosch wie eine Fackel mit zerschmetterter Birne. Die Kombination aus Dunkelheit und Schmerz überwältigte mich plötzlich, und als die kaum sichtbare Silhouette von Qwynkle auf mich zuhüpfte, dachte ich, ich würde sterben. Meine Brust stand in Flammen. Ich verfluchte mich dafür, die oberen Knöpfe meines Mantels geöffnet zu haben, und ich verfluchte den Kobold dafür, so ein hinterhältiger Mistkerl zu sein. Er hatte seine modifizierte Holzbein-Pistole direkt auf mein Gesicht gerichtet, und ich wusste, er würde nicht zögern, mich hier und jetzt zu töten. Seine andere Hand schnellte vor und bot mir eine schmierige Handfläche. Für einen Moment dachte ich, er würde mir anbieten, mir aufzuhelfen – was, zugegebenermaßen, eine seltsame Sache wäre, nachdem man jemanden angeschossen hat, aber ich konnte nicht klar denken – dann begriff ich, was er wollte.

»Die HochFeuer-Krone«, knurrte er. »Gib sie mir, und ich lasse dich leben.«

»Selbst wenn ich dir glauben würde«, knurrte ich zurück und kämpfte darum, durch den Schmerz zu sprechen. »Würde es trotzdem nicht passieren.«

Ich versuchte heimlich nach der Armbrust auf meinem Rücken zu greifen, aber die frische Schusswunde erlaubte meinem Arm diese Bewegung nicht. Mein Zauberstab lag irgendwo auf dem Boden, verloren in der Dunkelheit.

»Gib sie mir!«, schrie er und stürzte sich auf meinen Hals. Er wollte mich erwürgen, aber eine Sekunde bevor seine Finger mich erreichten, dachte ich an meinen Nano, der sich in Flüsterreichweite in meiner oberen Tasche befand.

»Nano. Halsband, anpassen«, sagte ich, und das Ding flog mir gerade noch rechtzeitig um den Hals. Seine nahenden Nadelzähne gaben mir eine noch bessere Idee. »Stachelhalsband!«, sagte ich und stellte mir die scharfen Stacheln eines Seeigels vor. Qwynkles Finger fanden meinen Nano genau in dem Moment, als er seine Dornen ausschoss, und er schrie vor Schmerz, als sie seine schlammigen Hände durchbohrten. Während er brüllte, regneten Tröpfchen von Kobold-Speichel auf mein Gesicht, und ich dachte, ich hätte es wahrscheinlich vorgezogen, wenn die Kugel mich direkt getötet hätte, denn das hier zu erleben war möglicherweise ein Schicksal schlimmer als der Tod. Seine Ablenkung nutzend, trat ich ihn von mir weg und sprang auf, wobei der Schmerz der Schusswunde durch mich hindurchschnitt. Ohne sein künstliches Bein verlor Qwynkle das Gleichgewicht und fiel hin, aber er ließ seine Waffe nicht los. Er feuerte erneut – eine weitere orangefarbene Schießpulverexplosion – und die Kugel prallte von etwas im Raum ab und rauschte durch die Luft direkt neben meiner Wange vorbei. Ich versuchte, nach meiner Armbrust zu greifen, aber mein rechter Arm reagierte noch immer nicht.

»Zauberstab!«, rief ich, und der silberne Zauberstab meiner Mutter flog in meine Hand.

QWYNKLE ZIELTE auf mich und schoss wieder. Diesmal wich ich aus. Noch ein Knall, und eine Kugel flog im Dunkeln auf mich zu. Der einzige Hinweis auf ihre Richtung war die helle Kadmium-Explosion, die am Ende der Waffe ausbrach. Ich zog den oberen Teil meines Trenchcoats zu. »Nano! Maske, anpassen!«, rief ich, und der Nano wickelte sich um mein Gesicht. Noch ein Knall, und eine Kugel flog im Dunkeln auf mich zu. Der einzige Hinweis auf ihre Richtung war die helle Kadmium-Explosion, die am Ende der Waffe ausbrach. Die nächste Kugel traf mich unter dem linken Auge. Die Maske hatte das Projektil davon abgehalten, in meinen Schädel einzudringen, aber die Kraft war wie ein Schwergewichtschlag. Ich hörte und spürte, wie mein Jochbein brach, und mein Kopf schnappte nach hinten, wodurch ich wieder zu Boden geschleudert wurde. Ich konnte vorher mit ausgeschalteten Lichtern schon nicht gut sehen, aber jetzt hatte ich Sterne vor Augen und konnte überhaupt nichts mehr erkennen.

Ich lag auf dem Schlafzimmerteppich des Khargol-Schlafzimmers, blutend, geblendet, mit einem weißglühenden Schmerz in meiner Brust, meine Augenhöhle pulsierte vor Schmerz. Ich fühlte mich, als hätte ich nichts mehr, womit ich kämpfen könnte; meine Energie floss zusammen mit meinem Blut davon. Ich wollte nicht so sterben, aber ich begann zu denken, dass ich vielleicht keine Wahl haben würde. Qwynkle bewegte sich mit etwas, das wie ein hinkendes Kriechen klang, auf mich zu. Ich versuchte, meinen Zauberstab zu heben, um mich zu verteidigen, aber keiner meiner Arme funktionierte mehr. Vielleicht war mein Körper gestorben, und mein Gehirn hatte die Nachricht noch nicht erhalten. Es war nur eine Frage der Zeit, bis mein Verstand abschaltete, falls Qwynkle den Prozess nicht mit einer weiteren Kugel beschleunigte. So oder so, mir wurde klar, dass ich auf dem Weg war, Don Vito in der Unterwelt zu treffen, erledigt von einem gierigen Kobold noch dazu, und der Gedanke daran machte mich wütend. Wütend genug, um einen letzten Zauber zu versuchen, obwohl ich wusste, dass er mein Leben nicht retten würde.

»*Fiat Fulgur,*« sagte ich. Es kam als schwaches Flüstern heraus. Meine tauben Hände funkelten. Ich versuchte, die wenige Kraft zu sammeln, die mir noch geblieben war. Ich nutzte die Qual, die durch meinen sterbenden Körper strahlte. Mit einer gigantischen Anstrengung hob ich meinen Zauberstab einen Zentimeter vom Boden. »*Fiat Fulgar!*« sagte ich erneut. Es war kaum ein Flüstern, aber der Schmerz, der durch meinen Körper floss, verstärkte den Zauber auf eine Weise, die ich noch nie erlebt hatte, und ohne viel Energie von mir schlug der Blitz aus meinem Zauberstab und raste direkt in Qwynkles Holzbein-Pistole, die in seinen blutenden Händen explodierte. Die Explosion schleuderte ihn vom Boden hoch und rückwärts. Er schlug mit dem Kopf gegen die Wand und rutschte dann bewusstlos auf den Boden.

ICH SANK ZURÜCK in meine Blutlache.

»Nano. Tourniquet«, sagte ich, und er löste sich von meinem Gesicht und wickelte sich fest um das Loch in meiner Brust. Es funktionierte gut, aber ich dachte, es war zu spät, um einen wirklichen Unterschied zu machen: Ich konnte spüren, dass mein Blutdruck gefährlich niedrig war und weiter sank. Der Gedanke, wie komisch-nicht-komisch es war, dass ich so viele gefährliche Vampirangriffe überlebt hatte, aber am Ende dem Verrat eines Schleimbeutels mit schmutzigen Dolchen als Zähnen und einer ungesunden Vorliebe für Wortspiele erlag.

Dann erinnerte ich mich daran, wie ich mit Shagar auf dem Bürgersteig stand, nachdem Gnarg uns gejagt hatte.

Kannst du dir vorstellen, hatte sie gesagt, *von einem Kobold mit einem so bescheuerten Namen getötet zu werden?*

Ich habe vielleicht ein bisschen laut gelacht. Es tat weh. Und dann verschwand mein Lächeln im Nebel des Schmerzes, und ich konnte fühlen, wie die umgebende Dunkelheit mich einsaugte, erst langsam, dann immer schneller, bis alles, was ich tun konnte, kapitulieren war.

KAPITEL 37

HALLOWEEN-HIMMEL

Die Lichter in der Unterwelt waren blendend; viel heller als ich erwartet hatte. Mein Körper war noch immer von Schmerzen durchzogen, was enttäuschend war. Anscheinend war das Leben nach dem Tod nicht das, was es zu sein versprach. Ich hatte einen intensiv blauen Himmel erwartet, bezaubernde Musik wie die der Morgenlerchen-Harfe und gelegentlich kleine Goblin-Quälgeister, verkleidet als Engel oder Skelett oder beides.

Als Kind hatte ich mir das Jenseits wie eine Art Halloween-Himmel vorgestellt, mit reichlich Essen und Trinken und ohne Leid. Ich lag falsch. Der Witz ging auf meine Kosten: Streich statt Leckerei.

Ich blinzelte, stöhnte, und meine Sicht wurde langsam klarer. Da war eine weiße Decke und darunter eine Wand mit Blutspritzern. Ein toter Ork-Mafiaboss lag in seinem dreifachen Kingsize-Bett. Ein Goblingesicht tauchte vor mir auf und erschreckte mich. Instinktiv wollte ich aufspringen und kämpfen, aber mein Körper weigerte sich, sich zu bewegen.

Verflucht, dachte ich, *stecke ich in einer Art Limbus fest? In einem verfluchten Groundhog Day, wo ich immer und immer wieder gegen einen psychotischen Goblin kämpfen und verlieren muss, bis in alle Ewigkeit?*

Aber dann erkannte ich, dass es nicht Qwynkles Gesicht war, sondern das von Nilve SaltySnap.

»Was machst du hier?«, krächzte ich.

»Pssst«, sagte sie und schob etwas Weiches unter meinen pochenden Kopf. An ihrem Stirnrunzeln erkannte ich, dass ich in einem üblen Zustand war. Trotz des Tourniquets, das fest um meine Schusswunde gewickelt war, hatte sich die Blutlache um mich herum ausgebreitet: ein Rorschach-Muster in Rot.

»Qwynkle hat das Licht ausgeschaltet«, sagte sie. »Ich habe es repariert.«

Sie sind wirklich hell, wollte ich sagen. Stattdessen sagte ich: »Ich dachte, ich würde sterben.«

Salty zuckte mit den Schultern, und ihre Botschaft war eindeutig: *Du hattest wahrscheinlich recht.*

»Ich habe den Notdienst gerufen«, sagte sie, aber ich konnte sehen, dass sie nicht glaubte, dass ich bis dahin überleben würde. Ich dachte an die Ork-Sanitäter in der Kuppel und an den jungen Mann, der so freundlich und sanft zu mir war. Sie müssen damals auch Qwynkle gerettet haben. Ich versuchte, mich auf die Ellbogen zu stützen, aber der Schmerz schoss durch meinen Brustkorb, sobald ich mich bewegte. Ich kam nirgendwohin. Ich kam nirgendwohin schnell.

»Beweg dich nicht«, sagte SaltySnap.

»Ist er tot?«, fragte ich und sah zu Qwynkle hinüber.

Nilve ging zu ihm und prüfte seinen Puls.

»Atmet er noch?«, fragte ich.

»Er atmet noch«, sagte sie.

Ich schwöre, dieser verdammte Goblin wurde mit neun Leben geboren. Salty murmelte etwas vor sich hin. Ich verstand immer noch nicht, was sie hier tat.

»Bist du gekommen, um Qwynkle zu helfen?«, fragte ich.

SaltySnap schaute auf ihren Gürtel und zog einen Dolch aus Smaragdglas heraus. Sie schritt langsam und bedächtig zu Qwynkle, kniete sich neben seinen auf dem Teppich ausgestreckten Körper und schnitt ihm mit einer geübten Bewegung tief und entschlossen die Kehle durch.

»Ich verstehe nicht, was hier passiert«, sagte ich. Goblins waren dafür bekannt, zusammenzuhalten wie Pech und Schwefel – wahrscheinlich weil die meisten dieser Kreaturen buchstäblich Diebe sind –, aber wenn Nilve einem von uns beiden ein Messer an die Kehle drücken würde, hätte ich voll und ganz erwartet, dass es meine sein würde.

»Wir haben eine Vorgeschichte«, sagte Nilve und wischte Qwynkles dunkles Blut mit einem sauberen weißen Handtuch ab, das mit goldenem Faden bestickt war. *V&S.*

»Ich verstehe das nicht«, sagte ich erneut.

Der Dolch glitzerte, als sie ihn zurück in seine Lederscheide steckte. »Du musst es nicht verstehen.«

Ein großer Schatten erschien in der Tür.

»Was –«, sagte Darick, schockiert über den blutbefleckten Teppich. »Was ist passiert?«

Falls ich tatsächlich im Begriff war zu sterben, dachte ich, hatte ich wenigstens noch einmal seine Stimme gehört, die wie eine Brise aus hörbarem Gold in den Raum zu strömen schien.

Ich blinzelte ihn an, bereit zu lächeln, sah aber, dass auch er blutete. Seine Kleidung war zerrissen und er hatte einen hässlichen Schnitt auf der rechten Wange.

»Warum hat das so lange gedauert?«, fragte ich.

Er bewegte sein Kinn über seine Schulter, um nach draußen zu deuten. »Es war die Hölle, hier reinzukommen.«

»Vitos Leibwächter?«

»Ich wünschte«, sagte Darick. »Das wäre einfacher gewesen. Sie wurden alle von irgendeiner Art Schlafzauber außer Gefecht gesetzt.«

»Was ist da draußen?«, fragte Nilve, wieder mit gerunzelter Stirn.

»Jax' Lieblinge«, sagte er und inspizierte einen tiefen Schnitt an seinem Arm. »Und wir sind umzingelt. Es ist wie eine verdammte Vampirversammlung da draußen. Und sie gehen nicht, bis sie bekommen, was sie wollen.«

Ich dachte an die in meiner Unendlichkeitstasche leuchtende HighFire-Krone; mir wurde klar, dass ich ohne sie tot gewesen wäre. Der rote Teppich unter mir erinnerte mich daran, dass ich wahrscheinlich trotzdem sterben würde. Immerhin kann selbst eine magische Krone nur so viel bewirken.

»Goblin«, sagte er zu Salty. »Stell sicher, dass alle Fenster und Türen verschlossen sind.«

Sie blinzelte ihn an, sträubte sich dagegen, Befehle von einem Menschen entgegenzunehmen, und hatte Angst, allein in den Rest des Hauses zu gehen. Aber sie schmollte nicht lange. Ihr Überlebensinstinkt besiegte ihre Bockigkeit, und sie huschte aus dem Zimmer.

Darick kam zu mir, und ich sah, wie der Muskel in seinem Kiefer zuckte und seine Stirn sich runzelte. »Was haben sie dir angetan?«

Seine Wut und sein Mitgefühl ließen meine Augen vor Tränen brennen. Aber jetzt war nicht die Zeit, sich der Qual hinzugeben. Darick zog die Bettdecke um Don Vitos toten Körper und zerrte das Bündel auf den Boden. Dann kam er, um mich hochzuheben, und ich lag wieder in seinen Armen. Er hob mich hoch und legte mich sanft auf das Khargol-Bett, riss mein Hemd auf, um sich die Schusswunde besser ansehen zu können. Das Nano-Tourniquet löste sich in seinen Händen, und er sog scharf die Luft ein.

»Wie schlimm ist es?«, fragte ich, aber er antwortete nicht. Er hob mich in eine sitzende Position, um die Austrittswunde zu überprüfen, und legte mich dann sanft wieder hin.

»Du hast viel Blut verloren«, sagte er. »Ich weiß nicht, was für eine Kugel das ist, aber... sie hat viel Schaden angerichtet. Und sie steckt noch in dir.«

Nach dem Gesichtsausdruck zu urteilen, konnte ich sehen, dass er überrascht war, dass ich noch am Leben war. Er legte seine Hände an mein Gesicht und veränderte den Winkel meines Kinns, um meinen Wangenknochen zu untersuchen, dessen Schwellung dazu geführt hatte, dass mein Auge zugeschwollen war.

»Gebrochen«, sagte er, mehr zu sich selbst als zu irgendjemand anderem.

SaltySnap kam zurück ins Zimmer und atmete so schwer, dass sie praktisch hyperventilierte.

»Sie sind überall«, sagte sie. »An jedem Fenster.«

Gott sei Dank hatten die Khargols Einbruchsgitter an jedem Fenster und jeder Tür installiert. Darick schaute mich mit etwas Furchtbarem in den Augen an, einer Emotion, die ich nicht deuten konnte.

»Jax«, sagte er. »Ich muss die Kugel herausholen.«

»Nein«, sagte ich und schüttelte den Kopf. »Warte auf den Krankenwagen.«

Seine Stimme war sanft. »Der Krankenwagen kommt nicht.«

Ich stellte mir vor, wie die Vampire das Fahrzeug und die Sanitäter darin zerstört hatten. Sie hatten keine Chance gehabt.

Darick begann, sich im angrenzenden Badezimmer die Hände zu waschen. Ich wollte sagen: *Nimm sie nicht raus. Lass mich einfach hier im Bett des Paten sterben. Leg dich einfach um mich, während ich in den Halloween-Himmel abdrifte.* Aber ich wusste, dass ich noch nicht bereit war zu sterben, ich hatte nur Angst. Angst vor mehr Schmerz, Angst davor, dies zu überleben, nur um dann von den sich draußen versammelnden Vampiren in Stücke gerissen zu werden.

»Such nach Alkohol«, sagte er zu Nilve. »Und Antibiotika. Penicillin, Amoxicillin, irgendetwas.« Sie eilte zum Getränkeschrank und kam mit einer halben Flasche teuren Ork-Wodkas mit goldenem Etikett zurück. Sie ließ die Flasche auf dem Nachttisch kreiseln und ging dann auf die Suche nach Medikamenten.

Darick kam mit weißen Badetüchern zurück, seine Hände dufteten nach Zitronengras, als ob er sich auf eine Behandlung in Pavaris' Spa-Badezimmer vorbereitete und nicht auf eine Hinterhofoperation. Er spritzte Alkohol auf seine Hände, rieb sie aneinander, dann beugte er sich über mich, und mein Herz begann zu rasen. Er legte seine Hände zu beiden Seiten der Verletzung, und ich spürte, wie der Schmerz nachließ. Er verschwand nicht vollständig, aber die ausstrahlenden Schmerzkreise wurden kleiner, leichter zu ertragen.

»Oh«, sagte ich und blinzelte ihn an. Sein Gesicht registrierte meinen Kommentar nicht. Seine ganze Aufmerksamkeit galt dem Loch in meiner Brust. Ich wusste, was er sagen würde, bevor er es sagte.

»Das wird wehtun.«

Ich holte tief Luft, als er seine Hand in meine Brust tauchte, und ich schrie. Ich wollte es nicht, wollte ihn nicht ablenken, aber der Schrei entfuhr meinem Körper, bevor ich ihn aufhalten konnte. Es war zu viel, es war alles zu viel, als die pure Qual meine Sicht erst weiß und dann rot färbte, und ich hatte das Gefühl, nie wieder sehen, mich bewegen oder atmen zu können. Und genau in dem Moment, als mein Körper vor Schmerz zu explodieren drohte, sagte Daricks Stimme, weit in der Ferne: »Hab sie.«

Seine Hand glitt heraus, glitschig scharlachrot, und er hielt das Geschoss ins Licht. Es sah überhaupt nicht aus wie eine abgefeuerte Kugel. Es war ein silberner Planet, ein berstender Stern. Es war hässlich und schön, und Darick hatte es gerade aus meinem gebrochenen Körper entfernt. Ich starrte in sein Gesicht, das meines in Erschöpfung und Erleichterung spiegelte, und begann mich benommen zu fühlen. War das wirklich passiert?

Er steckte das Geschoss in seine Tasche, verschwand aus meinem Blickfeld, und ich hörte wieder Wasser im Badezimmer rauschen. Dann war er zurück und legte seine sauberen Hände wieder auf mich, diesmal bedeckte er die Wunde. Ich spürte ein intensives Ziehen in meinem Körper unter der Wärme seiner Handflächen, als ob ich unter einer nicht-sedierenden Narkose wäre und ein Chirurg an meinen Organen arbeitete: umarrangierte, entfernte, nähte. Daricks Gesicht war pure Konzentration. Da war mehr Ziehen und Schnappen, und dann verblasste es, und ich spürte, wie die geschädigte Haut auf meiner Brust sich zusammenzog, bis sie vollständig verschlossen war.

Nilve stand an meinem Bett mit Schachteln von Medikamenten. Ihr Mund stand offen.

»Du bist ein Magier«, sagte ich zu Darick.

»Ein Heiler«, sagte Salty.

Ich fühlte mich erstaunt und benommen und ein bisschen verliebt.

Darick zuckte mit den Schultern. »Manchmal bin ich ein Heiler.« Ich beendete seinen Satz in meinem Kopf: *und manchmal bin ich ein Killer.* Denn ich hatte Darick in Aktion gesehen, wie er gegen Vampire kämpfte, und er war der effizienteste Killer, den ich je gesehen hatte.

Anscheinend zufrieden mit der geheilten Wunde auf meiner Brust, bewegte er seine Hände zu meinem Gesicht. Er umfasste meine Wangen, als wollte er mich auf die Lippen küssen, und ich spürte, wie mein Wangenknochen prickelte, als der Bruch zusammenwuchs. Die Schwellung ging zurück, und ich konnte wieder aus meinem linken Auge sehen. Ich schaute in Daricks Augen, klar genug, um darin zu schwimmen, und er nahm meine Hand. Dann legte er seine andere Hand über meine Augen und sagte: »Schlaf.«

Nein, wollte ich sagen. *Es ist keine Zeit zum Schlafen. Da draußen sind Vampire und ich muss-*

Aber mein Gehirn erlitt einen Kurzschluss, und ich hatte das Gefühl, wieder zu sterben. Aber diesmal war Darick bei mir, meine Hand warm in seiner. So zu sterben war die helle Seite der Bitterkeit. In meiner Vorstellung sah ich den intensiven blauen Himmel und die kleine Quälgeister, verkleidet als Spukgestalten. Ich hörte die Harfe spielen.

Oh, tot zu sein war doch wie ein Halloween-Himmel.

»Süßes oder Saures«, sagte ich und verlor das Bewusstsein.

KAPITEL 38

DER VERFLUCHTE MILCHSHAKE

Als ich aufwachte, war mein Kopf klar und ich hatte kaum noch Schmerzen. Darick saß in seiner üblichen Pose auf einem Stuhl und beobachtete mich.

»Tut mir leid, dass ich dich außer Gefecht setzen musste«, sagte er. »Dein Körper brauchte ein paar Minuten, um die Heilung zu festigen.«

»Du hast mich gerettet«, sagte ich.

»Ich weiß, ich weiß«, sagte Darick und fuhr sich durch die Haare. »Du brauchst keine Rettung.«

Trotz unserer Lage tauschten wir schiefe Lächeln aus. Als wolle es die Gefahr unterstreichen, zersplitterte unten Glas. Das Geräusch erinnerte mich an die zerbrochene Vase im Haus der Belores und an Francis Belores traurigen, schlaffen Körper auf dem Parkettboden. Ich sprang vom Bett und knöpfte meinen Trenchcoat zu. Prüfte, ob mein Nano in meiner oberen Tasche war.

»Sie werden bald einbrechen können«, sagte Nilve. »Sie werden Brecheisen holen. Schweißbrenner. Winkelschleifer. Es ist nur eine Frage der Zeit.«

»Ich muss nachdenken«, sagte ich und berührte meinen frisch geheilten Wangenknochen. Die letzte Stunde hatte ich vor Schmerzen die Kontrolle über die Situation und jede Vorstellung einer Strategie verloren. Ich musste mich neu orientieren, was hier passierte. Bevor ich überhaupt Zeit hatte, das Erlebte zu verarbeiten, klingelte mein Handy in meiner Tasche. Ich nahm es heraus und sah, dass *The Copper Cog & Ale* anrief.

»Ferra!«, sagte ich erleichtert, allein bei dem Gedanken an die standhafte Zwergin. Ich hatte den Drang, ihr zu erzählen, was gerade passiert war, aber ich wusste, dass dafür keine Zeit war.

»Jinx«, sagte Ferra. »Wie geht's dir?«

In Gedanken ging ich schnell die Ereignisse durch und versuchte, sie greifbarer zu machen: *Ich habe den Ork-Paten tot in seinem Bett gefunden, im Schlaf vergiftet von seiner Frau und seinem persönlichen Leibwächter. Ein doppelter Verrat durch die Menschen, denen er am meisten vertraute. Ein rachsüchtiger Goblin wartete auf mich. Er hatte den Strom im Haus abgeschaltet. Wir kämpften, und er schoss auf mich. Ein anderer Goblin tauchte auf und schnitt ihm die Kehle durch. Ich wäre fast gestorben, aber dann erschien mein Stalker und rettete mir das Leben. Was großartig klingt, abgesehen von den Dutzenden von Vampiren, die draußen vor dem Haus lauern und versuchen einzubrechen, um uns alle zu töten und die HighFire-Krone zu stehlen.*

»Gut«, log ich.

»Ich rufe nur an, um zu fragen, wann du die Zwillinge zurückbringst. Wir haben ein schönes warmes Abendessen für sie —

und für dich, wenn du magst! – Lammkoteletts mit Minze und süßen Kartoffel-Apfel-Zimtbrei. Und Gewürzkekse für–«

Es fühlte sich an, als wäre mein Magen direkt auf den Boden gefallen, genau da auf den fleckigen Khargol-Schlafzimmer-teppich.

»Was?«

»Keine Eile, Jinxie, ich wollte nur–«

»Ferra«, sagte ich vorsichtig, die Hand auf meiner Brust. »Ich habe die Zwillinge bei dir gelassen. Du hast auf sie aufgepasst. Ich verstehe nicht–«

»Jinx?«

»Ferra?«

»Ich verstehe nicht, was du meinst.« Ferras Stimme klang plötzlich dünn.

Mein Herz steckte mir im Hals.

»Fangen wir noch mal von vorne an«, sagte Ferra. »Du bist zum *Copper Cog* gekommen, um die Zwillinge für diesen Milchshake abzuholen, den du ihnen versprochen hast. Du meintest, du bringst sie in einer Stunde zurück. Jetzt sind zwei Stunden vergangen, deshalb rufe ich an, um zu checken, ob bei euch alles in Ordnung ist. *Ist* alles in Ordnung?«

»Ich habe sie nicht abgeholt«, sagte ich, während der Schock immer noch mein Verständnis der Situation vernebelte. »Ich habe sie nicht für den Milchshake abgeholt.«

Der verfluchte Milchshake.

»Die Kinder – *meine Kinder* – haben dich mit eigenen Augen gesehen«, sagte Ferra. »Sie sagten, dass die Zwillinge aufgemuntert waren. Sie sagten, du hast gewunken und gesagt, du wärst in einer Stunde zurück.«

»Oh mein–« Die Angst brodelte in mir wie eine wilde See.

»Das warst nicht du.« Ferra flüsterte, als dämmerte ihr endlich, was uns beiden klar wurde und uns in Schrecken versetzte. »Jemand anderes hat sie mitgenommen. Jemand, der wie du aussah.«

»Jemand, der einen Glamour benutzt hat«, sagte ich und erkannte endlich, was passiert war. Ein Vampir, der sich als ich ausgab, hatte die Belore-Kinder entführt. Ich wusste genau, was das Lösegeld sein würde.

»Oh, Jinx«, sagte Ferra, kurz davor, sich zu entschuldigen.

»Kannst du Gizmo bitten, sie zu finden?«, fragte ich verzweifelt, aber ich wusste bereits, dass die Antwort nein lautete.

»Gizmo ist bei den Zwillingen«, sagte Ferra.

Natürlich war er das. Adrenalin schoss durch meinen Körper. »Ich muss los.«

»Jinx«, sagte Ferra. »Sie hat auch die Morninglark-Harfe mitgenommen.«

KAPITEL 39

DER SILVANO-CLAN

Ich ließ das Handy auf den Boden fallen.

»Was ist los?«, fragten Darick und Salty gleichzeitig.

»Die Belore-Zwillinge«, sagte ich. »Ametrix' Kinder. Sie wurden entführt.«

Daricks Gesicht wirkte fahl. Die Schnittwunde auf seiner Wange war verheilt und kaum noch zu sehen.

»Sie haben Gizmo mitgenommen«, sagte ich. »Und auch die Morgenlerchen-Harfe.«

SaltySnaps Augen weiteten sich. »Die Harfe?«, fragte sie. »Mit dieser Harfe kann man eine ganze Stadt zerstören.«

»Ich würde ihnen das zutrauen«, sagte ich.

Es gab ein weiteres Krachen und das Klirren von Glasscherben auf Fliesen. An der Wand war lautes Klopfen zu hören, als würden sie versuchen, sie von außen einzureißen. Ich musste schnell entscheiden, was zu tun war, sonst würden die Vampire das für mich übernehmen. Zum hunderttausendsten

Mal wünschte ich mir, gut in Portalmagie zu sein. Dann fiel mein Blick auf den Kobold neben mir, der zufällig die fähigste Portalerschafferin war, die ich kannte.

»Salty«, sagte ich. »Du musst uns zu den Zwillingen porteln.«

»Ich weiß nicht, wo die Zwillinge sind!«, sagte sie. Sie zitterte. »Außerdem, wenn ich uns irgendwohin portele, hinterlässt das eine Spur, und wir stecken in noch größeren Schwierigkeiten. Hier haben wir wenigstens etwas Schutz.«

Sie hatte recht. Wenn die Vampire unsere Portalspur nutzen würden, wären sie alle direkt hinter uns, egal wohin wir reisen würden, und wir wären umzingelt. Es gab mehr Schlagen und Krachen an der Wand.

»Die Belore-Kinder«, sagte ich.

Darick runzelte die Stirn.

»Sie sind in einem der türkisfarbenen Taschenreiche.«

»Was zum was?«, fragte Nilve. »Sprichst du in Rätseln? Oder hast du dir einfach zu hart den Kopf gestoßen?«

Ich blinzelte sie an und versuchte, meine Theorie zusammenzusetzen.

»Letzte Nacht«, sagte ich. »Gizmo führte mich zu einem seltsamen Ort. Einem Friedhof. Obsidian Hill Friedhof. Aber er war nicht echt.«

»Was?«, fragte Salty erneut. Ich merkte, dass sie keine sehr geduldige Zuhörerin war. Ich hatte das Gefühl, sie wollte mir einfach an die Seite des Kopfes schlagen und mir sagen, ich solle endlich zum Punkt kommen. Und ich gab ihr nicht die Schuld, bei der immer näher kommenden Bedrohung draußen, aber meine Gedanken waren in meinem Kopf noch nicht klar.

»Als ich durch dieses Tor in Obsidian Hill trat«, sagte ich, »blieb die Zeit auf der Uhr meines Handys stehen. Und als ich ging, lief sie wieder weiter. Außerdem lief ich dort immer weiter und weiter, und kam nie irgendwo an. Das bedeutet, dass ich versehentlich ein Taschenreich betreten habe, oder?«

»Ich würde sagen *ja*, abgesehen von der allgemein bekannten Tatsache, dass man nicht einfach so in ein Taschenreich *stolpert*. Man braucht starke Portalmagie, um einzutreten. Und das auch nur, wenn man das Portal überhaupt *findet*, was fast unmöglich ist, wenn man nicht vom Erschaffer eingeladen wird.«

»Und ich hatte keine Einladung. Oder irgendwelche Portalmagie.«

»Genau«, sagte Salty.

»Aber was, wenn«, sagte ich und ließ meine Hand in meine Unendlichkeitstasche gleiten und holte die Krone heraus. »Was, wenn die Krone als mein Portalschlüssel diente? Dann bräuchte ich keine Portalmagie. Ich bräuchte nichts außer das hier.«

Darick nickte. »Ja. Aber das würde bedeuten, dass die Krone das zugrundeliegende magische Element dieses Taschenreichs ist.«

»Ich sollte diesen Ort nie finden«, sagte ich. »Niemand sollte das. Aber mit der Kombination aus Gizmos Magie und der Krone konnte ich ihn betreten. So habe ich Ametrix Belores

Leiche gefunden, ausgeblutet. Und so wusste ich, dass es Vampiren gehörte.«

»Du hast es ein türkisfarbenes Taschenreich genannt«, sagte Darick. »Was bedeutet das?«

»Seit ich dieses Ding habe«, sagte ich und schaute auf die Krone, »habe ich bemerkt, dass alle Vampire, die versuchen, es zu bekommen, diese hellblaue Farbe auf der Unterseite ihrer Umhänge haben.«

»Das ist die gleiche wie bei den Vampiren, die jetzt draußen sind«, sagte Darick.

»Hellblau?«, sagte Salty. »Das ist der Silvano-Clan.«

»Der Silvano-Clan«, sagte ich. »Dann sind sie es. Sie sind diejenigen, die alles tun würden, um ihre Hände an diese Krone zu bekommen.«

»Das sind keine guten Neuigkeiten«, sagte Salty, immer noch zitternd.

Ich sah sie fragend an.

»Der Silvano-Clan wird von Acheron Baldassare angeführt«, sagte sie. »Stell dir den bösartigsten, gewalttätigsten, blutrünstigsten Vampir vor, dem du je begegnet bist. Acheron würde diesen Vampir aussehen lassen wie Florence Nightingale auf übernatürlichen Steroiden. Aber beunruhigender als das«, sagte Salty, »ist, dass er extrem ehrgeizig ist.«

»Toll«, sagte ich. »Wirklich toll.«

»Moment mal«, sagte Darick. »Du denkst also, die Kinder werden auf diesem Friedhof festgehalten?«

Der Gedanke, dass die Kinder dort sein könnten, ließ mich erschaudern. Ich erinnerte mich an den kalten, dunklen Wald und das riesige Spinnennetz und den Ring frisch ausgehobener Gräber.

»Nein. Dort verstecken sie die Leichen.«

»Welche Leichen?«

»Die Zauberer, die sie töten. Der Silvano-Clan tötet Zauberer wegen ihres Blutes. Magus ist das potenteste magische Blut, das es gibt, und sie haben beschlossen, sich daran zu bedienen.«

»Es ist Acheron«, sagte SaltySnap. »Er bereitet sich darauf vor, das Reich zu übernehmen.«

»Er stiehlt magische Gegenstände«, sagte Darick. »Und erntet Magus.«

»Er will, dass der Silvano-Clan das Reich regiert, und er wird alles tun, um zu bekommen, was er will.«

»Heiliger Hexer«, sagte ich. Plötzlich schien es viel unwahrscheinlicher, die Belore-Zwillinge sicher zurückzubekommen - oder auch nur die Nacht zu überleben. Von unten kamen Geräusche, anders als zuvor. Mir wurde mit einem Drehen in meinen Eingeweiden klar, dass die Vampire ins Haus eingedrungen waren. Ich rannte zur Schlafzimmertür und schlug sie zu. Darick verstärkte sie, indem er eine Kommode dagegen schob.

»Wenn die Kinder nicht in Obsidian Hill sind«, sagte Darick, »wo sind sie dann?«

Ich schaute auf die Krone, immer noch in meiner Hand. »Ich glaube, ich weiß es.«

KAPITEL 40

DAS ZERBROCHENE
TASCHENREICH

Ich sprach schnell, in der Hoffnung, dass meine Theorie standhielt.

»Estelar Pavaris hatte keine Ahnung, wie mächtig die HighFire-Krone war. Niemand wusste das. Als er die elfische Sicherheitsverzauberung aufhob und zuließ, dass sie gestohlen wurde, gab er dem Silvano-Clan die perfekte Gelegenheit, ihre Magie zu nutzen, um ihr Taschenreich zu erschaffen.«

»Aber sie hatten die Krone nie«, sagte SaltySnap. »Qwynkle hatte sie vor dir.«

»Die Krone ist so mächtig, dass du sie gar nicht tatsächlich besitzen musst, um ihre Kraft anzuzapfen. Die Topfpflanze auf meiner Küchenablage begann zu gedeihen, selbst als die Krone nirgendwo in der Nähe war. Die Tatsache, dass sie nicht mehr durch Pavaris' verzauberten Raum geschützt war, reichte aus, damit die Vampire abzapfen konnten, was sie brauchten. Sie wurde angreifbar, und der Clan nutzte das aus.«

Darick rieb sich übers Gesicht. »Aber sie müssen die Krone tatsächlich besitzen, um das Taschenreich zu stabilisieren. Sich auf eine entfernte Verbindung zu einem magischen Gegenstand zu verlassen, ist zu riskant. Taschenreiche können aus der Existenz verschwinden und wieder auftauchen, wenn man sie nicht mit genug Energie aufrechterhält; und wenn du in einem Taschenreich bist, wenn es verschwindet, verschwindest du mit ihm.«

Wir standen im Khargol-Schlafzimmer und schauten uns an. Ich war so nervös, dass ich genauso gut auf der scharfen Seite einer Rasierklinge hätte stehen können.

»Als die HighFire-Krone zerbrach«, sagte ich, »glaube ich, hat das das Silvano-Taschenreich zersplittert. Obsidian Hill ... fehlten bestimmte Elemente.«

»Wie was?«, fragte SaltySnap.

»Da war ein gigantisches Spinnennetz, aber keine Spinne. Und als ich rannte, um Gizmo zu suchen, war es, als wäre ich in einem Hamsterrad. Ich pflügte durch den Boden, kam aber nirgendwo hin.«

»Du glaubst also, das Silvano-Taschenreich ist in Stücke zerbrochen. Der Friedhof war ursprünglich Teil des Haupttaschenreichs.«

»Klingt logisch«, sagte Darick. »In wie viele Stücke ist die Krone zerbrochen?«

»Drei Stücke«, sagte ich. »Ein Hauptteil und zwei kleinere Teile.«

»Okay«, sagte Darick. »Also gibt es wahrscheinlich ein Haupt-Taschenreich und zwei kleinere.«

Ich kaute an meinen Nägeln. »Aber woher wissen wir, wo die Belore-Zwillinge sind?«

»Unmöglich zu wissen«, sagte er.

»Nicht wirklich«, sagte SaltySnap. Wir drehten uns beide zu ihr um, und sie blickte uns mit ihren großen, blutunterlaufenen Augen an. »Wir werden die Krone als Portalschlüssel verwenden und etwas von den Belore-Kindern als Wegweiser.«

»Ich habe nichts«, sagte ich. »Die Harfe wurde von derselben Frau gestohlen, die die Zwillinge entführt hat.«

Die Angreifer waren jetzt vor der Schlafzimmertür. Sie hämmerten dagegen, splitterten das Holz. Wir mussten los.

»Es muss kein magischer Gegenstand sein«, sagte Salty. »Alles ist geeignet.«

Ich durchforstete mein Gedächtnis, während die anderen mich beobachteten. Ich war kurz davor, aufzugeben und den Kopf zu schütteln, als ich mich an den Umschlag mit dem Geld erinnerte. Ich holte ihn aus meiner Manteltasche und zeigte ihn Salty. Das Papier war inzwischen abgenutzt und lederartig. Mein Name stand in blauer Tinte und kindlicher Handschrift darauf.

»Perfekt!«, sagte die Goblin. »Beeil dich. Haltet euch an den Händen.« Sie schloss die Augen und begann ihre Tor-Beschwörung aufzusagen. Eine Faust brach durch das obere Paneel der Tür, und der Geruch von Vampiren wirbelte wie roter giftiger Rauch in den Raum. Salty zuckte zusammen und unterbrach den Zauber, ihre Augen flogen auf.

»Mach weiter!«, sagte ich zu ihr, und sie kniff ihre Augen wieder zusammen und fuhr fort.

»Warte«, sagte Darick, und Salty öffnete ein genervtes Auge in seine Richtung.

»Wissen wir, was wir tun?«, fragte er. »Ich meine, wir wissen nicht, wo wir landen werden, und diese Vampire könnten uns durch das Portal folgen.«

»Ob wir wissen, was wir tun? Nein«, sagte ich. »Aber die Kinder werden von denselben Leuten gefangen gehalten, die ihren Vater getötet haben, und ich werde nicht zulassen, dass sie sterben.«

Unsere Augen trafen sich, und ich spürte, wie stark unsere Verbindung war. Ich erinnerte mich daran, wie er mich geheilt hatte. Ich verdankte ihm mein Leben, aber ich bat ihn, seines zu riskieren. Der Ausdruck in seinem Gesicht war so intensiv, dass meine Magie in mir aufflammte. Ich streckte meine Hand nach ihm aus, und er nahm sie.

KAPITEL 41

DEADWING

SaltySnaps Portalmagie war so kraftvoll wie immer, und wir wurden in die Luft gewirbelt, hingen einen Moment wie in Zeitlupe dort, bevor wir durch Zeit und Raum geschleudert wurden wie Flusen in einem Staubsauger. Die meisten erfahrenen Portal-Reisenden empfehlen, während einer Durchreise die Augen geschlossen zu halten, um Übelkeit und Schwindel zu vermeiden, aber ich konnte der wunderschönen Szenerie nie widerstehen. Die dunkelsten Tiefen des Weltraums, erleuchtet von Nordlichtern; verbannte Gespenster, die wie Saugfische in einem Aquarium an der Außenseite der röhrenförmigen Passage klebten, ewig auf Erlösung hoffend. Warmer Regen und kalte Blitze; Luft, die nach Ozon roch; silberne Sterne, die mich an die Kugel erinnerten, die Darick in meiner Brust gefunden hatte. Und gerade wenn man sich an das Rauschen in den Ohren gewöhnt hat, wird man langsamer, und es herrscht absolute Stille. Stille, wie man sie noch nie erlebt hat, so allumfassend, dass man denkt, man hätte aufgehört zu existieren. Dann lastet der Druck auf einem, drückt gegen jeden Zentimeter der Haut, lässt die Wangen einfallen, drückt gegen die Augäpfel, bis man glaubt, das eigene Skelett würde unter der Gewalt zusammenbrechen, und genau wenn man denkt, man kann nicht mehr, gibt es einem einen letzten Quetsch und spuckt einen aus. Weniger erfahrene Portalanwender werfen einen einfach auf den Boden des gewählten Ziels und erwarten Dankbarkeit für die Reise. Nilve SaltySnaps Magie ist anspruchsvoller als das. Als wir auf die schwarzen Felsen unter uns zutaumelten, fing sie uns in ihrem Phantomnetz auf und setzte uns vorsichtig auf dem Boden ab. Was ein Glück war, denn die Felsen waren gigantisch und scharfkantig, und ich war mir ziemlich sicher, dass eine harte Landung auf ihnen tödlich gewesen wäre.

Wir befanden uns im Inneren eines Berges mit einer blauen Himmelsscheibe als Decke. Es war ein riesiger Raum, wie eine Arena, und weit und breit war niemand zu sehen. Ich wünschte, Gizmo wäre bei uns. Ich vermisste ihn, und sein Talent wäre jetzt wirklich nützlich gewesen.

»Es ist ein Vulkan«, sagte Darick, und ich fühlte mich dumm, dass ich das nicht früher erkannt hatte. Wir begannen zu laufen in der Hoffnung, dass uns niemand durch den Nachzug unseres Portals gefolgt war. Abhängig von der Stärke der verwendeten Magie können Nachzüge stundenlang offen bleiben, was bedeutet, dass jeder, der die Öffnung erkennt, mitfahren kann. Glücksfall für sie, Pech für uns.

Als wir die Mitte des Vulkanbodens erreichten, veränderte sich etwas: Als wären wir in eine parallele Realität getreten. Derselbe Raum, derselbe Vulkan, aber wir waren nicht mehr allein. Ein Dutzend türkis-bemantelte Vampire erschienen aus dem Nichts und schritten in unsere Richtung. Ich zog meine Armbrust so schnell vom Rücken, dass ich sogar mich selbst überraschte. Ich richtete sie auf den Vampir, der uns am nächsten war. Er sah aus wie der Anführer, mit einer glitzernden Diamantbrosche an seinem Umhang und einem selbstgefälligen Blick, den ich ihm nicht schnell genug aus dem Gesicht wischen konnte. Darick zog seine Pistole und Salty ihren Dolch aus Smaragdglas. Der Anführer hob eine ruhige Hand in meine Richtung.

»Bitte«, krächzte er. »Es besteht kein Grund für Gewalt.«

Ich hätte gelacht, wenn ich nicht so sicher gewesen wäre, dass wir alle gleich sterben würden.

»Kein Grund für Gewalt?«, sagte ich. »Denkst du, wir sind hier zum Tanzen?«

»Ich weiß sehr genau, warum ihr hier seid, Zauberer«, sagte er. Er sah mir in die Augen, und sein Name kam zu mir. *Deadwing.* »Und wir werden euch gerne entgegenkommen.«

Wir gingen weiter rückwärts, und die Vampire kamen immer näher. Bald standen wir mit dem Rücken zur rauen Vulkanwand. Ich schüttelte mir die Haare aus den Augen. Ich wollte absolut klare Sicht haben, wenn ich meinen High-Tech-Pfeil durch sein steinkaltes Herz schoss. Meine Finger umklammerten die Armbrust. Sie vibrierte in meinen Händen. »Gerne entgegenkommen?«, sagte ich. »Das ist mal was Neues. Wovon redest du?«

»Heute muss niemand sterben«, sagte Deadwing.

»Ich glaube, da sind wir unterschiedlicher Meinung«, sagte ich und hob meine Waffe, sodass ich sein Gesicht durch das Zielfernrohr meiner Armbrust sehen konnte. Seine Handfläche war immer noch erhoben, und ich stellte mir vor, einen Pfeil direkt hindurchzuschießen. Es schien ihn nicht zu verunsichern.

Deadwing, dachte ich, *ein passender Name für den rechten Arm eines bösen Vampirs.*

»Ich nehme an, ihr seid wegen der Kinder des toten Zauberers hier?«

»Dieser tote Zauberer«, sagte ich. »Dieser Zauberer, den ihr *getötet* habt, hat einen Namen.« Ich spürte, wie die Wut in meiner schmerzenden Brust aufstieg.

Deadwing hob sein Kinn zu einem Vampir an der Seite, und der Mann machte einige ausladende Gesten und öffnete unsichtbare Vorhänge, die die Belore-Zwillinge enthüllten, die erschraken und stolperten, als sie mich sahen. Sie weinten, ihre Hände waren hinter ihrem Rücken gefesselt, und ihre Münder waren mit Klebeband versiegelt. Mein Herz zog sich zusammen. Die Wut wuchs, blähte meine Lungen auf und drehte mir den Magen um.

»Lasst sie frei!«, schrie ich. »Wie könnt ihr es wagen?«

Habt ihr keine Scham?, fragte ich mich.

Scham ist für die Schwachen, antwortete er, ohne zu sprechen.

»Lasst sie gehen«, sagte ich noch einmal, und Deadwing zuckte mit den Schultern.

»Ihr könnt sie sehr gerne haben. Ich habe keinen Bedarf an ihnen.« Er berührte die Spitze seines Daumens mit seiner Zunge. »Sie sind zu jung für meinen Geschmack.«

Die Kinder schluchzten und gingen vorsichtig in unsere Richtung. Pepin, von Emotionen überwältigt, stolperte zu Boden, und Eafaris half ihr auf.

»Du weißt, was ich im Gegenzug will«, sagte Deadwing. »Bitte mach die Transaktion nicht schwieriger, als sie sein muss.«

»Transaktion?«, sagte ich. »Das sind *Kinder*.«

Der Vampir seufzte. Er wurde müde von mir. Es war mir scheißegal.

Ich streckte meine Hand nach den Zwillingen aus, die sich jetzt auf halbem Weg zwischen uns und den Vampiren befanden.

»Halt!«, rief Deadwing, aber die Kinder hörten nicht zu. »Halt!«, rief er erneut, aber das brachte sie nur dazu, auf uns zuzurennen. »Impedio!«, rief er, und ein Strom von Magie verließ seine Handfläche und traf die Kinder von hinten, wobei sie erstarrten. Ihre Körper völlig still, ihre Gesichter Moment-aufnahmen des Terrors.

Ich wurde wütend genug, um anzugreifen, versuchte aber, meine Gefühle unter Kontrolle zu halten. Als ich im Parkhaus des Doms die Kontrolle verloren hatte, hatte ich auch die Kontrolle über meine Magie verloren. Das konnte ich mir nicht noch einmal leisten.

»Ihr könnt die Kinder haben«, sagte Deadwing und neigte seinen Kopf zur Seite. »Wenn du mir die Krone gibst.«

Ich hielt meine Armbrust in der linken Hand und suchte mit der rechten nach der Krone. Ich spürte Daricks Hand auf meiner Schulter.

»Das kannst du nicht«, sagte er. »Du kannst ihm die Krone nicht geben.«

»Wenn ich sie ihm nicht gebe«, sagte ich, »werden die Kinder sterben.«

»Wenn du sie ihm gibst, wird das ganze Reich zerstört. Acheron wird in der Lage sein, uns alle zu kontrollieren. Glaubst du, er wird die Zauberkinder am Leben lassen?«

Deadwing kam näher zu uns. Ich sah mir noch einmal seine blitzende Diamantnadel an und erkannte, dass das Symbol dasselbe war, das Liz Durison auf die Brust gebrannt worden war. Das verwirrte mich, aber ich hatte keine Zeit, darüber nachzudenken. Kurz gesagt waren die Silvanos das verkörperte Böse, und ich besaß das eine Ding, das sie brauchten, um die Stadt, das Land, das gesamte Reich zu übernehmen.

Darick ließ meinen Arm nicht los. »Könntest du damit leben?«

»Natürlich nicht!«, sagte ich. Es kam als Schluchzen heraus, obwohl ich schwöre, dass ich nicht weinte.

»Das kannst du nicht tun, Jax!«, sagte er. »Denk an deine Eltern.«

Seine Worte trafen mich wie eine Welle aus Eiswasser. Ich riss meinen Blick von Deadwing los und schaute Darick an. Unerwünschte Bilder blitzten in meinem Geist auf: Papa mit dem Schnitt am Hals, Mamas wächsernes Gesicht. Der vernarbte Vampir, der mich aus der Ecke des Raumes beobachtete. Man sollte meinen, die Erinnerungen würden mit der Zeit verblassen, aber sie waren so hell und klar wie an dem Tag, an dem es geschah. »Was zum Teufel weißt du über meine Eltern?«

»Ich weiß genug, um dir zu sagen, dass du dir nie verzeihen wirst, wenn du diese Krone dem Feind übergibst.«

Deadwing machte einen Schritt näher.

»Also was?«, sagte ich zu ihm. »Wir opfern die Kinder?«

Daricks Gesicht war gequält, seine Augen dunkel. Er beugte sich zu mir, legte seine Lippen an mein Ohr.

»Nein«, flüsterte er. »Wir kämpfen.«

KAPITEL 42

TANZENDEN SKELETT

Ich brauchte keine weitere Aufforderung. Ich ließ die Krone in meiner Tasche los und umklammerte die Armbrust mit beiden Händen. Darick richtete seine Pistole in einer fließenden Bewegung auf die Vampire. Wie aus einem Guss begannen wir zu schießen.

Ein Vampir rannte von der Seite auf uns zu, also schwenkte ich meine Armbrust in seine Richtung und schrie *„Fiat Fulgur!"* Ein Blitz durchströmte meinen Körper und schoss aus der Armbrust heraus. Die weißglühende Entladung traf den Vampir direkt in den Oberkörper, und er explodierte.

„Fiat Fulgar! Fiat Fulgar! Fiat Fulgar!" schrie ich, und die Blitze verwandelten augenblicklich drei weitere Vampire, die auf uns zukamen, zu Asche. Darick erschoss vier oder fünf, und sie fielen auf den schwarzen felsigen Boden unter ihnen.

Deadwing bewegte sich nicht. Er stand einfach da, beobachtete mit verschränkten Armen, als wäre er unbesiegbar.

Trotz ihrer geringen Körpergröße schaffte es Salty, hochzuspringen und einem Vampir einen Dolch in die Brust zu rammen. Sie musste genau den richtigen Punkt getroffen haben, denn auch er explodierte in Funken, und die Asche regnete wie Konfetti bei einer Vampirbeerdigung auf uns herab.

Jetzt waren nur noch wenige von ihnen übrig, und sie näherten sich deutlich vorsichtiger. Darick, Salty und ich holten Luft, bereit, den Kampf zu beenden. Doch dann sprang ein Vampir, der sich in der dunklen Nische hinter dem Goblin versteckt hatte, auf sie und warf sie zu Boden. SaltySnap schlug mit dem Kopf auf das Vulkangestein und verlor das Bewusstsein; ihr Körper lag ausgestreckt da, ihr Gesicht zum Himmelskreis gerichtet. Der hinterhältige Vampir nahm ihren Dolch, kauerte über ihr und wollte ihn gerade in ihr Herz stoßen, als Darick ihn zweimal erschoss und sein ganzer Körper zur Seite kippte und zu Asche zerfiel. Ein großer, dünner Vampir, der sich bisher vom Kampf zurückgehalten hatte, bewegte sich widerwillig auf mich zu. Er trug eine Art – was ich für verzaubertes – Metallschild auf seiner Brust, das verhinderte, dass ein Feuerzauber ihn sofort töten würde. Das kam mir gelegen, denn meine Handgelenke und Hände waren taub und schwarz: ausgebrannt vom Leiten der Blitze.

Ich holte tief Luft und machte mich bereit. Das waren die Vampire, die Ametrix getötet hatten. Sie hatten mindestens ein Dutzend anderer Zauberer umgebracht, nur um ihr Blut zu ernten, und versucht, mich zu töten. Die aufwallende Wut stärkte meinen Entschluss und meine Magie.

»*Glaciem Exquiris!*« rief ich, und eine kalte Welle schoss aus meinem Arm, wanderte den Lauf entlang und explodierte aus der Armbrust in Form eines scharfen Eiszapfens. Er schoss durch die Luft und suchte die Wärme des Vampirs. Der gefrorene Pfahl durchbohrte seinen Hals mit solcher Wucht, dass er direkt durch seinen Nacken und auf der anderen Seite wieder herauskam und am Boden dahinter zerschellte. Er griff nach der sprudelnden Wunde, aber das Geschoss hatte zu viel Schaden angerichtet, und sein spritziges Blut färbte seine Finger dunkelrot. Er gurgelte, die Augen vor Schock geweitet, während er zu Boden fiel und dann in Flammen aufging. Nur Asche und sein klapperndas Brustschild blieben übrig.

DEADWING SCHIEN NOCH IMMER UNBEEINDRUCKT, was mir Sorgen bereitete. Er wusste sicherlich etwas, das wir nicht wussten, sonst würde er fliehen oder kämpfen oder um sein Leben betteln.

»Was ist los, Deadwing?« fragte ich. »Was verschweigst du uns?«

Er antwortete natürlich nicht, behielt nur sein selbstgefälliges Gesicht in diesem ärgerlichen Winkel, bis ich es am liebsten mit einem Feuerball gesprengt hätte. Es gab noch einen weiteren Vampir im Krater, aber er hielt Abstand. Offensichtlich war er nicht so arrogant oder dumm wie seine Brüder.

Drei von uns gegen zwei von ihnen, und wir waren bewaffnet. Ich sah, wie sich einer von Pepins Fingern bewegte. Deadwings Zauber ließ nach, und die Zwillinge würden sich bald wieder bewegen können.

Deadwing deutete auf den überlebenden Vampir, und der Mann öffnete einen weiteren unsichtbaren Vorhang. Er enthüllte die Morninglark-Harfe, die er aufhob und zu seinem Anführer brachte.

Pepins Hand war jetzt frei, ebenso wie Eafaris' Fuß. Mein Herz hämmerte in meiner Brust. Es war so laut, dass ich für einen Moment das Gefühl hatte, nichts anderes hören zu können. Es fühlte sich an, als würden die felsigen Wände des höhlenartigen Vulkans auf uns zukommen, und in der Luft lag ein silbriges Schimmern.

»Siehst du das?« fragte Salty, die wieder bei Bewusstsein war, aber nicht vom Boden aufstand. Ihr verletzter Kopf vergoss fettiges Blut, das auf dem steinigen Untergrund glänzte.

»Salty!« sagte ich. »Geht es dir gut?«

Darick bewegte sich langsam auf sie zu, um ihr aufzuhelfen, aber sie konnte kaum stehen.

»Dieses Schimmern?« sagte sie. »Diese Taschenrealität verblasst. Wir müssen hier raus.« Sie verzog schmerzerfüllt das Gesicht und hielt ihren Kopf. »Wenn diese Tasche aufhört zu existieren, werden wir es auch.«

»Sobald ihr die Krone übergebt«, sagte Deadwing, »wird diese Tasche wie neu sein. Ihr müsst euch keine Sorgen machen, zusammen mit ihr zu verschwinden.«

Ich sah ihn an und knirschte mit den Zähnen. Ich musste das Wort nicht laut aussprechen.

Niemals.

Deadwing verzog die Lippen. Seine Hand wanderte langsam zu der Harfe in den Händen des anderen Vampirs, und er nahm sie und zupfte eine der Saiten. Der Klang war unmöglich schön. Wie ein einzelner Akkord so viel Bedeutung, so viel Harmonie tragen konnte, erschien mir gleichzeitig unmöglich und vollkommen perfekt. Er zupfte noch eine Saite und noch eine, und die Figuren, die in den hölzernen Bogen der Harfe geschnitzt waren, begannen sich zu bewegen, und der Vulkan wurde mit der eindringlichsten Melodie erfüllt, die ich je gehört hatte. Es fühlte sich an, als würde die Musik in meinen Körper eindringen und jedes Molekül durchdringen, meine DNA umhüllen. Die Macht der Musik war überall um uns herum zu spüren und tauchte den dunklen Raum in golden-rosafarbenes Licht: ein Sonnenuntergang am Berg. Ich spürte, wie sie an mir zog, mich liebkoste und mich vorwärtsdrängte.

ICH VERSUCHTE, der Musik der Morninglark-Harfe zu widerstehen, aber es war unmöglich. Sie zog meinen Körper vorwärts, vorwärts, zu ihr hin. Ich ließ meine Armbrust fallen, und Darick ließ seine Waffe fallen. Ich versuchte, dagegen anzukämpfen, aber es war, als würde man gegen Liebe ankämpfen, oder Schönheit oder Geburt. Die Musik floss über mich, in mich hinein. Sie umarmte meine Gänsehaut. Bevor ich es wusste, tanzte ich auf sie zu. Ich blickte zu Darick hinüber und suchte Hilfe, aber auch er wurde mitgezogen. Wir tauschten Blicke aus, unsere Augen spiegelten die Angst des anderen wider. Ich kämpfte gegen den Drang an, einfach nach-zugeben. Die Vorstellung, sich der Musik zu ergeben, war so unglaublich verlockend. Es kostete mich jedes Quäntchen Willenskraft und Stärke, die ich hatte, um dagegen anzukämp-fen. Ich versuchte, mir die Ohren zuzuhalten, aber es machte keinen Unterschied für den Klang der Harfe, als ob man nicht einmal Ohren bräuchte, um ihr zuzuhören. Als ob die Musik über deinen Körper wusch und von deiner Haut und deinem tanzenden Skelett absorbiert würde.

Das Silber schimmerte in der Luft.

Denk nicht an die Musik, sagte ich mir selbst. *Die Schönheit ist eine Falle. Schwarzer Nebel. Denk an den Mord, das Chaos. Denk an die Zwillinge, die ihre tote Mutter am Boden wiegen.*

Trotzdem tanzte ich auf Deadwing zu.

KAPITEL 43
VENTUM EXQUIRIS

Ich tanzte direkt auf Deadwing zu, nahe genug, um ihn zu berühren, und er griff mit der Selbstsicherheit eines Liebhabers in meinen Mantel. Er kam mit leeren Händen zurück.

Plötzlich verschwand seine Selbstgefälligkeit. »Wo ist es?«, knurrte er. Er durchsuchte jede meiner Manteltaschen ohne Erfolg. Glücklicherweise wusste er nicht, wie Unendlichkeitstaschen funktionieren. Als er an meine obere Tasche kam, zog er mein Nano heraus.

»Nano. Schlinge! Deadwing, an Ort und Stelle!«, rief ich, und das Nano verwandelte sich in ein dickes schwarzes Seil und band sich um Deadwings Hals.

»Was?«, sagte er, seine Finger flogen hoch, um es zu berühren.

»Enger«, sagte ich, und es begann, ihn zu würgen.

Der andere Vampir, der clevere, war blitzschnell an unserer Seite. Ich hasse es, wenn Vampire so herumschießen; es macht mich jedes Mal nervös. Er versuchte, die Nano-Schlinge von

Deadwings blaugeädertem Hals zu reißen, aber er machte es nur schlimmer. Vielleicht war er doch nicht so schlau. Deadwing röchelte und würgte, während Darick und ich vor ihm tanzten. Die Harfe klapperte zu Boden, was unseren Tanz energischer, weniger rhythmisch machte. Würden wir uns zu Tode tanzen?

Die Luft flimmerte vor uns. Ich schaute auf meine geschwärzte Handfläche, die ebenfalls flackerte. Nein. Wir würden keine Zeit für einen so langwierigen Todestanz haben. Diese Tasche zerfiel schnell. Wie auf Stichwort brach ein gigantisches Felsstück von der gegenüberliegenden Vulkanwand ab und krachte zu Boden, wobei es eine atombombenähnliche Wolke aus Splittern und braunem Staub aufwirbelte. Der Boden wurde warm und begann nachzugeben. Ich dachte, ich würde mir das einbilden, dachte, es wäre Teil der Magie der Harfe, die meine Fußsohlen heiß und den Boden weich machte. Aber als ich nach unten schaute, sah ich, dass die zuvor feste Lava, auf der wir standen, schmolz. Meine Füße glitzerten gegen die Hitze.

Der Vulkan bröckelte, die Lava erwachte wieder zum Leben. Deadwing schwang und kämpfte, seine Augen traten hervor, während er versuchte, das Seil um seinen Hals zu lockern. Ich suchte nach den Kindern, konnte sie aber nicht sehen. Der Zauber musste nachgelassen haben. Aber wo waren sie? Dampfsäulen begannen wie umgekippte Hydranten aus dem Boden zu schießen. Da tauchte der andere Vampirclan auf.

Es waren diejenigen von außerhalb des Khargol-Hauses. Sie hatten unsere Portalspur doch noch gefunden. Immer noch tanzend, unsere Waffen verloren, konnten wir uns nicht verteidigen. Die Temperatur wurde unerträglich. Der kluge-nicht-kluge Vampir war wieder in meinem Blickfeld. Er zischte mich an.

»Gib es mir!«, schrie er.

Ich hatte recht. Nicht klug.

»Nein heißt nein, du *filius canis*«, sagte ich. »Hat deine Mutter dir das nicht beigebracht?«

Er zischte mich wieder an, ein kehliges, bösartiges Geräusch, und zeigte mir seine schmutzigen Fangzähne. Mein Körper war so angewidert, dass ich stolperte und, geschwächt durch die Musik, fiel. Die anderen Vampire sahen mich zu Boden gehen und stürzten sich auf mich. Es müssen zehn Vampire auf mir gewesen sein, zischend und mit den Kiefern schnappend. Eine der Vampire, eine Frau, schaute mit eindeutigem Verlangen auf meinen Hals, öffnete ihren Mund weit, sodass ich ihre scharfen Zähne sehen konnte, und machte sich bereit, sie in meine Kehle zu stoßen.

»Nano! Kragen!«, schrie ich, und das Nano flog von Deadwings Hals und flatterte um meinen Hals wie ein seidenes Taschentuch. Es befestigte sich am Kragen meines Mantels und dehnte sich bis zu meinem Kinn aus. Die weibliche Vampirin zögerte, gab mir gerade genug Zeit, in die Hocke zu springen und meinen Zauberstab abzuschnallen.

»*Ventum Exquiris!*«, rief ich, während meine Füße immer noch unter mir tippelten, und der Sturmzauber schleuderte die Vampire von mir weg. Einige von ihnen prallten gegen die Felswände, einige landeten unsanft auf den heißen schwarzen Felsen um uns herum. Ich sah, dass Darick und Salty ebenfalls von Vampiren bedeckt waren.

»*Ventum Exquiris!*«, rief ich. »*Ventum Exquiris!*«, und auch ihre Angreifer wurden weggeschleudert. Einer der Vampire landete in einer Pfütze geschmolzener Lava, und er schrie, als er verbrannte und Glut und Asche in die heiße, flimmernde Luft schleuderte.

Ich hatte es geschafft, mindestens zehn von ihnen zu Asche zu verwandeln, aber es kamen immer mehr. Verzweifelt suchte ich nach meiner Armbrust. Darick schleppte Saltys regungslosen Körper weg, aber es gab keinen sicheren Ort, um sie abzulegen. Ich hätte nie gedacht, dass es mir wichtig sein würde, ob Nilve SaltySnap lebt oder stirbt, aber jetzt stellte ich fest, dass es mir wichtig war. Abgesehen von widerwilliger Freundschaft musste die Goblin am Leben sein, um uns zurück nach Hause zu portieren, aber die Chancen sahen nicht gut aus.

Die Vampire näherten sich erneut, zischend, bereit, mich zu erledigen, ihr Verlangen nach der Krone jetzt überwältigt von Blutlust. Sie wollten jeden Teil von mir, jeden Tropfen Blut, jede Gliedmaße. Ich konnte es in ihrem Blick spüren. Meine Hände waren verbrannt und fühlten sich spröde an, als wären sie trotz der Hitze, die uns umgab, erfroren. Ich wusste nicht, ob ich noch weitere Zauber wirken konnte.

Plötzlich stürmte ein Vampir auf Darick zu. Er half Salty und hob seine Arme nicht rechtzeitig, um sich zu verteidigen. Der Vampir versenkte seine Fangzähne in Daricks Hals, und Darick schrie vor Qualen.

»Nein!«, schrie ich und rannte zu ihm. »Nein!«

Ein weiterer Vampir schloss sich dem Festmahl an, und Daricks Knie knickten ein. Dann waren fünf Vampire über ihm, wie Geier, und an der Stellung seiner Beine auf dem Boden konnte ich erkennen, dass er nicht mehr bei Bewusstsein war. Ich richtete meinen Zauberstab auf sie, bereit, einen weiteren

Sturm auf sie loszulassen, als er mir aus der Hand gerissen wurde.

Deadwing.

SEINE AUGEN WAREN BLUTUNTERLAUFEN, seine Kehle ein violetter Schnitt. Er hatte keine Stimme mehr. Die Harfe spielte immer noch ihre Melodie; ich konnte sie kaum hören, aber ich spürte sie in meinem Körper, der noch immer nicht unter meiner vollen Kontrolle war. Ich schaute zu Darick hinüber, der von den wilden Kreaturen verschlungen wurde. Ich hielt den Atem an. Meine Hand wanderte zu meiner Brust, wo er mich geheilt hatte, und mein Herz schmerzte.

Gib mir die Krone, sagte Deadwing zu mir, ohne seine Lippen zu bewegen. *Und ich rufe sie zurück.*

»Darick würde lieber sterben, als dass ich sie dir gebe«, sagte ich.

Aber was willst du?, fragte Deadwing und hielt den silbernen Zauberstab meiner Mutter in seinen Händen.

Ich starrte in sein geschwollenes Gesicht, seine verdorbenen Augen, und mein Magen drehte sich um.

Ich wollte, dass Darick lebt. Ich griff in meine Unendlichkeitstasche und zog die Krone heraus.

KAPITEL 44

DER TODESZAUBER

Ich dachte, ich würde träumen, als die Orks anfingen aufzutauchen. Sie trugen die schicken schwarzen Uniformen der Khargol-Leibwächter und waren bis an die Zähne bewaffnet. Ich blickte nach oben und sah, dass das Portalende noch offen war. Selbst wenn Salty uns nicht nach Hause zurückbringen könnte, könnten wir das Ende nutzen, um zurückzukehren, wenn wir schnell genug wären. Die Orks umklammerten ihre Waffen und begannen zu feuern. Ich dachte, sie wären gekommen, um mich zu töten, aber sie schossen auf die Vampire.

Deadwing streckte seine Hand aus, um mir die Krone abzunehmen. Die Luft zwischen uns flackerte und glitzerte.

Die Orks verloren keine Zeit damit, die Vampire zu erledigen. Kugeln zischten durch die gesamte Höhle, verwandelten Vampire zu Asche und lösten weitere Teile der Felswand, die donnernd herabstürzten. Die Lava unter uns war fast zu heiß, um darauf zu stehen, aber die ledersohligen Orks schien das nicht zu stören. Einer von ihnen fegte die Vampire weg, die auf

Darick waren, und sie wichen fauchend zurück, dann pumpte er sie voller Kugeln und warf sich Darick über die Schulter. Ein anderer Ork hob Salty auf und tat dasselbe. Sie bewegten sich in Richtung des Portals.

Aus dem Augenwinkel sah ich, wie ein steingesichtiger Pepin sich anschlich und die Morninglark-Harfe ergriff. Ohne zu zögern warf er sie in einen Pool aus Lava, und sie begann mit grünen und violetten Funken zu brennen. Die Musik verklang, und ich fühlte mich plötzlich stärker; mein Körper hörte auf zu zucken, und mein Kopf wurde klar. Deadwing runzelte die Stirn und blickte über seine Schulter. Eafaris stand dort und hielt das Amulett seines Vaters hoch. Pepin eilte zu ihm, und sie hielten Händchen. Beide hatten einen intensiven Ausdruck der Konzentration auf ihren Gesichtern, und ihre Münder bewegten sich im Gleichklang, aber ich konnte nicht hören, was sie sagten. Dann schnappte ich das Ende der Beschwörungsformel auf und erkannte, was es war.

Deadwing stand da und blinzelte schockiert.

»... nunc defungor.«

Der Todeszauber. Es war der gefährlichste Zauber im Buch. Einer, den ich mich scheute anzuwenden, selbst angesichts brutaler Vampire, denn wenn er nicht absolut perfekt ausgeführt wird, kann er nach hinten losgehen und dich sofort töten. Es ist nicht ratsam, den Todeszauber zu schleudern – selbst wenn du ein erfahrener Zauberer in einer berechenbaren Umgebung bist –, geschweige denn durch emotional unausgebildete Zauberkinder, in einem bröckelnden Vulkan, in einem instabilen Taschenreich. Sobald ich erkannte, was die Zwillinge sagten, und den verräterischen roten Funken aus Ametrix' Amulett schießen sah – der wie das zornige Auge eines Drachen glühte –, keuchte ich, riss meinen Zauberstab aus Deadwings Händen, öffnete meinen Trenchcoat und warf mich auf sie. Ich riss die Zwillinge zu Boden und wickelte meinen Mantel um sie.

»Nano. Helm«, flüsterte ich, gerade noch rechtzeitig für die ohrenbetäubende Explosion.

KAPITEL 45
VOLAS

Die Explosion schleuderte mich zur Seite, aber der Mantel schützte uns vor den Splittern. Als ich endlich aufstehen und den Staub abschütteln konnte, der mich bedeckte, sah ich, dass der Vulkan mit toten Körpern übersät war, Vampire und Orks gleichermaßen. Die Leichen der Belore-Zwillinge lagen links von mir und was von Deadwing übrig geblieben war, rechts. Die überlebenden Orks humpelten und taumelten zur Portaltür, die jetzt mit jeder Sekunde kleiner wurde. Ein riesiger Lavasee trennte mich von dem glitzernden Lichtring.

Ich steckte die Krone zurück in meine Unendlichkeitstasche und lief zu Pepins reglosem Körper. Ich hob sie auf und warf sie mir über die Schulter, so wie die Orks es mit Darick getan hatten. Es war schwieriger, Eafaris aufzuheben, aber es gelang mir, ihn auf meine Hüfte zu legen. Ich hatte keine Zeit, nach einem Puls zu suchen, aber ich war nicht optimistisch, nicht nach einem so wilden Todeszauber. Außer Atem rannte ich zum Rand der Lava, die noch nicht geschmolzen war, und blickte auf den blubbernden Strom. Schon das bloße Stehen dort versengte meine Wangen und mein Haar. Ich schaute hinauf zum schließenden Portal, unerreichbar, keine Zeit mehr.

Es war niemand mehr im glühenden Vulkan außer uns. Niemand, der helfen konnte. Eafaris rutschte von meiner Hüfte, und ich musste ihn wieder hochziehen. Ich holte tief Luft, und die heiße Luft verbrannte meine Lungen. Ich würde jeden Tropfen Magie brauchen, der noch in meinem Körper steckte, um dieser Hölle zu entkommen. Ich spürte das Totgewicht der Kinderkörper und fühlte ihr Leid. Ich dachte an Salty und Darick und war mir nicht sicher, ob sie lebten oder tot waren. Ich dachte an meine Eltern und die lebenslange Liebe, die ich verloren hatte, und der Schmerz war brennender als die Hitze des glühenden Gesteins vor mir. Der Schmerz strömte aus meinem entzündeten, pochenden Herzen und drängte durch meine Adern wie kochendes Blut, erreichte jeden Zentimeter meines Seins, bis meine Glieder und Finger vor Magie sangen.

Ich ging in die Hocke, hielt den Pentakelring meines Vaters und nutzte meinen besten Parkour-Antrieb, um in die Luft zu springen. Gleichzeitig schrie ich »*Volas!*« und der Zauber hob mich hoch und katapultierte uns über den See aus flüssigem Feuer, und wir landeten sicher auf der anderen Seite, aber was von der noch festen Lava übrig war, brach auf und drohte, uns zu verschlingen. Die Körper der Kinder wurden zu schwer zum Tragen, aber ich schrie, als ich sie wieder hochhob und weitermachte, vermied knapp einen Dampfstrahl und erreichte die Portaltür. Sie sah bereits zu klein aus, um durchzukommen, aber ich riss Pepin von meiner Schulter und zwängte sie hindurch, dann tat ich dasselbe mit dem Körper ihres Bruders. Der sich schließende Ring war nicht breit genug für meinen Körper, aber ich versuchte trotzdem, mich hindurchzuzwängen. Kopf zuerst, Arme an der Seite, als wäre ich ein Baby in einem brennenden Geburtskanal.

Ich steckte fest. Etwas in meinem Mantel hinderte mich daran, vorwärtszukommen, und die Portalschleife drückte mir das Leben aus. Meine Beine brannten, meine Schuhe schmolzen. Ich versuchte stärker, mich vorwärtszubewegen, aber es war zwecklos. Ich steckte fest, nur mit Kopf und Schultern hindurch, und der Ring würde mich in zwei Teile schneiden, wenn ich nicht aus dem Weg ginge. Ich wusste, was das Hindernis war; ich wusste, was die Leere wollte. Mit meinen Oberarmen, die an meinen Seiten festgepresst waren, kämpfte ich, um es aus meiner Tasche zu bekommen, aber schließlich hielt ich die Krone in der Hand und musste sie loslassen.

Plötzlich steckte ich nicht mehr fest. Der Ring quetschte meine Rippen und mein Becken, als er versuchte, sich um mich zu schließen, aber ich schloss die Augen und erinnerte mich daran, wie ich mich durch die Trümmer im Dom gekämpft hatte und durch den Seidenkokon des Monsterspinnennetzes, und ich wackelte und drückte und zog weiter, Zentimeter für Zentimeter, bis schließlich meine Hüften durchschrammten und ich meine Beine schnell hinterherzog. Eine intensive Mischung aus Erleichterung und Bedauern fühlte sich an wie ein Schwall kalten Wassers auf meinem brennenden Gesicht. Das Vakuum begann, an uns zu ziehen. Ich streckte die Hand nach Eafaris aus, um zu sehen, ob er noch lebte, aber als meine Hand die seine erreichte, sprang Gizmo unter seiner Jacke hervor und nickte mir zu, während er seine Schnurrhaare putzte.

»Gizmo!«, sagte ich. Er hüpfte in meine verbrannten Hände, und ich hätte fast geweint, so glücklich war ich, ihn zu sehen. Ich dachte: *Ich werde dir so viele überteuerte Salzerdnüsse geben, wie du willst. Ich werde dich nie wieder gehen lassen*, aber der Frettchen hatte andere Ideen. Er rannte meinen Arm entlang, in Richtung des Portalrings, der jetzt die Größe eines Armreifs hatte.

»Gizmo! Nein!«, schrie ich.

Aber, wie ich nur langsam lernte, magische weiße Frettchen nehmen nicht gerne Befehle an. Er machte einen Sprung und tauchte durch das Tor, hinter der taumelnden HighFire-Krone her.

EPILOG

EIN SILBERNER PLANET

Als ich in dieser Nacht zu meiner Wohnung zurückkehrte, fand ich an der Tür eine Notiz von Uragh, meinem stinkenden Ork-Vermieter, die mir für sechs Monate im Voraus bezahlte Miete dankte, gekritzelt auf der Rückseite einer King-Size-Dreifach-Cheeseburger-Verpackung. Wenn er überrascht gewesen war, so war ich es doppelt. Ich hatte keine Ahnung, wer das Geld eingezahlt hatte, und nach allem, was ich gerade durchgemacht hatte, hatte ich nicht die geistige Kapazität, um auch nur zu raten. Ich war einfach nur erleichtert, eine Dusche und ein Bett zum Schlafen zu haben.

Die Wohnung war sauber, und das Bett war aufgedeckt. Ich berührte die knackige, weiße Bettwäsche und das aufgeschüttelte Kissen. Mein Schlafanzug war ordentlich gefaltet und wartete auf mich. Ich ließ mich am Fußende des Betts nieder und starrte an die fleckige Decke, wobei ich so tat, als würde ich auf vorüberziehende Wolken blicken, anstatt auf jahrzehntealte Wasserschäden, die Uragh niemals zu reparieren gedachte. Ich konnte das Waschmittel und den Sonnenschein auf der Bettwäsche riechen.

»Danke, Ghost«, sagte ich, und ich hörte, wie das rote Buch zu Boden fiel. Ich dachte, es war ein sanfterer Stoß als sonst, aber das war vielleicht nur meine Fantasie. Ich schaute auf meinen Teakholz-Bettpfosten, der mit Hunderten von Kerben versehen war – von Vampirkills, nicht von Liebhabern – aber ich hatte nicht die Energie, weitere hinzuzufügen. Außerdem hatte ich keine Ahnung, wie viele Vampire ich an diesem Tag zu Asche verwandelt hatte. Mehr als je zuvor, das war sicher, aber ich konnte mich nicht dazu bringen, mich darüber zu freuen. Nicht mit den Belore-Zwillingen auf der Intensivstation im Krankenhaus und Darick und Gizmo verschwunden. Dann war da noch Estelar. Ich sollte mich nicht um ihn kümmern, besonders nachdem er mich so getäuscht hatte, aber ich hatte eine Schwäche für den Elfen. Laut dem Forage-Newsfeed auf meinem Handy war sein Haus eingestürzt, und er musste wieder bei seinen Eltern einziehen, die 140 Jahre alt waren. Armer Pavaris.

Ich setzte mich mit einem traurigen Seufzer auf und zog meine versengten Klamotten aus, und wickelte meinen Bademantel um meinen zerschmetterten Körper.

Versuch nicht zu viel nachzudenken, sagte ich mir. *Dusch einfach und schlaf. Morgen sieht alles besser aus.*

Und ich musste diesmal nicht mit einem offenen Auge schlafen, denn der Khargol-Sicherheitsmann, der mich nach Hause begleitet hatte, war damit beschäftigt, das Schloss an der Haustür zu reparieren. Er fügte auch ein paar zusätzliche hinzu, aus unzerstörbarem Orkstahl, und sagte, er würde für die Nacht Wache stehen. Ich war mir nicht sicher, ob das notwendig war, aber ich würde nicht widersprechen. Als ich den Anführer der Ork-Wachen – sie nennen ihn »Boss« – fragte, warum sie durch das Portal gekommen waren, um uns zu helfen, sagte er, dass, als ich Don Vitos Leben zum ersten Mal gerettet hatte, er ihnen befohlen hatte, mich zu beschützen oder bei dem Versuch zu sterben.

Aber jetzt ist der Don tot, hatte ich gesagt.

Seine Anweisungen bleiben bestehen, murmelte Boss und bestand dann darauf, dass einer seiner Männer mich nach Hause begleiten sollte.

Ich dankte dem Void für Boss. Abgesehen davon, dass er mein Leben gerettet hatte, machte er auch einen guten Job dabei, die Ork-Gesellschaft zusammenzuhalten. Sobald ich ihm erzählt hatte, was mit Shagar passiert war – die immer noch auf der Flucht war, und ich stellte mir vor, wie sie auf einer der Khargol-Inseln in der Sonne lag, einen Piña Un-Colada in einer Hand, ihren schwangeren Bauch in der anderen, während Gnarg ihre geschwollenen Cocktailwurst-Zehen massierte – hatte Boss eine Pressemitteilung herausgegeben, die verschleierte, wie der Don gestorben war. Herzinfarkt, glaube ich, hat er gesagt, aber ich bin mir nicht sicher. Es würde die Khargol-Loyalisten davon abhalten, nach Blut zu schreien, und uns ein Zeitfenster geben, bevor die Hammers-kins einen *Coup* planten. Er schien klug zu sein, für einen Ork.

Wir hatten alle sprachlos dagestanden, zusammengedrängt im Khargol-Schlafzimmer, nachdem wir vom Portal dorthin geschleudert wurden, und ich hatte durchgezählt. Elf Orks, ein Kobold, zwei Zaubererkinder, alle in schlechtem Zustand. Es war kein Magier da.

Wo ist Darick? hatte ich die Orks gefragt, aber sie zuckten nur mit den Schultern und schüttelten ihre Köpfe. *Ist er verloren?* fragte ich. *Im Portal? Oder ist er hier angekommen und dann verschwunden?* Aber niemand kannte die Antwort. Ich wusste nicht, ob er lebte oder tot war, oder für immer verloren. Ich schluckte schwer und erinnerte mich daran, etwas zu ruhen. Ich würde es brauchen, wenn ich nach ihm suchen wollte.

ES GAB ein hartes Klopfen an der Tür. Ein lautes, ungeschicktes Geräusch, das ich als Ork-Knöchel interpretierte. Ich zog den Gürtel meines Mantels fester und öffnete die Tür. Der Khargol-Sicherheitsmann stand da, sein mürrisches Gurkengesicht sah besonders unzufrieden aus.

»Junge hier«, sagte der Wächter. »Ich ihn loswerden?«

»Was?«

»Fräulein Knight«, sagte eine sanfte Stimme von rechts. Ich schaute nach unten. Es war Bron.

Ich seufzte. »Nein«, sagte ich zu dem Ork. »Es ist okay.«

Bron schaute mit hoffnungsvollen Augen zu mir auf. »Haben Sie schon darüber nachgedacht, Fräulein Knight?«

»Ich habe dir hundertmal gesagt, Bron«, sagte ich. »Ich muss nicht darüber nachdenken. Die Antwort ist nein.«

Sein Gesicht fiel in sich zusammen.

»Jetzt verschwinde. Ich habe Dinge zu erledigen, und in der Tür zu stehen und mit einem Streuner zu streiten, gehört nicht dazu.«

»Ich werde nichts von Ihnen verlangen«, bettelte er. »Ich werde nur helfen. Alles, was ich will, ist zu lernen.«

»Bron. Es ist nichts Persönliches. Ich hatte gerade den längsten Tag in der Geschichte des Immerzu, und ich habe einfach nicht die Zeit oder Energie, einen Lehrling auszubilden.«

»Bitte!« sagte er. »Sie müssen mich nicht einmal ausbilden. Ich werde einfach still sein und-«

»Das bezweifle ich«, sagte ich.

»... und ich werde einfach zuschauen und lernen. Ich verspreche es!«

Ich schüttelte den Kopf. »Tut mir leid, Bron, ich kann einfach nicht.« Ich begann, die Tür zu schließen, und Bron stellte seinen schmutzigen Turnschuh dazwischen. Der Ork versteifte sich, bereit, den Jungen am Kragen zu packen und ihn vom Balkon zu werfen.

»Warten Sie!« flehte Bron. »Ich habe etwas, das ich Ihnen zeigen möchte.«

Ich seufzte erneut und öffnete die Tür, dem Ork signalisierend, zurückzutreten. Ich verschränkte meine Arme und betrachtete den Jungen, schmutzige Kleidung, die seinen dünnen Körper bedeckte. Ich hatte nicht einmal einen Apfel, den ich ihm geben konnte.

»Nun?« sagte ich. »Ich werde hier alt.«

Er sah wieder hoffnungsvoll aus, und es lag ein Schimmer von Schelmerei in seinen jadegrünen Augen. Er schloss sie und ballte seine Hände zu Fäusten. Seine braune Haut wurde vor unseren Augen dunkler, dann begann eine Textur auf ihm zu erscheinen.

»Bron?« sagte ich, aber ich konnte erkennen, dass er mich nicht hören konnte. Seine Haut wurde weiter dunkler und die Textur wurde ausgeprägter, bis einige der Erhebungen aus seiner Haut hervortraten und ich zusammenzuckte. Sein Gesicht sprudelte auch mit dem seltsamen Gewebe, und ich fand es schwer, zuzusehen.

Aber dann gab es ein Knacken in der Luft und das Geräusch von Vogelflügeln beim Abflug, und Bron verschwand direkt vor unseren Augen, und dann saß ein Rabe auf dem Balkongeländer, der mich mit kleinen schwarzen Augen ansah, seinen Schnabel drehte und krächzte.

»Bron?« sagte ich wieder und streckte meine Hand aus. Der Rabe schlug mit seinen ansehnlichen Flügeln und setzte sich auf meine verbrannten Finger. Seine Federn waren dunkel und funkelnd: die Farbe der Nacht.

Es gab ein weiteres Knacken, und Bron der Junge stand wieder vor uns. Ich starrte ihn nur atemlos an. »Du bist ein Gestaltwandler.«

Der verblüffte Ork sah aus, als hätte ihm jemand gerade gesagt, seine Mutter sei ein Werwolf, und dann seine Unterhose hochgezogen.

»Geh nach Hause«, sagte ich zu Bron.

»Aber-«

»Geh nach Hause, Bron. Und komm morgen wieder. Du wirst deine Lehre am Morgen beginnen.«

Seine Augen leuchteten. »Wirklich? Wirklich, Frau Knight? Meinen Sie das ernst?«

»Nenn mich Jacquelyn«, sagte ich. »Jax.«

Ich rieb meine beschädigten Finger aneinander, bewegte meine spröden Handgelenke.

Mein Name ist Jacquelyn Denna Knight, und ich verwandle meinen Schmerz in Magie.

»Jetzt flitz, bevor ich es mir anders überlege.«

Bron warf mir ein schnelles Lächeln zu und verschwand dann mit einem Knacken glänzender schwarzer Flügel. Eine kleine Feder schwebte zu Boden.

»Zauberer«, sagte der Ork, und ich fragte mich, ob er mir einen Vortrag über das Sicherheitsrisiko halten würde, wenn ich Gossen-Lehrlinge von der Straße aufnehme. Stattdessen öffnete er seine Hand und zeigte eine kleine Schmuck-schachtel.

»Von wem ist das?« fragte ich, aber er zuckte mit den Schul-tern. Sie war vor der Tür zurückgelassen worden.

»Auch Nachricht von Boss.«

»Ja?«

»Zaubererkinder stabil. Auch: Kobold. Lebendig.«

Dank sei dem Void, dachte ich. Meine Muskeln sackten vor Erleichterung zusammen. Die Belore-Zwillinge würden, allen Widrigkeiten zum Trotz, leben, und mein Lieblingskobold auch.

Der Ausdruck verzog meine Lippen zu einem Lächeln. Wenn mir jemand vor einer Woche gesagt hätte, dass ich einen »Lieblingskobold« haben würde, hätte ich Kaffee durch die

Nase gespuckt. Ich lächelte und dankte dem Ork und nahm die Schachtel mit hinein, öffnete das Band, während ich ging. Ich setzte mich an den wackligen Küchentisch und zog den Deckel ab. Drinnen, auf einem Kissen aus cremefarbener Seide, lag ein silbernes Armband mit einem einzelnen Anhänger. Es war die Kugel, die Darick aus meiner offenen Brust genommen hatte. Ein silberner Planet. Hässlich, wunderschön.

Ich drückte es an meine Brust und weinte. Darick war am Leben, und er würde zurückkommen. Dieser Anhänger war sein Versprechen an mich.

IN DER DUSCHE schrubbte ich den Schmutz und Kohlenstaub von meiner Haut, vorsichtig, um keine der gerade heilenden Schnitte zu öffnen. Das Wasser tröstete und stach mich in gleichem Maße. Ich hörte mein Handy klingeln, also drehte ich das Wasser ab und sprang heraus, hoffend, dass es Darick oder Ferra war, und wollte den Anruf nicht verpassen. *Scorpion Unit* stand auf dem Display.

»Jax«, sagte Morgans Stimme, so angespannt, wie ich sie noch nie gehört hatte. »Wir haben ein Problem.«

Ich stand da, tropfend auf den grauen, kahlen Teppich, und stellte mir Liz Durisons blassen, toten Körper vor, der im Kühlschrank der Stadtleichenhalle lag, gebrandmarkt mit dem Vampir-Anarchie-Symbol.

»Morgan«, sagte ich ins Telefon. »Mehr Leichen?«

»Mehr Leichen.« Die Anspannung war wie ein elektrischer Strom durch das Telefon. »Aus der ganzen Stadt.«

»Ein Serienmörder«, sagte ich.

»Mehr als ein Mörder«, sagte Morgan. »Ein Serienmörder-Kult.«

»*Faex*«, sagte ich. Ich glaube nicht, dass es Morgan noch etwas ausmachte, wenn ich auf Latein fluchte. Ich hätte auch in gälischem Ork-Kauderwelsch fluchen können, das wäre ihr egal gewesen. Ich musste mich schnell an den Fall machen.

»Alle auf die gleiche Weise getötet?« fragte ich. »Auf die gleiche Weise gebrandmarkt?«

»Ja«, sagte Morgan. »Aber da ist noch etwas anderes.«

Jetzt war ich dran, angespannt zu werden. Etwas sagte mir, dass ich nicht hören wollte, was als nächstes kam. Ich wartete, aber Morgan sprach nicht.

»Morgan?« forderte ich sie auf. »Was ist es?«

»Die Leichen«, sagte sie. »Die toten Frauen. Sie sehen alle aus wie du.«

ENDE

Danke, dass du mit mir auf dieses Abenteuer gekommen bist!

Wenn du Buch 2 lesen möchtest, findest du unten den Link.

Alternativ kannst du das komplette Box-Set (die vollständige 6-teilige Serie) erwerben.

Beide Optionen sind auch als Taschenbuch und Hörbuch erhältlich und kostenlos in Kindle Unlimited zu lesen.

Ich wünsche dir Magie in allem -

x Janita

Buch 2 >> Blood Magic Serienübersicht

Komplette Serie >> Blood Magic Box Set

MACH MIT!

WIR GEHEN AUF ABENTEUER

Bleib auf dem Laufenden über JT Lawrences Abenteuer in ihrem **Reich der Magie & des Chaos**, indem du dich für die Urban-Fantasy-Leseliste anmeldest.

» Klick einfach hier, um beizutreten. «

4. The Ember Isles

5. The Chaos Jar

6. The New Dawn Throne

CURSEBREAKER

(complete 6-book series)

1. The Dusk Reapers

2. The Haunted Portal

3. The EverShade Ring

4. The Obsidian Castle

5. The Pick Pocket's Curse

6. The Eternal Betrayal

STANDALONE NOVELS

The Memory of Water

(steamy psychological thriller)

Grey Magic

(witchy magical realism)

EverDark

(urban fantasy)

SHORT STORY COLLECTIONS

Sticky Fingers

Sticky Fingers 2

Sticky Fingers 3

Sticky Fingers 4

Sticky Fingers 5

Sticky Fingers 6

Sticky Fingers: The Complete Collection:

Books 1 - 6: 72 Short Stories

NON-FICTION

The Underachieving Ovary

(memoir)

The Indie Author Game Plan

www.jt-lawrence.com